KRISTINA GÜNAK

Wer mich nicht mag, hat keinen Geschmack

Weitere Titel der Autorin:

Man wird ja wohl noch träumen dürfen
Wer weiß schon, wie man Liebe schreibt
Glück ist meine Lieblingsfarbe
Die Liebe kommt auf Zehenspitzen

Titel auch als Hörbuch erhältlich

Über die Autorin:

Kristina Günak wurde 1977 in Norddeutschland geboren. Nachdem sie jahrelang als Maklerin arbeitete sowie als Mediatorin und systemischer Coach tätig war, ist 2011 ihr erster Roman erschienen. Seither hat sie sich mit ihren humorvollen Büchern unter Liebesromanleserinnen einen Namen gemacht. Sie schreibt auch unter dem Pseudonym Kristina Valentin. Weitere Informationen unter: kristina-guenak.de.

KRISTINA GÜNAK

Wer mich nicht mag, hat keinen Geschmack

Roman

lübbe

MIX
Papier aus verantwortungsvollen Quellen
FSC www.fsc.org FSC® C014496

Unveränderte Neuausgabe des bereits unter dem Titel
»Drei Männer, Küche, Bad« erschienenen Romans

Textredaktion: Dr. Katja Bendels
Titelillustration: © shutterstock.com: Helenaa | Afanasia
Umschlaggestaltung: ZERO Werbeagentur, München
Satz: hanseatenSatz-bremen, Bremen
Gesetzt aus der New Caledonia LT Std
Druck und Verarbeitung: GGP Media GmbH, Pößneck
Printed in Germany
ISBN 978-3-404-18010-3

2 4 5 3 1

Sie finden uns im Internet unter
www.luebbe.de
Bitte beachten Sie auch: www.lesejury.de

Kapitel 1

Verschwinde!

Es ist das hässlichste Badezimmer der Welt. Außerdem ist es uralt. Die Wände haben keine Fliesen und sind bloß mit einer kackbraunen Ölfarbe gestrichen. Sehr praktisch, weil das Wasser davon abperlt. Was auch notwendig ist, weil weder der Duschkopf noch der Wasserhahn wissen, wie sie spritzfrei arbeiten könnten. Ich habe es mit Entkalken und schlussendlich sogar mit einer Neuanschaffung probiert, aber das Problem des in alle Richtungen spritzenden Wassers ist geblieben. Das Problem muss also tiefer liegen.

Ein tief liegendes und schwerwiegendes. Womit wir drei, Wasserhahn, Duschkopf und ich, zurzeit hervorragend zusammenpassen. Echte Buddys, die das Leben teilen.

Ich sitze auf dem geschlossenen Toilettendeckel. Seufzend lege ich die Füße an die Wand vor mir. Die Tatsache, dass ich das kann, zeigt, wie winzig dieses Bad ist. Zumindest in eine Richtung. Nach oben und von der Tür bis zum Fenster ist es riesig. Alles in allem also eine proportionale Katastrophe. Mein Onkel, seines Zeichens bedeutendster Industriedesigner der Welt (sagt er, ich habe diese Aussage nie auf ihren Wahrheitsgehalt geprüft), behauptet: Es kommt immer auf die Proportionen an. Nun, somit hat das hässliche Schlauchbadezimmer mit kackbraunem Ölanstrich diesbezüglich mal komplett verloren.

Ich seufze. Tief. Der Situation angemessen. Dann lege ich den Kopf in den Nacken und lehne ihn gegen den harten Spülkasten. Es ist sonderbar, aber ausgerechnet in dieser abgrundtiefen Hässlichkeit, diesem absoluten Albtraum eines Badezimmers, kann ich ausgezeichnet nachdenken. Es ist mein persönlicher Think Tank. Schon immer gewesen, seit wir hier wohnen.

Mit einem tiefen Atemzug stelle ich die Füße wieder auf den hellen PVC-Boden, den ich in der irrigen Annahme verlegt habe, das Bad damit ein wenig ansehnlicher zu machen. Der Versuch kann nur als gescheitert betrachtet werden. Der Boden passt hervorragend in dieses Bad, was nur bedeutet, dass er ebenfalls ausgesprochen hässlich ist. Dabei sah er im Baumarkt eigentlich ganz gut aus.

Ich lehne mich nach vorne und lege den Kopf auf die Knie. Ich war schon immer sehr beweglich. Meine Mutter wollte, dass ich Balletttänzerin werde. Ich hätte mich allerdings eher einem Schafhirten angeschlossen, als meine Füße in rosafarbene, viel zu enge Spitzenschuhe zu zwängen. Vom Tutu mal ganz abgesehen. Ich bin mehr der Kapuzenpulli-Typ.

Aus dieser Perspektive sehe ich jeden Riss, jeden Fleck und jede Delle in dem billigen PVC-Boden, und so schweift mein Blick hin und her, um irgendwo etwas zu finden, worauf der Blick verweilen kann, ohne verschreckt zu werden. Ich lande beim Waschbecken-Unterschrank. Ebenfalls Baumarkt. Ebenfalls hässlich. Unter dem Waschbecken-Unterschrank (ob das jemals Unwort des Jahres gewesen ist?) lugen die Spitzen von ausgelatschten Turnschuhen hervor.

Jörn hat diese wunderbaren alten Adidas bei unserem ersten Date getragen. Ich weiß das so genau, weil ich zu diesem Zeitpunkt verzweifelt welche in genau dieser Farbkombination gesucht habe. Blau. Weiß.

Jetzt ist er ausgezogen und hat sie einfach zurückgelassen. Ich meine, wer tut so etwas? Selbst wenn er sie nicht mehr mag, weil er jetzt ein erwachsener Mann ist und nur noch Budapester und Slipper trägt, sollte man doch seiner Vergangenheit wenigstens so viel Respekt zollen und solche Schuhe nicht einfach irgendwo zurückzulassen!

Ich strecke den Arm aus und lehne mich zur Seite. Um nicht umzukippen und auf dem ollen PVC-Boden zu landen, halte ich mich mit einer Hand am Badewannenrand fest. Er fühlt sich kühl und rau an.

Meine Fingerspitzen erreichen den Schuh und ziehen ihn vorsichtig unter dem Schrank hervor. Ich hebe ihn hoch und setze mich wieder gerade hin. Er hat seine besten Zeiten hinter sich und ist völlig verbeult. Außerdem stinkt er dezent nach Schweißfuß, was mich veranlasst, ihn umgehend wieder fallen zu lassen.

Die viele Bewegung hat mich erschöpft, und so versinke ich wieder in meiner Starre, die Füße an der Wand, den Kopf auf dem Rand des Spülkastens gebettet.

Ich harre ich dieser Stellung so lange aus, bis die Haustür vernehmlich ins Schloss fällt. Aus dem Augenwinkel schiele ich zur Tür, die ich dummerweise nicht abgeschlossen habe.

Es poltert im Flur. Dann brüllt mein Ex-Freund: »*MARIE*?«

Eigentlich sollte ich erleichtert sein, dass er es ist. Es hätte auch ein böser Einbrecher sein können, der versuchen würde, mich zu verschleppen und sämtliche Wertgegenstände mitgehen zu lassen. Allerdings hätte der wohl keinen Wohnungsschlüssel. Insofern hält sich die Erleichterung in Grenzen.

»*MARIE*!« Jörns Ton hat sich verändert.

Eine Faust poltert von draußen gegen die Badezimmertür. Ich zucke zusammen.

»Bist du auf dem Klo?«

Jörn hat eine »Andere Menschen sitzen auf dem Klo«-Phobie. Eher würde er tot umfallen, als jemandem beim Pipimachen oder bei Schlimmerem zuzugucken. Wenn ich jetzt also ja sage, stellt er sich draußen vor die Tür und wartet darauf, dass ich rauskomme. Was mir auch nicht wirklich weiterhilft.

»Nö«, sage ich deshalb, und sofort wird die Tür aufgerissen.

»Ich habe mein Ladekabel vom Mac vergessen. Wo ist das?«

Das ist nicht die Frage. Die wirkliche Frage versteckt sich viel tiefer hinter der offensichtlichen Frage. In Wirklichkeit fragt er: »Wohin hast du verdammt noch mal *MEIN* Ladekabel verschleppt? Du hast ein eigenes, das seit einer Ewigkeit kaputt ist, deswegen hast du dir immer *MEINS* unter den Nagel gerissen, aber damit ist es jetzt vorbei!«

»Ich weiß nicht, wo *DEIN* Ladekabel ist«, sage ich und starre auf den kackbraunen Ölanstrich. Dabei weiß ich es im Grunde ganz genau. Aber Jörn wird ab sofort ein Leben führen, in dem ihm niemand mehr seine Sachen wegträgt, insofern kann er sich noch mal ein bisschen anstrengen.

Er stöhnt genervt auf und lehnt sich gegen den Türrahmen. Offenbar war meine Antwort eine Zumutung.

»Du bist echt dämlich!«, zischt er leise und starrt mich vernichtend an.

Dummerweise schießen mir ausgerechnet in diesem Moment die Tränen in die Augen. So eine Aussage gilt nach den Menschenrechtskonventionen sicherlich schon als psychische Gewalt. Ich bin in meiner Ex-Beziehung psychischer Gewalt ausgesetzt. Das ist dramatisch. Das hatte ich mir nicht erträumt, als wir beide hier vor drei Jahren gemeinsam eingezogen sind. Damals dachte ich ganz ernsthaft, dass er der Mann meiner Träume wäre.

»Fang nicht an zu heulen«, sagt er drohend. In seiner Welt heult man nämlich nicht. Da ist man knallhart und eiskalt, und

Emotionen haben höchstens mal die Auszubildenden, die aber spätestens bei der Übernahme damit aufhören. Also Emotionen zu haben. Das lernen die da nämlich. (Das klingt jetzt ein wenig, als wäre er Angehöriger einer SEK-Sondereinheit, dabei arbeitet er in einer Bank. Aber die Welt in einer Bank scheint Parallelen zu Strike Back und der GSG 9 aufzuweisen.) »Ich zahle noch drei Monate Miete. Kündige oder tu sonst was, aber nach drei Monaten kannst du zusehen, wie du die Wohnung finanzierst.«

Ich starre weiterhin die kackbraune Wand an. Das beruhigt mich, und ich weiß sowieso nicht, was ich sagen soll.

»Vielleicht suchst du dir einfach mal einen Job?«, bemerkt er gehässig.

»Ich blogge.«

»Das ist kein Job. Das ist die Zustandsbeschreibung für eine sonderbare Tätigkeit, in der man den ganzen Tag in der Bude rumhockt und zwischendurch mal irgendwas tippt. Du hast einfach Angst, aus Versehen erwachsen zu werden oder dich mal auf die Welt da draußen einzulassen. Ich verrat dir was: Es ist eigentlich ganz nett da draußen.«

»Ich blogge.« Mir bleibt wohl nichts anderes übrig, als mich einfach zu wiederholen. Vielleicht versteht er es dann irgendwann?

»Das ist doch völlig daneben«, murmelt er und stößt sich mit einem Ruck vom Türrahmen ab. Vermutlich begibt er sich auf die Suche nach seinem Ladekabel. Ich habe es vorsorglich unter dem Sofa versteckt. Schließlich brauche ich ein Ladekabel. Er kann sich ein neues kaufen. Er verdient ja genug. Bei mir reicht es gerade so zum knappen Überleben. Neue Ladekabel sind da so spontan nicht im Budget.

Er rumpelt durch die Wohnung und flucht dabei vernehmlich. Er war immer schon der große Fluch-Weltmeister. Aber irgendwann hat er aufgehört. Vermutlich, seit er lieber mit Excel zusammen ist als mit mir. Excel ist nämlich erwachsen und kann mit Zahlen umgehen. Ich nicht. Ich kann nur sehr schlecht rechnen, serviere hin und wieder anderen Menschen Cappuccino und betreibe einen Blog über Haustiere. Den aber immerhin sehr erfolgreich. Ich kann Menschen unterhalten und informieren. Das kann ich sogar so gut, dass ich durch die vielen Werbeanzeigen mittlerweile ein regelmäßiges Einkommen habe. Also irgendwie zumindest. Es reicht nicht für außerplanmäßige Ladekabel oder diese Wohnung, aber ich kann ansonsten davon leben. Mit Jörn zusammen konnte ich das. Wie es jetzt weitergeht, weiß ich nicht.

Jörn taucht just in diesem Moment in der offenen Badezimmertür auf. Sein Blick ist finster, und er hält das Ladekabel wie eine erwürgte Schlange fest im Griff seiner linken Faust. Scheiße. Hat er es doch gefunden.

»Du bist ein Miststück!«, sagt er und starrt mich wieder mit seinen durchdringenden blauen Augen an. »Miststück« gehört nicht zu seinem aktuellen Wortschatz. Vermutlich ist dieses Wort ein Relikt aus alten Zeiten. Den Zeiten mit mir, aber die sind jetzt ja vorbei. Mein Jörn ist weg. Irgendwann einfach verschwunden.

Geblieben ist ein ernster, finsterer, schlecht gelaunter Typ, der nicht mehr im Bett frühstücken möchte, weil die Krümel piksen, und der sich insgeheim nach einer standesgemäßen Freundin an seiner Seite sehnt. Schmerzlich sehnt, wie er mir vor ein paar Tagen noch versichert hat. Eine, die keine mintfarbenen Jeans und roten Pullis mit Herzchen trägt. Eine, die in der Lage ist, sich weiterzuentwickeln und Erfolg hat im Leben.

Ich stehe aber nicht auf ernste, finstere Banker, die ihre Hemden mit dem Lineal zusammenlegen und nicht mehr über dreckige Witze lachen können. Ich hätte meinen Jörn von damals gerne behalten, der in zerlatschten Sneakers durchs Leben ging und den Abschluss einer Lebensversicherung für den Höhepunkt eines Spießerlebens gehalten hat.

Ist mein Jörn von damals wirklich weg? Prüfend betrachte ich den Kerl, der das erlegte Ladekabel triumphierend hin- und herschwenkt. Er sieht ihm noch ähnlich. Ein bisschen dicker ist er geworden. Aber die blauen Augen sind natürlich gleich geblieben, wenn auch der Blick ein anderer geworden ist. Ernster. Die Haare haben sich sanft ausgedünnt, was er durch einen radikalen Kurzhaarschnitt zu kaschieren versucht. Der finstere Blick steht ihm auch gar nicht. Er bläht dann immer so die Nasenflügel auf.

Jetzt öffnet er den Mund, um etwas Herablassendes und total Erwachsenes zu sagen, aber ich komme ihm zuvor.

»Verschwinde!«, brülle ich und erschrecke mich vor mir selber. Ich kann nämlich eigentlich gar nicht brüllen.

Erschrocken weicht er tatsächlich einen Schritt zurück, jetzt das Ladekabel wie ein Schutzschild vor sich schwenkend.

Ich lege sogar noch eins drauf: »Du kannst dir die Miete an den Hut stecken, ich brauch deine Mitleidsspende nicht!«

Er sagt etwas, das ich nicht genau verstehe, weil es in meinem Ohren so dröhnt, aber es klingt wie: »Du bist ja irre!«

Als die Tür hinter ihm ins Schloss fällt, laufe ich ins Wohnzimmer, suche mit fliegenden Fingern die jetzt dringend benötigte Playlist auf meinem Smartphone und stecke das Ding zitternd in die Docking-Station.

Eine Sekunde später brüllt Philipp Poisel *Wie soll ein Mensch das ertragen*. Ich breche umgehend in Tränen aus, lasse mich auf die alten Dielen fallen und ergebe mich dem Soundtrack meines gebrochenen Herzens.

Kapitel 2

Alkohol und Ladekabel

»Charlston hat ganz, ganz, ganz schlimmen Durchfall!«

Ich liege immer noch auf den alten Dielen. Und Philipp singt immer noch, jetzt über die Liebe seines Lebens. Ich muss eingeschlafen sein. Mitten im höchsten Drama meines Lebens schlafe ich ein. Aber Schlafen ist ja auch irgendwie eine Form von Protest.

Und mitten in diesem tiefen Schlaf muss ich an mein Handy gegangen sein, womit ich jetzt Meike am Ohr habe. Ich öffne langsam die Augen und strecke die Beine in die Luft, um mich zu sortieren. Ich sollte an dieser Stelle aufnahmefähig sein, denn wenn es nicht wirklich Meike ist, ist es Mareike, und die hat eine sieben Wochen alte Tochter, was sie zurzeit sehr empfindlich macht. Charlston hingegen ist ein Hund.

»Meike!«, sage ich deshalb als Begrüßung und zur Rückversicherung, dass wir über einen Hund und nicht über einen Säugling sprechen.

»Was soll ich jetzt machen?« Jep. Es ist Meike. Ich werde nur zum Wohlergehen von Vierbeinern befragt. Die korrekte Behandlung von Säuglingen kommt in meinem immensen Wissensschatz leider nicht vor.

»Äh«, murmle ich, ziehe die Beine wieder an und strecke mich auf dem Fußboden aus wie ein gestrandeter Wal. Ich muss wirklich tief geschlafen haben, denn erst jetzt sickert der heikle Zustand meines Lebens zurück in meinen Kopf, womit ich ein ernstes Problem bekomme, mich voll und ganz auf den Hundedurchfall zu konzentrieren.

»Zum Tierarzt gehen«, sage ich deshalb matt und rapple mich nun auf die Knie, um Philipp dazu zu bringen, ein wenig leiser sein Leid zu klagen.

»Ja, klar. Aber vorher? Jetzt hat kein Tierarzt mehr auf.« Ich werfe kurz einen Blick auf den alten Wecker auf meinem Schreibtisch. Es ist zweiundzwanzig Uhr.

»Du darfst ihm kein Futter mehr geben. Nix. Finito. Und abwarten. Wenn er morgen mit der Scheißerei aufhört, kochst du ihm Huhn und Reis. Es gibt da auch fertiges Futter für den fütterungssensitiven Hund. Das geht auch. Ansonsten aber morgen Mittag zum Tierarzt. Hat er was Falsches gefressen?«

»Ein Schokoladenei, das wir Ostern nicht gefunden haben. Außerdem war es bestimmt schon abgelaufen, das liegt da ja seit März. Jetzt haben wir Oktober!«

»Oh.« Ich bin auf der Stelle hellwach. »Schokolade ist giftig!«

»Ja, weiß ich. Aber so groß war das Ei nicht. Im Gegensatz zu Charlston, der ist echt groß.«

Wohl wahr. Ihr Rhodesian-Ridgeback-Rüde hat bei der Verteilung der Körpergröße sehr laut »Hier!« geschrien. Und beim Selbstbewusstsein hat er auch gleich noch zugeschlagen. Er nimmt grundsätzlich das, was er kriegen kann. Auch gerne mal einen Dackel zum Frühstück.

»Ich habe das schon recherchiert. Es war außerdem Vollmilch. Dunkle Schokolade ist schlimmer. Man kann die gefährliche Dosis errechnen, und er ist weit davon entfernt. Aber offenbar verträgt er Schokolade nicht. Schreib doch mal was über Durchfall. Das ist wichtig!«

Über Durchfall oder was anderes. Völlig egal. Nur schreiben muss ich mal wieder etwas. Und das dringend.

»Mach ich«, sage ich eilig und springe auf. Ich habe schon gestern nichts geschrieben. Weil ich mich von Jörn trennen musste. Das hat sämtliche meiner Kapazitäten in Anspruch genommen. Dabei ist doch »Ein Post pro Tag« meine Devise. Schließlich habe ich wirklich viele Leser auf meinem Haustierblog und für meine Verhältnisse sehr lukrative Werbekunden. Die sich in Kürze verabschieden werden, weil ich vor lauter Herzschmerz vergesse, über artgerechtes Kanarienvogelfutter und Leinen-Aggression bei übergeschnappten Ridgeback-Rüden zu schreiben.

Eilig suche ich meinen Laptop, klappe ihn auf und drücke den kleinen Knopf oben rechts. Nichts passiert. In Gedanken sehe ich Jörn das Ladekabel vor mir schwenken. Sehr ungünstig. Mein Kerl ist weg und hat das Ladekabel mitgenommen. Genervt klappe ich den Laptop wieder zu, suche jetzt meine Schuhe, finde sie unter dem Sofa, schlüpfe hinein, suche meinen Schlüssel, finde ihn im Kleiderschrank und mache mich auf ins »*Leos*«. Dort gibt es ein Ladekabel. Und Alkohol. Und Ella. Hervorragende Kombination für mein gebrochenes Herz und meinen Blogbeitragsrückstand.

Das »*Leos*« ist eine richtige Bar direkt bei mir um die Ecke. Ich verkehre eigentlich nicht in Bars. Ich bin mehr der »Zu Hause auf dem Sofa mit erstklassigem selbstgemachten Latte macchiato«-Typ, aber Jörn hat die Espressomaschine mitgenommen. Das »*Leos*« habe ich vor gut zwei Jahren nur zufällig mal aufgesucht, weil ich ein *Grey's-Anatomy*-Trauma hatte. Jörn war auf Geschäftsreise, und ich habe damals eine ganze Staffel an einem einzigen Wochenende geschaut. Bei *Grey's Anatomy* sind nach einer brenzligen Situation immer alle in eine Bar gegangen, und ich wollte mal ausprobieren, wie sich das so anfühlt. Denn schon vor der gestrigen Trennung war mein Leben mit Jörn manchmal brenzlig. Außerdem habe ich damals mit dem Gedanken gespielt, einen weiteren Blog zu beginnen. Irgendwas Trendiges. Über dieses Stadium bin ich allerdings nicht hinausgekommen, weil ich feststellen musste, dass ich einfach nicht trendig bin. Weder innen noch außen. Das habe ich beim Besuch in dieser trendigen Bar ziemlich schnell festgestellt. Aber bei dieser Gelegenheit habe ich Ella kennengelernt. Ella ist ziemlich klein, weswegen sie immer Schuhe mit mindestens zehn Zentimeter hohen Absätzen trägt. Sie sagt, sie muss die tragen, um überhaupt über die Theke gucken zu können. Ich denke, sie zieht die Dinger nur zum Duschen aus, weil sie sich sonst zu klein für das Leben fühlt. Was sie gar nicht ist. Ella hat zwar eine geringe Körpergröße, dafür ist sie ansonsten ausgesprochen laut, schön und mächtig.

»Schätzchen!«, begrüßt sie mich jetzt. Ella hat auch eine ganz besondere Stimme, die immer und überall hörbar ist. Da gerade in voller Lautstärke *Sky and Sand* von Paul Kalkbrenner läuft und ich sie ohne Probleme verstehe, scheint ihre Stimme alle anderen Schallquellen kurzfristig zu verdrängen.

»Hi, Ella. Ich brauche Alkohol und das Ladekabel!«

Sie nickt knapp, greift unter die Theke und drückt mir ihr Ladekabel in die Hand. Keine Minute später steht ein Glas mit buntem Inhalt vor mir. Alles prima so weit. Ich stöpsele den Laptop an, klappe ihn auf und fange an, über Durchfall bei Hunden zu schreiben. Ich weiß eine Menge darüber. Ich bin sozusagen eine echte Expertin, und wenn ich mich konzentriere, kann ich sogar die laute Musik ausblenden.

Ich nippe an meinem Drink, der ziemlich süß und ziemlich stark ist und schmeckt, als würde er zu ungefähr achtundneunzig Prozent aus reinem Alkohol bestehen. Dann starre ich wieder auf den Bildschirm, auf dem ich gerade ausführlich über den Sinn und Unsinn von Hüttenkäse als Krankenfutter schwadroniert habe, und versuche mich an etwas Wissenswertes über die Darmflora von Hunden zu erinnern, das ich irgendwann irgendwo mal gelesen habe.

Ich rubble mir die Stirn und nippe erneut an meinem Drink, in der Hoffnung, dass das meinem Erinnerungsvermögen auf die Sprünge hilft, aber ganz plötzlich trudeln viele Dinge durch meinen Kopf, die allesamt nichts mit der hündischen Darmflora zu tun haben.

Hauptsächlich geht es in diesen unerfreulichen Gedanken um Mangel. Dem Mangel in meinem Leben. Mir mangelt es jetzt an einem Freund. Und an Geld. Und es mangelt mir schon verdammt lange an einem Haustier.

Einem Hund zum Beispiel. Auch eine Katze wäre schön. Sogar über einen Wellensittich würde ich mich wirklich freuen. Leider ist das laut Mietvertrag absolut verboten. Weswegen all meine Leserinnen und Leser und Werbekunden glauben, ich besäße einen schlecht erzogenen Ridgeback, einen Kanarienvogel sowie zwei Katzen und ein Hängebauchschwein, was aber nicht der Fall ist. Das sind alles die Tiere meiner Freunde. Ich schreibe nur über sie. Ich verteile die mir zugesandten Futterproben und Ausstattungsutensilien und warte auf Berichterstattung.

Ich nehme noch einen tiefen Schluck und lege dann die Stirn auf die Theke, während ich mit der anderen Hand den Laptop zuklappe.

Eigentlich bin ich eine Hochstaplerin. Mehr Schein als Sein. Genau das, was ich Jörn zum Vorwurf mache. Vermutlich bin ich auch noch ein schlechter Mensch. Und vermutlich ab dem nächsten Monat wohnungslos. Das fällt mir nämlich so ganz spontan auch noch ein. Allein kann ich die Miete für die Wohnung unmöglich stemmen. Viele Erkenntnisse in kurzer Zeit. Heute ist nicht mein Tag. Und er wird auch nicht besser, als sich ein Typ neben mich setzt und mir viel zu vertraulich die Schulter tätschelt.

Kapitel 3

Rudel gesucht

»Willst du einen Drink?«, brüllt er über die Musik hinweg und starrt mich aus triefigen Augen hinter seiner Designerbrille an. Der Typ ist ein Gesamtkunstwerk. Viel zu künstlich, um wirklich echt zu sein. Allein für die Frisur wird er Stunden gebraucht haben. Was aussieht wie lässig und nach Feierabend von seinem geilen Job als Werbefachmann mal eben kurz ohne Zuhilfenahme eines Kamms hingewuschelt, ist mit Sicherheit das Ergebnis einer halben Flasche Haarspray.

»Lass mich in Ruhe«, sage ich. Nicht unfreundlich, aber die grundsätzliche Aussage ist natürlich auch nicht sehr nett. Leider weiß ich, wie das hier endet. In der nächsten Stunde wird er mir detailliert darlegen, was für ein cooler Typ er ist. Was für einen coolen Job und was für coole Hobbys er hat und wie er total cool seine Work-Life-Balance auf die Reihe bekommt. Ach, und nach New York muss er bestimmt auch bald. Morgen. Oder noch heute Nacht. Alle diese Typen müssen immer nach New York. Dabei machen sie gerade ihr zweiundzwanzigstes Praktikum.

»Du musst nicht gleich zickig werden.« Der Designerbrillentyp guckt, als hätte er einen auf die Nase bekommen. Vielleicht hat er es wirklich nur nett gemeint. Ich will gerade einen versöhnlicheren Ton anschlagen, als Ella mir dazwischenkommt.

»Finger weg!«, schnauzt sie. »Das ist *MEINE* Freundin!«

Erschreckt hebt der Hipster, oder welcher Gattung er auch immer angehört, die Hände und weicht zurück. Er starrt Ella entsetzt an. Mit so viel weiblichem Einsatz hatte er wohl nicht gerechnet. Ich gucke allerdings nicht weniger verschreckt aus der Wäsche.

Der Typ zieht ab, und sie sieht ihm böse hinterher.

»Die sind alle gleich. Die wollen immer nur das eine.«

»Das da wäre?«

»Ficken!« Für einen Moment bin ich mindestens genauso peinlich berührt wie der Rest der Gäste an der Bar.

»Dagegen ist ja auch nichts einzuwenden.« Sie stellt ein leeres Glas vor mich auf die Theke und schüttet eine gute Ladung Whisky hinein. »Aber sich den Sex über diese Trost-Nummer zu ergaunern, ist echt das Letzte. Du siehst ein wenig mitgenommen aus.«

Ah. Interessante Sichtweise.

»Ah«, sage ich und nippe an meinem Whisky, der wirklich ekelig schmeckt. Mehr nach verdorbenem Petroleum oder etwas, mit dem man das Klo reinigt, als nach einem fünfundzwanzig Jahre lang in einem Eichenfass gereiften edlen Tropfen.

»Man muss da aufpassen.« Ella fuchtelt kurz mit erhobenem Zeigefinger vor meiner Nase herum, dann wagt es einer der anderen Gäste, vorsichtig eine Bestellung in Ellas Richtung zu flüstern, und sie wirbelt los.

Gegen ein Uhr leert sich die Bar langsam. Ich bin hundemüde, mein Laptop ist aufgeladen, und, da ich den ekligen Whisky tatsächlich komplett getrunken habe, auch ein klitzeklein wenig betrunken – abgesehen davon, dass ich mir vermutlich bis zum Rest meines Lebens die Geschmacksnerven betäubt habe. Dennoch harre ich aus. Ich bin nämlich in eine heftige Phase des akuten Selbstmitleids eingetreten und kann damit jetzt einfach nicht aufhören. Zu der Erkenntnis, dass ich meine Miete schon sehr bald nicht mehr zahlen kann, hat sich noch eine weitere gesellt: Ich bin ab sofort allein. Was ganz fürchterlich ist, schließlich bin ich tief in meinem Herzen ein echtes Rudelwesen. Ungefähr so wie ein Wolf. Leider hatte ich noch nie eins. Also ein Rudel. Schließlich bin ich nur ein einzelnes Einzelkind mit ausgesprochen sonderbaren Eltern, die auch noch getrennt leben.

Mein mittlerweile leicht verschwommener Blick bleibt an Ella hängen, die wie ein Derwisch hinter der Theke hin- und herflitzt.

Hat sie mir nicht irgendwann mal erzählt, dass sie die WG, in der sie lebt, abgrundtief hasst? Was unter anderem daran liegt, dass alle ihre Mitbewohner männlich sind, ausgesprochen stinkende Füße haben, aber keinen Respekt vor Ellas Gemüse im Kühlschrank, und ständig Fußball schauen – nur mit Boxershorts bekleidet und nackter, eher waschbärenbauchmäßiger Optik obenherum, während sie im ganzen Raum Chipskrümel verteilen? Sie hasst es, mit drei Exemplaren der männlichen Gattung zusammenzuleben, die irgendwie nur aus sich bestätigenden Klischees bestehen.

Dieser Gedanke bringt mich wieder zu dem Rudel, und schlagartig springt mich eine weitere Erkenntnis an: Ich werde eine WG eröffnen. Denn ob ich mir nun eine WG suche, weil ich mir eh keine eigene Wohnung leisten kann, oder gleich in meiner wunderschönen Wohnung bleibe und mir ein paar Mitbewohner suche, das läuft doch auf das Gleiche hinaus. Ich wollte immer schon mal in einer WG leben. Das hat aber nie geklappt. Während des Studiums musste ich zwangsläufig noch bei meiner Mutter bleiben, weil sie jemanden brauchte, der ihren Dackel hütete, wenn sie auf Geschäftsreise war. Und als ich das Studium (BWL, gähn!) abgebrochen habe, weil es mir Albträume beschert hat, gab es von meinen Eltern keinen Cent mehr, und ich war quasi mittellos. Ich habe angefangen zu kellnern und den Blog aufzubauen, und meine erste Berichterstattung drehte sich um Theo, Mamas Dackel.

Ich bin in eine kleine Dachkammer in einem der typischen Hinterhäuser hier in Berlin gezogen und fühlte mich dabei manchmal wie Camille in *Zusammen ist man weniger allein*, nur leider ohne Franck und Philibert.

Dann kam Jörn, und wir sind in diese wunderschöne und schweineteure Altbauwohnung gezogen. Aus der ich auf keinen Fall wieder ausziehen möchte. Die ganze Zeit starre ich Ella an, wie sie Gläser abräumt und die Theke wischt. Sie wäre die Lösung meines Problems.

Irgendwann sind wir endlich allein in der Bar, und Ella plumpst mit einem tiefen Seufzer auf den Barhocker neben mir.

Es ist mittlerweile schon verdammt spät, und ich müsste dringend meinen Artikel über Hundedurchfall fertig schreiben. Außerdem bin ich ein wenig aufgeregt, und deswegen fasse ich mich jetzt mal ganz kurz: »Ella! Möchtest du mit mir zusammen wohnen?«

Ella: »Hä?«

»Naja, ich bin doch jetzt Single!«

Ella runzelt die Stirn, dann rollt sie mit den Augen und nimmt meine Hand. »Marie. Das kommt jetzt etwas unerwartet. Ich wusste ja gar nicht, dass du …«

Oh. Offensichtlich habe ich mich etwas unklar ausgedrückt. Ich entziehe ihr schnell meine Hand wieder und raune: »Nee. So war das nicht gemeint. Wohnen! Nichts anderes!«

Ella lacht auf. »Puh! Ich dachte schon, du bist über Nacht lesbisch geworden. Nichts gegen Lesben, aber ich stehe ja mehr auf Kerle.«

»Mensch, Ella! Ich brauche ganz schnell jemanden, der keine Stinkefüße hat, mir nicht den Kühlschrank leer frisst und in friedlicher Koexistenz gemeinsam mit mir in der schönsten Wohnung von Berlin wohnen möchte!«

Auf Ellas Gesicht erscheint ein Lächeln. »Mmh, nach acht Stunden in der Bar riechen meine Füße auch nicht unbedingt nach Veilchen. Aber ich lege sie dann nicht auf den Tisch, während du gerade eine Portion Müsli verspeist. Jetzt mal im Ernst: Du suchst wirklich eine Mitbewohnerin?«

Ich nicke. »Allerdings bräuchten wir noch ein oder zwei Mitbewohner mehr, damit sich das finanziell trägt. Zimmer sind ausreichend da.«

»Dann lass uns hier abschließen und deine Wohnung anschauen!« Ella sprüht plötzlich vor Energie. Offenbar habe ich einen Nerv bei ihr getroffen.

Und so kommt es, dass wir zwei mitten in der Nacht erst eine Wohnungsbegehung machen und dann zur Feier unseres bald gemeinsam stattfindenden Lebens eine Flasche Wein köpfen. Eine Flasche, die Jörn vergessen hat und die mindestens so viel kostet wie eine Reise nach Rom. Aber so ist das manchmal im Leben. Mal gewinnst du und mal die anderen. Heute war ich mal dran.

Kapitel 4

Psychopath und Zuckerbär

»Und es gibt Menschen, die ihren Hunden dann Hühnchen und Reis kochen?« Ella findet Haustiere befremdlich. Und noch befremdlicher findet sie Menschen, die für Tiere Essen kochen.

»Natürlich!«, sage ich mit Nachdruck. »Wenn man die Verantwortung für ein Lebewesen übernimmt, muss man ja auch dafür sorgen, wenn es ihm schlecht geht.«

Ella sieht mich ausdruckslos an. »Ich bin wohl nicht so der Haustier-Typ.«

»Dafür bist du jetzt aber gut informiert, falls der Hund, den du dir niemals kaufen wirst, mal Durchfall haben sollte.« Zufrieden klappe ich meinen Laptop zu. Wenigstens habe ich meinen Artikel über Durchfall bei Hunden erfolgreich online gestellt, und nur wenige Minuten später gab es schon die ersten Kommentare. Offenbar ist das Thema hochspannend.

Wir sitzen schon wieder in meiner Küche. Es war eine ziemlich lange Nacht, und Ella hat kurzerhand auf meinem Sofa geschlafen. Als Übung für das, was noch kommt.

Es gibt auch schon einen konkreten Plan. Einen zukunftsweisenden, bombastischen und froh stimmenden Plan. Der sieht vor, dass ich ins Wohnzimmer ziehe, wo ich sogar den wunderbaren Balkon weiter benutzen kann, und Ella in mein ehemaliges Schlafzimmer. Dann bleiben noch zwei weitere Zimmer, die zwar relativ klein sind, aber wenigstens über Tageslicht verfügen. Wir haben zwischenzeitlich ernsthaft erwogen, auch den kleinen Abstellraum im Flur zu vermieten, dann aber beschlossen, dass Menschen durchaus das Recht haben sollten, einen Blick aus dem Fenster zu werfen. Also fehlen uns noch zwei weitere Mitmieter.

Wir befinden uns in einer klassischen Win-win-Situation.

Ella ist glücklich, weil sie endlich ihrer fußmüffelnden Männer-WG entkommen kann, ich bin glücklich, weil ich mich nicht auf die Suche nach einem erschwinglichen WG-Zimmer machen muss, und unsere zukünftigen Mitbewohner werden auch sehr glücklich sein, weil die Wohnung unfassbar schön und wir unfassbar nett sind.

Schnell machen wir ein paar Fotos und teilen sie bei Facebook und in ein paar anderen WG-Suche-Online-Portalen. Zwei Stunden später starren wir schwer erschüttert auf den Bildschirm. Offenbar sucht halb Berlin ein WG-Zimmer. Wir haben einfach nicht mit einer solchen Resonanz gerechnet, und mir schwant, dass es ziemlich aufwendig sein dürfte, die vielen Mails zu beantworten. Und noch viel aufwendiger, aus den vielen Bewerbern die richtigen herauszusuchen.

»Entschuldige bitte, aber das geht nicht!« Zwei Tage später betrachte ich skeptisch die rote Couch, die Ella mitten ins Wohnzimmer geschoben hat, damit wir dort gemeinsam Platz nehmen, Kaffee trinken und die Meute der Wohnwilligen an uns vorbeiziehen lassen können. Sie nennt es »Mitbewohner-Casting«. Ich sage: Das ist ja wie im Zoo!

»Hör zu, Marie. Du kennst dich mit Durchfall bei Hunden aus, ich mich mit Castingshows. Ich bin da die absolute Fachfrau, schließlich habe ich sämtliche bisher ausgestrahlten Formate verfolgt. Das hier ist ein Casting. Wir sind die Jury. Ich wollte schon immer mal eine Jury sein.«

Sie strahlt mich an. Es ist jetzt nicht so, dass ich zurückstrahle, ich kann aber nicht verhindern, dass ich grinsen muss.

Als ich Ella gefragt habe, ob sie bei mir einziehen will, dachte ich tatsächlich, ich würde sie kennen. Fakt ist jedoch: Ich hatte ja keine Ahnung! Ella ist so, wie ich sie kannte, nur alles hoch vierzehn. Was durchaus als anstrengend durchgeht. Dazu ist sie aber auch sehr witzig und hat permanent gute Laune. Irgendwie erfreut sie sich ständig an ihrer eigenen Existenz. Ich meine, das ist doch wirklich eine grandiose Fähigkeit! Ich kann das nicht. Aber ich schaffe es oft, mich von ihr mitreißen zu lassen.

Zum Glück steht Ella eh nie vor Mittag auf und braucht dann auch noch sehr lange, bis sie wach ist. So können wir uns schweigend und gemeinschaftlich der Aufwachphase hingeben, die ja auch bei mir etwas länger dauert, und Ella läuft nicht Gefahr, wegen morgendlicher guter Laune von mir noch vor dem ersten Kaffee erschlagen zu werden. Ihre gute Laune setzt immer erst gegen Mittag ein.

Unserem Mitbewohner-Gesuch ist so zahlreich entsprochen worden, dass wir schon im Vorfeld massiv aussieben mussten. Wohnraum ist knapp, und offenbar ist der Markt voll von Menschen, die verzweifelt eine bezahlbare Bleibe suchen. Entsprechend sind unsere Bewerber freimütig bereit, ihre hochgelobten Kochkünste der Allgemeinheit zur Verfügung zu stellen, das Klo zu putzen oder unentgeltlich die Steuererklärung der Vermieterin zu übernehmen. Wer dringend eine Wohnung sucht, scheint zum Gutmensch zu mutieren.

Und so hocken Ella und ich also an diesem Morgen auf der roten Couch, trinken Kaffee und warten auf die ersten Bewerber. Wir haben den ganzen Tag für das Mitbewohner-Casting eingeplant. Und das nur für die, die es durch unsere hammerharte Vorrunde geschafft haben. Menschen mit Katzen, Wellensittichen und die, die gleich noch einem Stellplatz für ihren Aston Martin (es gab zwei davon!) oder die Harley Davidson (nur einer) suchen, wurden von uns aussortiert. Jetzt haben wir noch eine Liste von fünfzehn Bewerbern, die wir im halbstündigen Abstand einbestellt haben. Klingt wie beim Arzt.

Es klingelt, und ich bin plötzlich so aufgeregt, dass ich mir meinen Kaffee über die Hose kippe. Ella hingegen wird augenblicklich cool wie ein arktischer Winter.

»Mögen die Spiele beginnen«, raunt sie und springt flink vom Sofa, um die Haustür zu öffnen, während ich erst mal sitzen bleibe und mit einem Handtuch auf meiner Hose herumreibe.

Ella spricht mit jemandem im Flur, der daraufhin so tief brummt, dass ich fast spüre, wie der Fußboden vibriert.

»So, dann komm mal mit!« Ella schießt um die Ecke, verdreht zu mir gewandt die Augen und springt wieder auf das Sofa. Ihr folgt ein Mann. In einem beigefarbenen Pullunder. Mit braunen Schnürschuhen. Den Rest kann ich noch nicht erfassen, weil ich gedanklich nicht von dem Pullunder und den Schnürschuhen loskomme.

»Hallo«, sagt der Mensch mit dem schlechtesten Klamottengeschmack, den ich jemals getroffen habe (was einiges heißt, schließlich stehe ich selbst auf Herzchenpullover), und setzt sich auf den Besucherstuhl vor dem Sofa.

»Hallo«, sagen Ella und ich einstimmig.

»Wir sind Ella und Marie. Erzähl doch mal ein wenig über dich«, zwitschert Ella weiter.

»Ich bin Ludger.«

Ich nicke. Guter Name für ihn. Patrick oder Alex hätte mich irritiert.

»Und ich muss unbedingt wissen, was für eine Internetverbindung ihr hier habt. Das hättet ihr gleich schreiben sollen«, sagt Ludger und guckt uns tadelnd an. Als wir nicht reagieren – was wir nicht können, weil keine von uns damit gerechnet hat, dass er so viele Worte sinnvoll miteinander verbinden kann –, fügt er hinzu: »In der Anzeige. Hättet ihr das schreiben können.«

»Oh. Äh. Ja. Wir bitten um Verzeihung«, sage ich. »Da hängt ein Kasten unter meinem Schreibtisch. Keine Ahnung, was da rauskommt. Es funktioniert meistens ganz gut.«

Ludger erhebt sich und klettert ausgesprochen flink unter den Schreibtisch, um dort dann einen sonderbaren Laut auszustoßen. Als er damit aufhört und leicht staubig wieder hervorgekrochen kommt, guckt er böse.

»Ich habe das schnell mal ausgemessen.« Anklagend hebt er ein kleines Gerät hoch. »Das ist echt schlecht. So könnte ich nicht arbeiten. Ihr hättet das wirklich schreiben müssen, dann hätten wir uns die Zeit sparen können. Guten Tag.« Er nickt uns zu und geht.

Ella und ich sitzen einen Atemzug lang schweigend nebeneinander und starren ihm hinterher.

»Ich finde es super, dass er sich sofort als totaler Psychopath entpuppt hat«, sagt Ella. »Bei manchen dauert das ja ein paar Wochen, das finde ich dann viel schwieriger.«

»Da kann ich dir nur zustimmen!«, sage ich voller Inbrunst.

Wir erheben uns und ziehen in die Küche, um neuen Kaffee zu kochen und die Schokoladenvorräte zu plündern. Exakt fünfundzwanzig Minuten später klingelt es wieder an der Tür.

Frau und Herr Grinsemensch stehen davor. Abgesehen davon, dass sie beide unfassbar fröhlich zu sein scheinen, kleiden sie sich im Stil der Vierzigerjahre. Sie trägt ein figurbetontes Kleid in Dunkelrot und er einen Tweed-Anzug. Schick. Muss ich neidlos zugeben.

»Wir sind Martina und Michael«, begrüßen sie uns synchron.

Wir bitten die beiden herein, und sie setzen sich gemeinsam in unseren Besuchersessel vor dem Casting-Jury-Sofa. Obwohl wir ihnen einen zweiten Stuhl holen wollten. Sie ziehen es vor, dicht gequetscht dort zu hocken wie die Ölsardinen.

»Das ist eine sehr hübsche Wohnung«, eröffnet Martina das Gespräch.

»Wir sind gemeinsam auf der Suche und würden uns das Zimmer teilen«, sagt Michael.

»Es ist aber nicht so groß«, werfe ich vorsichtig ein. »Nicht so groß« ist nur eine nette Umschreibung für die elf Quadratmeter.

»Das stört uns nicht. Wir mögen es kuschelig.« Michael grinst uns an und legt seiner Freundin gleichzeitig den Arm um die Schultern. »Nicht wahr, Mausi?«

Mausi nickt fröhlich und kuschelt sich enger an ihren Michael. »Klar, Zuckerbär!« Zuckerbär. Logisch.

Wir zeigen den beiden noch schnell das Zimmer, dann versprechen wir ihnen, noch heute Abend eine Entscheidung zu treffen und sie anzurufen. Kaum schließt sich die Wohnungstür hinter ihnen, sinkt Ella mit einem tiefen Seufzer gegen die Flurwand. Ich lehne mich neben sie und sage ernst: »Mausi und Zuckerbär kommen leider nicht infrage.«

»Jep«, bekräftigt sie. »Erstens tanzen die sicherlich den ganzen Tag Charleston und hören komische Musik auf ihrem Grammofon, und zweitens sind die mitten im Fortpflanzungsbusiness.«

»Und das ist nichts, was wir hier aktuell gebrauchen können«, füge ich hinzu.

Kapitel 5
Lichtblicke

Anderthalb Stunden später sind wir fix und fertig und völlig wirr im Kopf.

»Wer hätte gedacht, dass es so kompliziert ist?«, frage ich Ella und starre an die Decke. Wir liegen beide auf dem roten Sofa. Es hat uns sozusagen dahingerafft, und wir versuchen uns in den kommenden zehn Minuten so weit zu erholen, dass wir den nächsten Kandidaten empfangen können.

»Der war so unglaublich doof«, flüstert Ella fassungslos und meint damit den WG-Bewerber, der gerade wieder gegangen ist.

»Der war nicht doof, der war nur sehr sparsam behirnt«, sage ich, dabei war der wirklich doof. Eigentlich sogar ein Arschloch. Er wollte uns doch wirklich weismachen, dass meine Mietvorstellungen viel zu hoch seien. Außerdem hätten wir Schimmel in der Wohnung. Das könnte er riechen. Er hätte nämlich eine so feine Nase wie ein Trüffelschwein (seine Worte). Und er hätte gerne einen eigenen Kühlschrank in der Küche. Nur für ihn. Weil es für seine Lebensmittel unzumutbar wäre, gemeinsam mit unseren im selben Kühlschrank zu lagern. So im Großen und Ganzen schien er sich zu fragen, wie wir nur die ganze Zeit ohne ihn hatten leben können. Er würde dann jetzt auf unsere Zusage warten. Schließlich müssten wir ihn ja erwählen. Wir könnten gar nicht anders. Warum, hat sich uns aber leider nicht erschlossen. Außer vielleicht, weil er so sparsam behirnt ist, dass wir Mitleid mit ihm haben. Haben wir zum Glück nicht.

Es klingelt, und Ella gibt ein grunzendes Geräusch von sich. »Ich kann nicht aufstehen. Lass uns liegen bleiben. Vielleicht finden wir woanders einen Mitbewohner? Im Supermarkt vielleicht. Wir könnten einfach ein paar gut aussehende Männer fragen, ob sie mit uns zusammenwohnen wollen. Und dann geben wir ihnen erst mal einen Handzettel mit den WG-Regeln. Keine eigenen Kühlschränke, wenn schnelles Internet gewünscht, muss es selbst angeschafft werden, Küchen und Klodienst vierundzwanzig Stunden an sieben Tagen die Woche. So was in der Richtung.«

Es klingelt erneut, und ich erkenne, dass Ella sich nicht erheben wird. Also robbe ich vom Sofa, wanke durch den Flur und öffne mit angsterfülltem Herzen die Wohnungstür, während ich mich für einen weiteren Nerd, Psycho, Blödian oder eine Frau stähle, die im Flur ein vier Meter langes Regal für ihre Bergkristallsammlung einfordert, weil die Ausrichtung des zu vermietenden Zimmers schlecht für die artgerechte Haltung von Bergkristallen ist.

Aber vor der Tür steht ein Mann. Er sieht gut aus und trägt dazu noch einen gut geschnittenen Anzug. Er lächelt mich an. Und hat dabei schmucke Grübchen auf den Wangen. Erstaunt trete ich einen Schritt zurück. Wahre Schönheit begegnet einem ja doch eher selten.

»Hi«, sagt er schlicht, neigt elegant den Kopf, und ich habe vorübergehend die Sprache verloren. Auffallend gutaussehende Menschen irritieren mich immer ein wenig. Deswegen nicke ich nur, öffne aber die Tür weiter, damit er eintreten kann. Nicht, dass der Lichtblick des heutigen Tages noch das Weite sucht, weil seine zukünftige Mitbewohnerin ihn nur debil anstarrt. Auch wenn der Typ sich nicht als die hellste Kerze auf dem Kuchen entpuppen sollte – was ja sein kann, denn wir haben heute wirklich schon alles erlebt –, würde er dieses Manko durch wirklich ansprechende Optik wieder wettmachen. (Vielleicht sind wir aber auch nur schon an dem Punkt, an dem alles egal ist.)

Er tritt ein und reicht mir die Hand. »Ich bin Damian«, sagt er, und ich schüttle seine Hand. Er riecht dezent und angenehm nach einem vermutlich ausgesprochen teuren Herrenduft. Auf den ersten Blick ist er jetzt nicht so der WG-Typ. Mehr der Loft-mit-freistehender-Badewanne-Typ. Aber wir werden sehen.

Ich räuspere mich und finde endlich meine Stimme wieder. »Marie.« Gerade rechtzeitig, denn der so untypische WG-Zimmer-Suchende hat schon ein Zucken im linken Mundwinkel. Sagen tut er nichts, aber bestimmt ist er es gewohnt, dass Frauen ihn wortlos anstarren.

»Komm doch bitte mit.«

Er folgt mir brav bis ins Wohnzimmer, wo Ella immer noch auf dem Sofa herumliegt. Sie liegt allerdings nicht einfach nur da, sie hat auch noch die Beine über die Rückenlehne geschwungen, womit jetzt ihre Füße zur Decke zeigen und ihre Arme auf den Boden baumeln. Ich möchte ihr zurufen, dass sie Haltung annehmen soll, aber kaum erblickt sie den Mann in meinem Schlepptau, tut sie das von selbst. Und zwar in Lichtgeschwindigkeit. Einen Atemzug später sitzt sie wieder aufrecht, streicht sich die Locken zurück und scheint auf einen Schlag all ihre Lebensenergie zurückgewonnen zu haben.

»Hallo, ich bin Damian«, sagt der schöne Mann.

»Hallo! Wie nett!« Was genau jetzt nett ist, bleibt offen, aber sie zuckt vielsagend mit den Augenbrauen und bedeutet Damian, sich zu setzen. Unser Casting des Grauens scheint eine positive Wandlung genommen zu haben.

»Was wollt ihr wissen?« Damian hat sich lässig auf dem Sessel postiert, die langen Beine weit von sich gestreckt.

»Alles!«, haucht Ella und klingt dabei ein klitzeklein wenig lasziv, was in Anbetracht der Gesamtsituation ein klitzeklein wenig unangebracht ist. Deswegen übernehme ich kurzerhand die Gesprächsführung: »Was machst du beruflich?«

»Ich bin bei der Agentur Dallmann und Regent.«

»Uiuiui«, murmelt Ella und pikst mich hinterrücks in die Nieren. Offenbar handelt es sich dabei nicht um eine Kaffeesorte, sonst würde Ella mich wohl nicht piksen, sondern um irgendeine angesagte Agentur für sonst was, die man kennen sollte. Wenn man nicht gerade einen Blog über Haustiere führt.

»Das Zimmer kostet zweihundert Euro monatlich, plus Nebenkosten. Küche und Bad werden gemeinschaftlich genutzt. Die Waschmaschine ist im Bad und kann ebenfalls genutzt werden.«

Damian grinst. »Du bist also die, die hier alles fest im Griff hat.«

Ella kichert ein bisschen tussihaft. Ich denke derweil nach. War das ein Witz? Meinte er das ernst? War das ein Kompliment? Oder eher das Gegenteil? Fragen über Fragen.

»Ich bin die, die das Zimmer vermietet«, sage ich schließlich. Das entspricht ja nun mal den Tatsachen. Meine Fähigkeiten zum galanten Herumschäkern sind einfach total unterentwickelt. Aber es gibt ja Ella, die das in null Komma nix ausgleicht.

»Erzähl uns doch von dir, Damian«, schnurrt sie gerade.

»Meine alte WG löst sich auf, und eure Wohnung liegt ziemlich günstig. Außerdem mag ich diese Altbauwohnungen sehr. Ich bin recht pflegeleicht, weil ich viel arbeite.« Er grinst und entblößt strahlend weiße Zähne. »Und ich kann kochen«, frohlockt er siegessicher.

»Ausgezeichnet«, flötet Ella und findet im nächsten Moment zurück in ihre gewohnte Form. »Bügeln wäre allerdings das, was hier wirklich dringend benötigt wird! Du kannst doch auch nicht wirklich gut bügeln, oder?« Ella blickt mich fragend an, und ich zucke die Achseln. Im Bügeln bin ich eine ziemliche Niete. Weswegen der Inhalt meines Kleiderschranks eigentlich bügelfrei ist. Jörn hat seine Topmanagementhemden immer selbst geplättet.

»Sucht ihr einen Haussklaven oder einen Mitbewohner?«, fragt Damian und lehnt sich lächelnd etwas nach vorne.

»Es tut mir leid, wenn wir den Eindruck erweckt haben, dass wir dich gewerblich ausbeuten wollen. Das ist natürlich nicht der Fall. Aber Grundkenntnisse in Haushaltsführung wären schon sehr fein«, sage ich. Mir fällt nämlich jetzt erst ein, dass ich bisher noch keinen Gedanken daran verschwendet habe, wie man mit vier Menschen diese leidige Putzerei organisiert. Jörn und ich haben es geschafft, uns mindestens viermal die Woche über genau dieses Thema erbittert zu streiten. So mit Anbrüllen und Sachen Werfen. Zum Glück erst in der Endphase unserer Beziehung. Entweder haben wir vorher keinen Dreck gemacht oder er ist uns nicht aufgefallen.

Der schöne Damian sieht mir jetzt direkt in die Augen. Er ist ja als Gesamtpaket schön, somit sind auch seine Augen recht ansprechend. Ein ausdrucksstarkes Blau. Und lange Wimpern hat er. Was sich dann ja gehört, wenn man so schöne Augen hat. Sein optisch so perfektes Erscheinungsbild irritiert mich und macht mich offenbar wortkarg.

»Ich würde hier gerne wohnen«, sagt Damian im nächsten Moment und bedenkt mich mit einem seelenvollen Blick.

»Vielleicht solltest du vorher noch das Zimmer anschauen.

Und das Bad. Das Bad ist … extravagant. Eventuell ziehst du deine Absichtsbekundung dann zurück«, sage ich.

»Ja, das Bad ist ein dickes Minus auf unserer ansonsten einwandfreien Liste der positiven Ausstattungsmerkmale«, lässt Ella vernehmen, die es sich wieder ein wenig bequemer gemacht hat.

»Okay. Ich bin bereit. Zeigt mir das Bad.«

Schweigend brechen wir auf und betreten das hässlichste Bad in der gesamten Stadt.

»Oh, ein Ölsockel. Das hat ja durchaus Museumsqualitäten«, ist das Einzige, was dem schönen Damian beim Anblick der grässlichen Nasszelle einfällt. »Es ist natürlich eine Beleidigung an meine ästhetische Seite, aber ich werde es verschmerzen. Wenn ich dafür mit zwei so tollen Frauen wie euch zusammenwohnen darf.«

Ella gibt ein kleines, sonderbares Quieken von sich, woraufhin Damian noch breiter grinst. Er ist es offenbar auch gewohnt, dass Frauen solche Geräusche von sich geben, wenn er anwesend ist. Und es gefällt ihm.

Das Zimmer gefällt ihm auch, und wir geleiten ihn gemeinschaftlich zur Haustür, wobei ich Ella unauffällig in den Hintern kneife, während ich Damian mitteile, dass wir uns melden werden. Ella hätte ihm sonst vermutlich umgehend den Mietvertrag ausgehändigt und auf eine sofortige Unterschrift bestanden.

Die Tür fällt ins Schloss, und wir starren sie an.

»*Biiiitteeee*, *DEN* müssen wir nehmen!«, seufzt Ella auch sogleich.

»Ich bin mir unschlüssig. Wollen wir wirklich so etwas Schönes am Frühstückstisch sitzen haben?«, frage ich und denke an mein sonderbares Verhalten so schönen Menschen gegenüber. Ich fühle mich dann immer sehr klein und sehr hässlich. Und dick. Dabei bin ich gar nicht dick. Schöne Menschen umnebeln mir die Sinne.

»*JA!* Wollen wir!«

»Aber er ist so von sich eingenommen. Bestimmt ist der total anstrengend und küsst jeden Morgen sein Spiegelbild«, wende ich ein.

»Egal! Aber wir können ihn anstarren. Und vielleicht putzt er ja mal ohne T-Shirt die Küche.« Sie hält kurz inne und verdreht die Augen. »Marie! Wir beide, fette Pasta auf dem Teller, Rotwein auf dem Tisch, und Damian schrubbt den Boden. Halbnackt. Ich stimme für ihn!« Sie hebt die Hand, und ich frage mich für einen kurzen Moment, worauf ich mich hier eigentlich eingelassen habe.

Wo sind all die freundlichen, unauffälligen, sauberen, ordentlichen, herzensguten Buchliebhaberinnen, die nichts weiter wollen, als hin und wieder einen vegetarischen Nudelauflauf für die gesamte WG zuzubereiten?

Die scheinen den Weg zu uns nicht zu finden.

»Wir sollten das später bei einem Glas Wein ausdiskutieren.« Ella gibt sich noch nicht geschlagen, aber weitere Zeit bleibt uns nicht, denn es klingelt erneut an der Wohnungstür.

»Wir sind nicht da«, murmelt sie.

»Einen brauchen wir noch. Wenn wir den Schönling nicht nehmen, sind es sogar immer noch zwei«, wende ich ein, obwohl ich auch keine Lust habe, die Tür aufzumachen.

»Wir tun es für Geld«, sagt Ella mit grabesschwerer Stimme und legt die Hand auf die Klinke.

Vor unserer Tür steht Frau Glitzer, Glonky, Shiny, Glossy. In Pink, umgeben von schillerndem Feenstaub, und sie sagt: »Hallo!«

Wir sind zu erschüttert, um ihren Gruß zu erwidern, lassen sie aber zumindest in den Flur, wo sie weiter herumfunkelt.

»Ich bin Giulietta«, sagt sie und lächelt uns wohlwollend an. Sie trägt etwas Rosafarbenes, Hautenges, auf dem ungefähr drei Komma vier Millionen Strasssteinchen kleben. Außerdem ist sie blond und hat eine Frisur, die ich nur mithilfe eines beherzten Griffs in die Steckdose hinbekommen würde.

Bei der Vorstellung, diese Dame morgens an der Kaffeemaschine zu treffen, öffnet sich mein Mund von ganz allein. Heraus kommt: »Es tut uns fürchterlich leid, aber das Zimmer ist schon vergeben.«

Giulietta zieht augenblicklich eine Schnute, und ich bin unfassbar dankbar, dass meinem Unterbewusstsein dieser hinterlistige Schwindel so spontan eingefallen ist. So guckt Giulietta bestimmt auch, wenn sie den Abwasch machen muss. Oder den Müll runtertragen soll. »Das ist jetzt unfair«, faucht sie mich an.

»Ja«, sage ich. »Und es tut uns wirklich leid. Aber wir haben kurz vorher unsere Seelenverwandten gefunden. Die müssen hier einziehen. Sorry!«

»Das ist voll fies«, insistiert die Frau in Pink, dreht sich auf den Stilettoabsätzen um und schmeißt die Wohnungstür ins Schloss.

»Du bist voll fies.« Ella grinst mich an. »Respekt!«

»Ich bin sonst nicht so. Man möge mir diese Bösartigkeit in Anbetracht meiner totalen Ermattung nachsehen.«

»Ich verzeihe dir. Einen Kandidaten haben wir noch. Wir sollten die halbe Stunde mit etwas Sinnvollem verbringen. Essen. Oder Schlafen.«

Und so finden wir uns zu einem kleinen Powernap auf dem roten Castingsofa ein. Ella hat sich heute extra freigenommen, und ich habe heute Morgen um halb acht einen kleinen Artikel über das Sexualverhalten von Großstadtspatzen verfasst, der bereits regen Zuspruch gefunden hat. Wir haben uns eine Pause redlich verdient.

Kapitel 6

Einen fürs Auge, einen für die Miete

»Wir haben noch sieben Minuten.«

»Es hat aber geklingelt.«

»Sieben Minuten!« Ella hebt die Hände und zählt mir sieben Finger vor.

»Hat trotzdem geklingelt. Können wir mit jemandem leben, der zu früh kommt?«

Sie schüttelt langsam den Kopf. »Mit zu spät kann ich umgehen. Zu früh ist schwierig.«

»Aber wir brauchen noch einen. Oder zwei. Das konnten wir ja noch nicht abschließend klären.«

Es klingelt wieder, und Ella jault leise auf. Wir machen Ching-Chang-Chong, und Ella verliert, womit ich auf dem Sofa liegen bleiben kann, während sie sich zur Tür schleppt. Ich höre leise Stimmen, die Wohnungstür klappt, dann kommt sie mit dem letzten potenziellen Bewerber zurück, der erst mal im Türrahmen zum Wohnzimmer stehen bleibt.

Seine Haare haben die gleiche Farbe wie seine Augen. Ein tiefes Braun. Das ist das Erste, was mit auffällt. Ansonsten ist er sehr groß und scheint eher schüchtern zu sein. Er traut sich wohl nicht ins Wohnzimmer, wo Ella bereits wieder neben mir Platz genommen hat.

»Ich würde gerne erst mal das Zimmer sehen«, spricht er von der Tür aus. Also hieven wir uns wieder hoch, um seinem

Wunsch zu entsprechen. Vielleicht hat es sich dann ja erledigt. Vielleicht passt er, Hüne, der er ist, da nämlich gar nicht rein.

Er nickt aber nur andächtig und steckt die Hände in seine Jeans, als wir uns schweigend mit ihm in die fünfzehn Quadratmeter begeben. »Gefällt mir«, sagt er schließlich. »Wenigstens muss ich nicht den Kopf einziehen.« Er grinst uns an, aber wir schweigen immer noch. Wir haben unser gesamtes Wortkontingent für den Tag bereits aufgebraucht.

»Wollt ihr meine Gehaltsabrechnung sehen?« Aus dem Nichts zaubert er ein Blatt Papier hervor und wedelt damit vor meiner Nase herum. Offenbar hat er beschlossen, dass ich hier der Entscheidungsträger bin.

»Äh«, sage ich sehr eloquent, und er zieht eine Augenbraue hoch. Bisher haben wir das Stadium der finanziellen Sicherheit bei unseren potenziellen Mitbewohnern noch gar nicht erreicht, deswegen bin ich gerade ein wenig überfordert. Ich kann doch nicht einfach so auf fremde Gehaltsabrechnungen schauen?

Da ich immer noch schweige, sagt unser aktueller Kandidat: »Ich bin Versicherungsstatistiker und habe ein regelmäßiges, festes Einkommen.« Den Zettel steckt er kurzerhand wieder in seine Hosentasche und schaut mich jetzt erwartungsvoll an.

So wie er aussieht, kann er bestimmt ganz ausgezeichnet Löcher in die Wand bohren oder Dinge in den Keller schleppen. Außerdem riecht er gut. Ein echter Pluspunkt.

Ich sehe Ella an, die nur die Achseln zuckt und offenbar darauf wartet, dass ich etwas sage. Oder tue. So als Entscheidungsträger in unserer zukünftigen WG.

»Okay. Du kannst sofort einziehen«, sage ich und staune. Das war doch mal eine Entscheidungsfindung in Blitzgeschwindigkeit. Ob ich ihn vorher noch nach seinen Essens- und Putzgewohnheiten hätte fragen sollen? Allerdings komme ich darüber hinweg, denn der Versicherungsstatistiker freut sich wirklich formvollendet. Mit Hüpfer in die Luft und einem Jauchzer. Das ist irgendwie ganz zauberhaft und kommt bei seiner stattlichen Körpergröße und seinem komischen Beruf jetzt ein wenig unerwartet.

»Ich bin Matze. Matthias.« Er greift meine Hand und schüttelt sie energisch. »Ich habe meine erste Stelle bei der Hanse Berger Versicherung und wohne seitdem bei Freunden. Das ist schrecklich kompliziert, weil die nur eine Zweizimmerwohnung haben und ich dort in der Abstellkammer schlafen muss. Zusammen mit dem Staubsauger.«

»Ich bin Marie«, sage ich und versuche vorsichtig, meine zarte Bloggerinnen-Hand seiner mächtigen Pranke zu entziehen.

»Ella«, sagt Ella knapp und versteckt ihre Hände hinter dem Rücken.

»Kann ich meinen Kram morgen vorbeibringen?«, fragt Matze, und ich nicke.

»Aber vielleicht solltest du dir noch kurz das Bad anschauen. Eventuell überdenkst du deine Entscheidung dann noch mal«, sage ich vorsichtig. Nicht, dass wir den bärenstarken Kerl jetzt so kurz vor der Zielgeraden noch verlieren. Matze guckt das Bad an, zuckt mit keiner Wimper und geht.

»Einen für die sichere Miete, einen zum Angucken«, sagt Ella zufrieden, als die Wohnungstür hinter ihm ins Schloss fällt.

»Was macht man eigentlich als Versicherungsstatistiker? Klingt für mich, als würde ich jeden Morgen schreiend unter meinen Schreibtisch kriechen, wenn ich das machen müsste«, sage ich.

»Ist mir völlig egal, was das ist. Hauptsache er kann die Miete zahlen. Und offenbar kann er das«, antwortet Ella. »Ich rufe jetzt Damian an und sage ihm zu«, verkündet sie dann enthusiastisch, womit die endgültige Entscheidung für meine weitere WG-Laufbahn dann wohl getroffen wäre.

Damian zeigt sich hocherfreut und beabsichtigt ebenfalls am nächsten Tag sein Zimmer in Beschlag zu nehmen. Offenbar gibt es in der Branche der WG-Zimmervermietung keine Kündigungsfristen. Alle sind sehr spontan, und mich überkommen plötzlich schwere Zweifel.

Zusammenleben ist ja schon eine ernste Sache. Und egal wie dringend ich die Miete der anderen brauche, irgendwie dachte ich trotzdem, alles etwas geruhsamer angehen zu können. Ich wollte doch noch mit Ella besprechen, wie es jetzt weitergeht. Unsere Notizen anschauen, überlegen und dann in Ruhe eine Entscheidung treffen. Dass da schon morgen zwei völlig Fremde einziehen werden, macht mich ein klein wenig unruhig. Das ist nicht wie in meinem Lieblingsfilm. Das geht hier entschieden schneller. Und die Tatsache, dass bei unserem Casting von so vielen Leuten nur zwei für ein Zusammenleben überhaupt infrage kommen, steht auf einem ganz anderen Blatt.

»Komm, lass uns feiern!« Ella grinst, und wenn sie grinst, zeigt sie ihren ganz leicht schief stehenden Schneidezahn, was ich sehr charmant finde. Außerdem hat sie endlich ihre hohen Stiefel ausgezogen und geht mir nur noch bis zur Brust.

Sie grinst immer noch. Für sie scheint das alles gar kein Problem zu sein.

»Du scheinst ziemlich WG-erprobt zu sein«, stelle ich fest.

»Seit ich zu Hause ausgezogen bin, ja. Und das ist schon … lass mich kurz nachrechnen … zehn Jahre her.«

»Du bist doch gerade mal sechsundzwanzig«, sage ich erstaunt.

Sie lächelt nur, scheint aber nicht gewillt, mir mehr zu erzählen. Wenn man allerdings mit sechzehn von zu Hause auszieht, muss es sonderbare Umstände gegeben haben. Oder man hat meine Eltern. Das Zusammenleben mit ihnen hätte einen Auszug schon mit zwölf gerechtfertigt, was sie allerdings um jeden Preis zu verhindern gewusst hätten. Und wenn ich sage, um jeden Preis, meine ich um jeden Preis.

»Hast du Angst?«, fragt Ella plötzlich und lächelt nicht mehr. Sie hat feine Antennen. Auch etwas, das ich ihr gar nicht zugetraut hätte.

»Ich bin ein wenig überfordert von der allgemeinen Geschwindigkeit«, gebe ich zu. »Ich habe hier vor ein paar Tagen noch mit Jörn, dem Kabelklauer, zusammengelebt, und ab morgen schlafen hier zwei fremde Männer.«

»Ich verstehe«, sagt Ella. »Aber mach dir keine Sorgen. Das wird schon. Das WG-Personal rüttelt und schüttelt sich ein paar Tage und Wochen, und dann läuft es meistens. Es sei denn, einer zieht im Klo nie ab oder kotzt in die Spüle.«

Ich verhindere nur mit Mühe eine Schnappatmung.

»Aber das passiert selten«, fährt Ella ungerührt fort. »Außerdem hast du das schönste Zimmer. Und einen Balkon. Mit wunderbarem Blick in den Innenhof. Das ist fast wie auf dem Land. Und du bist die Herrin des Mietvertrags. Wenn einer sich ungebührlich verhält, kündigst du ihm.«

In dieser Nacht schlafe ich nicht. Stattdessen schreibe ich einen Artikel über ein neues Halsband, das zwar wie wild blinkt und somit den Hund im Dunkeln vor Autos schützt, ihm aber so leicht über den Kopf rutscht, dass das auch nichts mehr bringt. Diese Information erreichte mich nämlich gegen zwei Uhr in der Nacht von Meike. Um drei schickt mir Mareike dann eine SMS mit dem Inhalt, dass ich mir bloß kein Kind anschaffen soll, weil die als Basiseinstellung niemals nie schlafen. Um vier bin ich so erschöpft, dass ich doch kurz einschlafe, eine halbe Stunde später aber wie von der Tarantel gestochen aus dem Bett springe, weil ich geträumt habe, dass in meiner Küche Charleston getanzt wird, während fünf Leute in die Spüle kotzen und Ella mit Damian im Kühlschrank Sex hat.

Um sechs gebe ich auf und gehe mir einen Kaffee kochen. Und sitze kurz darauf weinend mit meiner dampfenden Tasse am Küchentisch, weil ich aus Versehen Jörns hässlichen Becher mit dem Eiffelturm drauf gegriffen habe und nun unter akutem und völlig unerwartetem Herzschmerz leide. Es waren immerhin drei Jahre. Ich bin siebenundzwanzig. Und elf Monate. In diesem Alter sind drei Jahre eine verdammt lange Zeit. Und ich habe immer noch keine Ahnung, was eigentlich schiefgelaufen ist. Naja. Außer dass Jörn jetzt ein wichtiger Anzugträger ist, einer von denen, über die wir noch vor zwei Jahren herzhaft gelästert haben.

»Oh. Was ist denn?« Ella steht vor mir. In einem riesigen Mickey-Mouse-T-Shirt, mit Ringelsocken an den Füßen.

»Nichts«, schluchze ich. Dämliche Antwort. Ist mir auch klar. Wer sitzt schon morgens um sechs heulend in der Küche, wenn nichts los ist?

»Oh.« Ella ist betroffen. »Soll ich dir eine heiße Milch machen? Oder Schokolade holen? Oder ihn verhauen? Ich kann gut verhauen. Sieht man mir nicht an, aber ich bin echt schnell. Und stark.«

»Es ist noch so frisch. Und ich dachte, ich kann besser damit umgehen. Aber dann habe ich diesen blöden Becher hier aus dem Schrank genommen. Dabei ist der echt hässlich …« Und dann bin ich als heulendes Elend am Küchentisch zusammengebrochen. Das muss ich aber gar nicht mehr sagen, das sieht Ella selbst.

»Marie.« Ella ist plötzlich ganz ernst. Ich wusste gar nicht, dass sie das kann. »Man muss erst durch das schlammige Tal des Urschlammes gekrochen sein, um sich danach wieder zu erheben.«

Nein, ich wusste auch nicht, dass sie zu philosophischen Ansätzen neigt. Aber ihre Worte tun gut. Und besonders gut tut es mir, dass sie mir jetzt tatsächlich eine heiße Milch macht, mir über den Kopf streichelt und sich dann einfach neben mich setzt.

Um acht höre ich auf zu weinen. Was sich als sinnvoll erweist, denn erstens habe ich Ella jetzt alles (wirklich alles) von den drei Jahren mit Jörn erzählt, und zweitens klingelt es um kurz nach acht an der Tür. Wir sind beide optisch total indisponiert. Ella sieht in ihrem XXL-Schlafshirt sogar noch fast gut aus im Gegensatz zu mir. Ich trage noch meine blaue, ausgeleierte Jogginghose und das gelbe Werbeshirt eines Hundefutterherstellers. Allerdings bin ich mit meinem verheulten Gesicht noch indisponierter als Ella, deswegen bedeutet sie mir sitzen zu bleiben, während sie an die Tür geht.

»Oh! Was für eine Überraschung!«, höre ich sie rufen. Es klingt allerdings mehr wie: »Hast du nicht mehr alle Tassen im Schrank?!«

Die Überraschung besteht aus Matze. Der um kurz nach acht bei uns einziehen möchte.

Strahlend steht er in der Küche. »Ich fange erst um neun an. Da dachte ich, ich bringe schon mal schnell ein paar Sachen vorbei.«

Die stehen jetzt verteilt auf den schwarz-weißen Küchenfliesen aus dem 19. Jahrhundert und in der Diele.

Auf einem der Kartons liegt ein Breitschwert. Ich schiele auf die Arbeitsplatte, soweit das mit meinen zugeschwollenen Augen möglich ist, um zu sehen, ob Jörn mir seinen Küchenmesserblock hiergelassen hat. Hat er aber nicht. Wenn ich jetzt mit einem echten Breitschwert erlegt werde, liegt das daran, dass er alles mitgenommen hat. Messer und Ladekabel. Nur seinen scheißhässlichen Kaffeebecher hat er dagelassen. Und der ist zu nichts gut, außer mich zum Weinen zu bringen.

Dann also offensiv. »Was ist das?«, frage ich mit verrotzter Stimme.

»Ein Schwert«, erklärt Matze fröhlich.

»Um deine Mitbewohner zu erlegen?«, erkundigt Ella sich höflich. Matze lacht herzhaft. »Ihr seid ja süß. Nein. Ich bin Rollenspieler.« Ella nickt. Ich nicke auch. Als er sich zwei der Kartons schnappt, um sie in sein Zimmer zu tragen, fragt Ella mich leise: »Was ist er?«

»Rollenspieler«, flüstere ich.

»Ob das strafbar ist?«

»Man weiß es nicht. Aber er hat das Schwert mitgenommen. Also will er uns wohl nicht gleich killen«, mutmaße ich.

»Immerhin kommt das Wort Spiel in dem, was auch immer er ist, vor. Das sollte zu unserer Beruhigung dienen«, sagt Ella. Und so beruhigen wir uns.

Kapitel 7

Zusammenrücken

»Geht das auch ein wenig schneller? Ich habe nicht ewig Zeit!«

Nein, es geht nicht schneller. Dem aufmerksamen Betrachter wäre das schon aufgefallen. Ich flitze in Lichtgeschwindigkeit und bepackt wie ein bengalischer Bergesel durch das Café, während mir schon der Schweiß auf der Stirn steht. Mein Chef spornt mich mit düsteren Blicken an, der Flut an Gästen endlich Herr zu werden. Der Nörgler hockt über einem Berg von Unterlagen, blockiert dabei einen Vierertisch und wischt im Sekundentakt auf seinem iPad herum. Er hat offenbar viel zu tun und bemerkt deswegen nicht, dass ich ja gewillt bin, ihm seinen Espresso zu bringen, es aber aus logistischen Gründen nicht schaffe. Ich habe nämlich nur zwei Arme. Ein bedauerlicher Zustand.

»Drei Espresso, ein Wasser, Bionade Holunder, Sonnenschein und zu Weihnachten ein weiteres Paar Arme«, schnaufe ich und knalle das leere Tablett auf die Theke. Rolf schenkt mir ein einseitiges Lächeln, werkelt aber konzentriert weiter an der Abarbeitung der vielen Bestellungen. Wir sind heute nur zu zweit. Weil alle anderen Mitarbeiter husten oder kotzen oder ihre Kinder husten oder kotzen. Und dabei bin ich eigentlich nur die Aushilfe. Damit das so bleibt und Rolf mir weiterhin wohlgesinnt ist und jede frei gewordene Schicht zuteilt, versuche ich ihn mit seichten Späßen bei Laune zu halten. Auch wenn ganz Friedrichshain beschlossen hat, die Mittagspause in »Rolfs Café« zu verbringen.

Lizzy, unsere Köchin, kommt aus der kleinen Küche geschossen, den Wahnsinn im Auge, und knallt mir dreimal Milchreis mit Kirschen auf die Theke. Das neue Trendessen. Ich schnappe mir die kleinen Einweggläser, in denen wir Zimt und Zucker servieren, hieve die Milchreisschüsseln auf mein Tablett und renne los zu einer Gruppe Juristinnen, die sich auf dem Sofa hinten rechts versammelt haben. Sie arbeiten für eine Flüchtlingsorganisation und kommen jeden Tag. Deshalb sind sie auch etwas alternativ gekleidet. Aber ausgesprochen nett. Und vermutlich schlau. So schlau, dass sie trotz Verspätung des Milchreises immer noch freundlich sind und mir für meine einstudierte Entschuldigung ein aufrichtiges Lächeln schenken.

Leider wartet der Nörgler, der den Tisch zu seinem Büro umgewandelt hat, immer noch auf seinen Espresso. Der passte einfach nicht mehr aufs Tablett. Und die drei Juristinnen sind Stammkundinnen, und außerdem warten sie schon länger. Das weiß der Herr aber offenbar nicht. Er funkelt mich wutentbrannt über den Rand seines iPads an. »Wird das heute noch mal was?«, zischt er, als ich wieder an ihm vorbeirenne.

»Klar!«, rufe ich zurück. »Geht gleich los!«

»Gib mir diesen verdammten Espresso!«, zische ich, als ich das leere Tablett wieder auf die Theke knalle, doch mein Chef zeigt sich entspannt.

»Der hatte schon viel zu viel Espresso. Ein Baldriantee würde ihm ganz guttun. Erst die Still-Mädels.« Energisch stellt er mir drei Schüsseln mit Müsli und Früchten auf das Tablett und deutet zu der La Leche Liga, die es sich mit ihren Babys auf der mit dicken Kissen ausgelegten Fensterbank bequem gemacht hat.

»Wenn ich noch einmal ohne Espresso an dem Typen vorbeikomme, schmeißt der mit Sachen nach mir.«

»Mein Laden, meine Regeln. Hoffentlich ist das nicht einer von uns …«, sagt Rolf, womit er sich weniger auf einen anderen Café-Betreiber, als vielmehr auf seine homosexuelle Grundorientierung bezieht. Dabei wedelt er mit den Armen, wohl um mich endlich loszuschicken. Er ist jetzt nicht der brillanteste und kundenorientierteste Unternehmer, trotzdem brummt sein Café. Insofern ist anzunehmen, dass er irgendetwas richtig macht. Vielleicht ist er einfach nett zu den richtigen Leuten. Motzende Schreibtischhengste im Nadelstreifenanzug haben es in seiner Welt nicht so leicht. Aber er muss ja auch nicht an dem Typen vorbei, sondern ich. Ganz offensichtlich *OHNE* Espresso auf dem Tablett.

Der zu erwartende Blick ist dann auch dementsprechend vernichtend. Ich eile im Laufschritt an ihm vorbei und liefere das Müsli bei den Still-Mädels ab. Die haben alle vor vier Monaten ihre Kinder bekommen. Ich glaube, sie haben sich abgesprochen. Und seit vier Monaten treffen sie sich einmal am Tag hier, um Müsli zu essen und ihre Kinder zu stillen.

»Lasst es euch schmecken!«, rufe ich und renne zurück zu Rolf, wobei ich mich bemühe, Mr Nadelstreifen möglichst zu ignorieren.

»Entweder du machst jetzt diesen Espresso, oder ich mach ihn selbst«, keuche ich und bekomme endlich die kleine Tasse mit dem kleinen Wasserglas auf mein Tablett gestellt.

Der Mann guckt mich kalt an. Ich lächle trotzdem und stelle ihm sogar noch einen kleinen Teller mit Keksen hin, den ich mir im Vorbeigehen noch schnell von einem der Verkaufstische geschnappt habe. Alles, was man hier isst, kann man nämlich auch zum Mitnehmen bekommen.

»Und? Die sollen es jetzt wiedergutmachen, dass ich hier

dreißig Minuten meines Lebens verplempert habe?« Er starrt mich mit so kalten Augen an, dass mir ein eisiger Schauer über den Rücken läuft. Er ist richtig angepisst. Was wirklich unfair ist, schließlich renne ich seit drei Stunden nonstop durch die Gegend und habe es noch nicht einmal geschafft, aufs Klo zu gehen. Dabei muss ich wirklich dringend.

»Ich habe mein Bestes gegeben«, sage ich, immer noch freundlich.

»Dann scheint das nicht auszureichen«, antwortet er.

»Heute sind viele krank«, sage ich. Ich muss mich eigentlich gar nicht rechtfertigen. Aber ich komme nicht umhin, mich persönlich angegriffen zu fühlen.

»Und? Glauben Sie, dass Sie in der Lage sind, mir innerhalb der nächsten zwanzig Minuten noch einen Salat Royal zu servieren, oder soll ich den dann lieber für morgen Mittag bestellen?«, fragt er mich süffisant.

»Ein Salat Royal. Geht klar«, sage ich, versuche mich an einem erneuten Lächeln und stürze nach einem Abstecher an vier weitere Tische zurück zur Theke, um die nächsten Bestellungen runterzurattern.

Die Luft brennt weiter. Menschen strömen in das Café, suchen Plätze, finden keine, fangen an, sich um frei werdende Tische zu streiten, wollen, dass ich sage, wer zuerst da war. Das Einzige, was ich zu diesen sinnlosen Diskussionen beitragen könnte, wäre die aktuelle Meldung über den Füllstand meiner Blase: Oberkante.

»Setzt euch zusammen«, sage ich deshalb kurzerhand das eine ums andere Mal und stelle zu meiner Freude fest, dass einige Gäste diesen Rat tatsächlich beherzigen. Ein paar stylishe Hipster haben sich mit drei alten Damen zusammengerottet und teilen sich den großen Tisch, der mitten im Raum steht. Nur mein Lieblingsgast mit dem großen Platzbedarf hat zwei Müttern mit Kleinkindern das gesellige Beisammensein verweigert. Er müsse arbeiten. Die Mütter tragen es mit Fassung und setzen sich zu ein paar Berlin-Touristen. Sie scheinen Kummer gewohnt zu sein und sind völlig gelassen. Im Gegensatz zu mir und Rolf. Mir platzt gleich die Blase (das Klo ist permanent besetzt), und Rolf hat sich beim Milchaufschäumen den Finger verbrannt und jetzt ausgesprochen schlechte Laune. Und um noch einen draufzusetzen, hat sein Freund gerade angerufen und ihn für heute Abend versetzt. Lizzy hat komplett auf interne Kommunikation umgestellt und spricht sich selber Mut zu, während sie die Bestellungen einsammelt und in der Küche wirklich alles gibt. Bei meiner nächsten Runde sehe ich den ersehnten Salat Royal auf der Theke auftauchen. Mr Nadelstreifen sieht ihn auch. Zeitgleich sehe ich aber auch ein kleines Schlupfloch vor dem Klo. Ich habe die Wahl, einem Arschloch seinen Salat zu bringen oder mir in die Hose zu machen, und entscheide mich für meine Blase. Ich lasse das Tablett krachend auf die Theke knallen, nehme die Beine in die Hände und jage in die Toilette. Mit fliegenden Fingern fummle ich die Schürze herunter und bin zwei Minuten später so unfassbar erleichtert wie schon lange nicht mehr. In vielerlei Hinsicht. Die Zeit drängt, trotzdem lasse ich mir beim Händewaschen die vorgeschriebenen dreißig Sekunden Zeit. Im Winter sind ja so viele Bazillen unterwegs, und ich muss an die Still-Mütter mit ihren Babys und die alten Damen im Café denken, die von so einem fiesen Bakterium in null Komma nichts hinweggerafft werden könnten.

Flink binde ich mir danach die Schürze wieder um und eile zur Theke.

»Besser?«, fragt Rolf mich grinsend, und ich nicke knapp, während ich endlich den Salat Royal mit sieben weiteren Getränken auf mein Tablett wuchte. Der Salat ist das Schwerste, deshalb verteile ich erst die Getränke, weil ich Angst habe, dass ich sonst mein Gleichgewicht verlieren könnte. Ich musste den Umgang mit dem Tablett erst mühevoll lernen und habe dabei so einigen Leuten Schorlen, Wasser und heißen Tee auf den Schoß gekippt. Rolf hat mich trotzdem behalten. Weil er einfach nett ist und findet, dass ich gut zu seinen Kunden passe.

Ich spüre, wie Mr Nadelstreifen meine hastige Runde durch das Café verfolgt. Seine Augen sind wie Laserstrahlen und ätzen mir kleine Löcher in den Rücken. Leider will dann auch noch eine der älteren Damen eine Mittagsempfehlung, und eine der Still-Mamas braucht eine Serviette, womit ich erst mit ein paar Minuten Verspätung an seinen Tisch gelange.

»Den kannst du jetzt selber essen«, sagt er kalt, als ich den Teller auf den Tisch stellen will.

»Bitte?«, frage ich verdutzt und bemerke dazu noch, dass er begonnen hat, mich zu duzen.

»Die zwanzig Minuten sind rum. Bezahlen werde ich ihn sicher nicht.« Mit diesen Worten hebt er wieder sein iPad und ignoriert mich. Ich stehe mit dem von Lizzy frisch zubereiteten Salat verloren vor dem Tisch herum. Auf dem Salat sind Biochampignons und Bioschafskäse und Biopaprika, und er will ihn nicht mehr essen? Weil ich Pipi musste, mir die vorgeschriebene Zeit fürs Händewaschen genommen habe und Angst hatte, dass mir die Gläser vom Tablett fallen, wenn er seinen Salat zuerst bekommt? *DAS* macht mich wütend. Richtig wütend. Ich werde selten wütend, deshalb weiß ich gar nicht, wie ich mit diesem Gefühl umgehen soll.

»Und was mache ich jetzt damit?«, frage ich und deute mit der freien Hand auf den verlockenden Salat.

»Wegschmeißen, würde ich sagen. Soweit ich weiß, darf etwas, das die Küche verlassen hat, nicht mehr genutzt werden.«

Er macht sich noch nicht einmal die Mühe, mich anzusehen. In mir rumpelt es. Wir kann dieser Typ nur so arrogant sein? Ich habe wirklich alles gegeben. Mir läuft der Schweiß hinten in den Jeansbund, während er hier sitzt und … Solitär spielt. Fassungslos sehe ich in den großen Spiegel, der hinter ihm quer an der Wand hängt. Er arbeitet gar nicht, blockiert aber den großen Tisch, weil er angeblich den Platz braucht. Dabei vertreibt er sich die Zeit beim Zocken. Mit einem Knall stelle ich den Teller auf den Tisch.

»Sie haben diesen Salat bestellt, und Sie werden ihn essen! Da sind nur gute Zutaten drauf, alles andere wäre Verschwendung. Hier ist die Hölle los, und wenn Sie mal die Augen aufmachen würden, könnten Sie sehen, wie bemüht wir alle sind. Ihr Salat musste fünf Minuten warten, weil ich echt dringend pinkeln musste, und dann muss ich mir dreißig Sekunden lang die Hände waschen, damit keine noch so kleine Bazille es zu unseren Kunden schafft. Und jetzt wollen Sie diesen Salat nicht mehr?« Mir ist klar, dass ich spätestens jetzt die volle Aufmerksamkeit aller Gäste habe. Aber ich kann nicht aufhören.

»Und wenn Sie noch mal einem Gast den Platz verbieten, weil Sie angeblich arbeiten, fliegen Sie hier hochkant raus!« Ich jetzt vermutlich auch. Trotzdem brülle ich weiter. »Solitär spielen kann man auch mit Tischnachbarn! Räumen Sie Ihren Kram zusammen, essen Sie den Salat und halten Sie die Klappe!« Schwungvoll drehe ich mich um und renne zur Theke. Irgendwo links hinter mir brandet leiser Szenenapplaus auf. Aber nur ganz leise. Ansonsten könnte man eine Stecknadel fallen hören. Lizzy und Rolf stehen reglos hinter der Theke und starren mich an.

»'tschuldigung«, japse ich und erwarte, dass Rolf mir das Tablett wegnimmt und die Schürze zurückverlangt. Aber er sieht ganz fröhlich aus.

»Das war gut«, sagt er. »Das solltest du häufiger machen.«

»Das war geschäftsschädigend«, sage ich leise.

»Nein. Das war gut, weil es du warst. So ganz in echt. Die Marie. Ich bin auch immer Rolf, und Lizzy ist Lizzy. Und wenn wir schlechte Laune haben, haben wir schlechte Laune. Heute haben wir mal Marie kennengelernt. Coole Sache.« Er dreht sich wieder zu seiner Kaffeemaschine und macht sich daran, den Bestellzettel abzuarbeiten. »Und es hat Wirkung gezeigt«, fügt er hinzu.

Ich blicke mich vorsichtig um. Der Arsch sitzt mit hochrotem Kopf am Tisch und isst seinen Salat.

Kapitel 8

Und was machst du so?

Es ist und bleibt ein denkwürdiger Tag. Völlig fertig wanke ich gegen halb fünf nach Hause. Also in meine neue WG. Matze kommt nur kurz nach mir an, und auch Damian, der Vierte im Bunde, taucht eine halbe Stunde später auf. Ebenfalls mit diversen Kartons auf dem Arm, allerdings ohne sichtbare Waffe.

Ich fühle mich ein wenig orientierungslos. Bisher habe ich mich nach dem Kellnern immer spontan aufs Sofa gelegt und mindestens eine halbe Stunde lang die Decke angestarrt, aber ich möchte nicht unhöflich erscheinen, denn die neue WG-Gemeinschaft scheint das Wort »Gemeinschaft« sehr ernst zu nehmen. Alle haben sich in der Küche versammelt, und so geselle ich mich dazu. Auf dem Sofa liegen kann ich später ja auch noch.

Ella, die immer erst abends arbeiten muss, hat einen Willkommenssnack vorbereitet. Es gibt frisches Brot, Butter und Rotwein. Diese Küche kennt sonst nur chinesisches Essen in kleinen Schachteln oder Pizza vom Italiener gegenüber.

Ella hingegen hat alles selbst gemacht. Bis auf den Rotwein, das aber wohl auch nur, weil im Supermarkt die roten Trauben aus waren.

»Wie kann man Butter selbst machen?«, frage ich mit vollem Mund und bestreiche erneut eine Scheibe des duftenden Brotes mit der köstlichen Butter.

»Total einfach«, sagt Ella. »Man schlägt Sahne so lange, bis sie erledigt ist und all ihre Flüssigkeit von sich gibt. Dann ist es Butter.«

»Ah«, sagen Matze, Damian und ich wie aus einem Munde. Vermutlich gehört dieses Wissen zur Allgemeinbildung, aber offenbar haben wir alle an dem entsprechenden Tag in der Schule gefehlt oder die entsprechende Sendung mit der Maus verpasst. Mir zumindest war das neu. Ich habe mir allerdings auch noch nie Gedanken darüber gemacht, wie Butter entsteht. Dass ausgerechnet Ella weiß, wie so etwas geht, und ihr Wissen auch noch anwendet, hätte ich nicht gedacht.

Die Stimmung in der Küche ist entspannt und fast ausgelassen. Damian sieht nicht nur gut aus, er kann auch gockeln wie ein ganz Großer. Lässig steht er mit dem Rotwein gegen die Küchentheke gelehnt und berichtet Matze, den er ja heute zum ersten Mal trifft, was er beruflich macht. Wenn man ihm zuhört, ist davon auszugehen, dass er demnächst die Weltherrschaft übernehmen wird. Mindestens. Das aber nur, wenn seine Mitarbeiter auch wirklich gut funktionieren, was leider nicht immer der Fall ist, weil Mitarbeiter ja zu einem unkontrollierbaren Eigenleben neigen. Welches auch durch hervorragende Führungspersönlichkeiten nicht zu kontrollieren ist. Matze ist total höflich, das muss man ihm lassen. Er nickt freundlich, hört zu und stellt sogar ein paar Fragen.

»Es stand nicht dran, dass man den nur ohne Ton ertragen kann«, flüstert Ella mir zu und reicht noch eine dicke Scheibe Brot mit frischer Butter rüber.

»Wir könnten Ohropax nutzen«, sage ich und beiße beherzt in mein Brot. »Aber warum ist er nicht in eine Penthouse-Wohnung mit dreihundert Quadratmeter gezogen, wo er den Porsche gleich per Aufzug mit ins Wohnzimmer nehmen kann? Wieso wohnt er hier, wenn er *SO* einen Job hat?«, frage ich mit vollem Mund, was Ella nicht daran hindert, mich trotzdem zu verstehen.

»Die verdienen alle nichts. Ich verdiene wenig, du auch, aber wir wissen wenigstens, warum. So Werbungs-Art-Sonst-Was-Dingsbums verdienen kaum mehr als wir, für echt viel Arbeit. Ich weiß das. Ich hatte mal einen Freund, der war auch so was. Und weil sie so wenig verdienen, müssen sie immer einen auf ganz besonders wichtig machen, damit das keinem auffällt.«

Wir hören Damian noch einen Moment schweigend zu, und ich komme nicht umhin, ihn für seine doch sehr eloquente Art zu bewundern. Ich finde es grundsätzlich sonderbar, wenn Menschen sich in den Vordergrund spielen müssen, aber so sehr es nervt, Damian hat was. Trotz allem. Er ist unglaublich selbstsicher. Und leider macht ihn das sexy. Verdutzt von dieser Erkenntnis höre ich auf zu kauen und betrachte unseren neuen Mitbewohner erstaunt. Ich sollte doch gerade ihn alles, nur nicht sexy finden.

»Was machst du so, Marie?« Matze hat sich jetzt zu mir gedreht. Was ziemlich gut ist, so bin ich von meinen sonderbaren Gedankengängen abgelenkt und kaue erst mal mein Butterbrot fertig.

»Ich habe einen Haustierblog«, sage ich schließlich.

Er runzelt die Stirn. »Du hast doch gar kein Haustier. Oder ist das so klein, dass es unter dem Sofa leben kann und nur selten rauskommt?«

»Oh. Äh. Ab heute habe ich auch einen WG-Blog. Mitbewohner habe ich jetzt ja«, versuche ich einen Scherz. Ich finde es ein wenig peinlich, anderen Menschen erklären zu müssen, dass ich zwar enthusiastisch über Tiere schreibe, aber keines besitze.

»Ich hatte mal einen Goldhamster«, sagt Matze und übergeht mein Gestammel damit großzügig. »Der war allerdings ein bisschen neurotisch, was sicherlich daran lag, dass er Karl der Große hieß.« Er grinst. Und fragt nicht, ob man von einem Haustierblog leben kann. Das fragen sonst immer alle.

»Manchmal arbeite ich auch in ›Rolfs Café‹«, füge ich noch hinzu, um meinen Lebenslauf zu komplettieren. Matze nickt, wobei ihm eine Strähne seiner schönen dunkelbraunen Haare ins Gesicht fällt.

»Weiß ich. Da habe ich dich auch schon mal gesehen. Mit einer langen roten Schürze.« Matze grinst mich an.

»Oh. Habe ich dir schon mal einen Kaffee serviert?«

»Nee. Das hat deine Kollegin gemacht, aber du bist mir aufgefallen, weil die rote Schürze sich so heftig mit deinem hellblauen Pullover gebissen hat.«

Ah. Danke. Ich würde gerne mal auffallen, weil das Grau meiner Augen so unfassbar gut mit dem Mintgrün meiner Jeans harmoniert, aber Matze hat es auf den Punkt gebracht: Bei mir beißt sich immer alles ein wenig, und ich hinterlasse manchmal ganz ungewollt Eindruck.

»Und Ella, was machst du?«, wendet Matze sich an unsere Brotbäckerin. Ella plinkert ein wenig mit den Wimpern. Dann steht sie auf, wackelt mit den Hüften und klatscht einmal in die Hände. Ich sehe Ratlosigkeit in Matzes Gesicht. Damian runzelt ebenfalls die Stirn und lässt sogar das Weinglas sinken.

»Warte, kommt gleich«, sagt Ella, dreht noch eine Runde und lässt sich wieder auf den Hocker fallen. Wow! Endlich ergibt das Wort »kokettieren« einen Sinn. Ich konnte damit nie so richtig etwas anfangen. Nun, Ella hat diese Wissenslücke hier und jetzt eindrücklich geschlossen.

»Ich bin Bardame«, sagt sie dann auch noch wie aufs Stichwort.

Ein Raunen geht durch die anwesenden Männer. »War das der Bardamen-Tanz? Muss der immer vor der Berufsnennung getanzt werden?«, fragt Matze mit verwundert zusammengekniffenen Augen.

»Das war der Wein«, antwortet Ella und lacht wie auf Knopfdruck ihr dreckiges Lachen. Und wie jedes Mal staune ich, dass aus einer so kleinen Person ein solches Lachen herauskommen kann.

Wir hocken noch ziemlich lange beisammen. Damian hört auf, über seinen komischen Job zu sprechen, und Matze erheitert uns mit seiner sonderbaren Vorliebe für die Filme von *Herr der Ringe*.

»Du weißt schon, dass das nur ein Film ist? Die sterben auch nicht in echt, und das ganze Blut ist Filmblut«, sage ich vorsichtig, nachdem er den ganzen Inhalt der Filme in epischen Breiten und ohne Luft zu holen erzählt hat. Zum zweiten Mal. Vermutlich hat er zu viel Wein getrunken. Wir haben trotzdem zugehört, denn Matze kann wirklich spannend erzählen. Außerdem sind wir anderen ebenfalls ein klein wenig betrunken. Okay. Ella mehr, Damian und ich nicht ganz so dolle. Dabei hat er meines Erachtens wesentlich mehr getrunken als wir alle zusammen.

Als wir eine Stunde später alle ins Bett gehen wollen, wird die Lage ein klein wenig unübersichtlich. Es gibt nur ein Bad. Und vier Leute wollen hinein. Davon haben zwei ihr gesamtes Hab und Gut strategisch in der gesamten Wohnung verteilt, und die erste Erkenntnis zu meinem neuen WG-Leben besteht in der Tatsache, dass ich es geschafft habe, mir drei völlig unorganisierte und chaotische Mitbewohner zu suchen. Wenigstens ein auf Ordnung und Struktur bestehendes Pendant wäre nicht schlecht gewesen. Nun rennen alle durcheinander, gucken in Umzugskartons, klappen sie wieder zu und rennen weiter. Sogar Ella, die ja schon vor ein paar Tagen eingezogen ist und eigentlich genug Zeit zum Auspacken gehabt hätte.

»Ihr sucht, ich gehe ins Bad!«, verkünde ich, während Damian mit fragendem Blick in einem weiteren Umzugskarton herumwühlt und einen großen Teddybären hervorzieht. »Der gehört nicht mir«, sagt er achselzuckend, während Ella um die Ecke geschossen kommt und ruft: »Meiner! Den habe ich gesucht!«

Im Bad gönne ich mir fünf Schweigeminuten auf dem Klodeckel mit den Füßen an der Wand.

Zum Glück müssen weder Ella noch ich morgens um Punkt halb acht das Haus verlassen. Das würde vermutlich unweigerlich zu einem Verkehrschaos führen. So können die Jungs das unter sich ausfechten. Trotzdem ist das schon alles irgendwie komisch.

»Kann mir mal kurz jemand helfen, den Lattenrost zu reparieren?«, ruft Matze von der anderen Seite der Tür.

»Verdammt, meine Matratze ist noch im Auto!« Ich nehme an, das war Damian.

»Das muss man nicht reparieren, das muss man zusammenbauen!« Ella. Ganz klar. Durchdringend und deutlich, als würde sie neben mir stehen.

Es wird sich alles einspielen. Hoffe ich zumindest. Ich stehe auf und putze mir die Zähne. Bestimmt wird es das. Die haben ja alle vorher schon mal irgendwo gewohnt und es auch überlebt.

Ich persönlich würde allerdings niemals meine Matratze im Auto vergessen. Nicht, wenn ich ein paar Stunden später drauf schlafen will. Hier parkt man sein Auto nämlich unter Umständen mehrere Stadtteile entfernt. Ich hätte auch meine Umzugskartons kurzerhand direkt in mein Zimmer getragen. Weil ich diszipliniert und ordentlich bin. Das haben meine Eltern mir beigebracht. Jeder für sich. Und da beide über erhebliche preußische Anteile verfügen, hatten meine Gene gar keine Chance, auch nur einen Hauch von Chaos zu entwickeln.

Mit drei Chaoten zusammenzuleben wird sicherlich eine interessante Lernerfahrung werden. Die erste Lernerfahrung in diese Richtung ist der gemeinschaftliche Zusammenbau eines *IKEA*-Lattenrostes, wofür man theoretisch ein Ingenieurstudium benötigt. Und einen Zimmermann. Wir schieben noch eines meiner beiden Sofas in die Küche, damit Damian dort schlafen kann, weil er nachts um halb zwei nicht mehr gefühlte dreihundert Kilometer bis zu seinem Auto laufen möchte. Erst versuchen wir, das Sofa in sein Zimmer zu schieben, aber es passt nicht durch den Türrahmen. Deswegen muss er in der Küche schlafen, was nicht sehr komfortabel ist, weil der Kühlschrank immer so um sich herumbrummt. Als ich mich endlich in mein vollgestelltes Zimmer schleppe, schaffe ich es gerade noch, mir meine Hose auszuziehen. Dann sinke ich auf mein Bett und falle, noch bevor ich das Kopfkissen berühre, in Tiefschlaf.

Am nächsten Morgen explodiert das Bad vor Styling- und Cremetigeln. Die stapeln sich wirklich überall. Sogar auf dem Klodeckel. Dafür durftet es wie in einer Parfümerie. Bisher war mein Bad eher geruchsneutral und hässlich. Nun ist es hässlich, bunt und wohlriechend.

Ich putze mir schnell die Zähne und schlüpfe dann in eine Jeans und einen Kapuzenpullover. Vorbei die Zeiten, in denen ich in Jogginghose und Schlafshirt meinen ersten Blogbeitrag noch beim Frühstück schreibe konnte. Im Out-of-Bed-Look möchte man ja ungern in der Öffentlichkeit gesehen werden, und seit gestern ist meine Küche ein recht öffentlicher Ort. Es ist kurz vor halb neun, als ich die Kaffeemaschine ansteuere und wie angewurzelt stehen bleibe. Das Sofa und Damian sind beide noch in der Küche. Der Mann ist viel zu groß für das Sofa und hat sich recht interessant zusammengefaltet. Er schläft tief und fest. Die meisten Menschen sehen beim Schlafen ja eher unvorteilhaft aus. Weil sie schnarchen, der Mund offen steht und sie sabbern. Spätestens beim Erreichen der Tiefschlafphase ist das nicht mehr abwendbar. Nicht so bei Damian. Er schläft total manierlich mit geschlossenem Mund. Und nacktem Oberkörper. Der einwandfrei zu betrachten ist, weil ihm die Decke bis auf die Hüfte runtergerutscht ist.

Ui. Ella hatte recht. Einen für die Miete und einen zum Angucken. Wenn man so jemanden im Freibad trifft, guckt man nur heimlich hin, weil man sonst Angst hat, als bedürftiger Spanner abgestempelt zu werden. Aber hier kann ich gucken. Ist ja sonst keiner da. Und er schläft.

Ganz leise setze ich Kaffee auf und betrachte erstaunt all die leeren Weinflaschen, die ordentlich nebeneinander auf der Arbeitsplatte aufgereiht stehen. Haben wir die alle getrunken? Und da steht noch eine halbe Flasche Gin. Ich kann mich nicht erinnern, jemals in meinem Leben Gin besessen zu haben. Geschweige denn getrunken. Ich hasse Gin. Die Kaffeemaschine nimmt leise gurgelnd ihre Arbeit auf, und ich drehe mich wieder um.

Ob ich den schönen Mann wecken sollte? Muss er nicht zur Arbeit? Aber vielleicht fängt man in seiner Branche (ich habe leider immer noch nicht genau verstanden, was er eigentlich macht) erst gegen Mittag an? Wegen der unbändigen Kreativität, die ja einen gewissen Anlauf und ausreichend Aufwachzeit braucht?

Er nimmt mir die Entscheidung ab, weil er von allein aufwacht.

»Uh«, murmelt er und dreht sich hin und her, woraufhin die Decke komplett die Flucht ergreift und zu Boden rutscht. Untenherum trägt er eine graue Jogginghose, und die sitzt recht tief auf der Hüfte. Unverschämt tief. Wären wir im Freibad, würde ich spätestens jetzt verschämt in die andere Richtung gucken. Wir sind aber bei mir zu Hause, deswegen gucke ich genau hin. Hätte er sich zum Schlafen halt was anderes anziehen sollen.

»Möchtest du einen Kaffee?«, frage ich, und er kommt mit Schwung hoch, um mich jetzt über die Rückenlehne des Sofas zu mustern. Mit seinen doch wirklich sehr blauen Augen. »Wann fängst du an zu arbeiten?«, frage ich weiter.

»Nicht vor zehn«, murmelt er mit schlafrauer Stimme. »Und du?«

»Niemals nach zehn.« Meine Morgenposts sind nämlich wesentlich inhaltsreicher als die nach 17 Uhr. Über den Tag scheint mein Hirn an Elan zu verlieren.

»Morgen!« Matze ist aufgetaucht. Mit Haaren, die in alle Richtungen abstehen, weißem T-Shirt und ebenfalls einer grauen Jogginghose. Offenbar müssen die hier alle morgens nicht allzu früh los, und hier scheint keiner auch nur einen Gedanken daran zu verschwenden, dass wir uns alle nicht kennen und man sich doch irgendwie wenigstens ansatzweise ein wenig menschenähnlich zurechtmachen könnte, bevor man sich in der Küche trifft. Ella reiht sich ein, indem sie in ihrem XXL-Schlafshirt auftaucht, die obligatorischen Ringelsocken an den Füßen.

»Hmpf«, brummt sie, umrundet Matze und steuert zielsicher auf die Kaffeemaschine zu. »Ihr seid höllisch laut so früh am Morgen. Das muss sich ändern«, brummt sie und guckt düster in die Runde.

Oh Gott. Eine weitere Erkenntnis bahnt sich den Weg in meinen Kopf: Ella ist in Wahrheit ein Morgenmuffel.

Kapitel 9

Auf gute Nachbarschaft!

»Was ist denn hier los?« Er spricht, bevor ich ihn sehe. Dafür schwingt echtes Entsetzen in seinen Worten mit. Kann ich ihm nicht verdenken. In der ganzen Wohnung stehen geöffnete Umzugskartons, und überall liegen Sachen herum. Unter anderem ein glänzendes Breitschwert. Ganz abgesehen von den drei fremden Gestalten in der Küche, alle im Out-of-Bed-Look. Oh, und auf dem Sofa Mr »Directly out of bed«, halb nackt und extrem gut aussehend. Ja, mein Ex hat jedes Recht, entsetzt zu sein. Ich bin es ja irgendwie auch. Vor fünf Tagen haben wir noch gemeinsam hier gefrühstückt. Schweigsam und schlecht gelaunt, aber immerhin nur wir beide.

»Hallo, Marie«, ruft es leise hinter Jörns massiger Gestalt hervor.

»Hallo, Johannes«, rufe ich leise zurück, und mein Herz zuckt einmal schmerzhaft zusammen. Johannes ist Jörns Bruder. Und ich mag ihn sehr. Jetzt, wo Jörn und ich uns getrennt haben, bin ich wohl auch von Johannes getrennt. Und seinen Eltern. Die ich ebenfalls sehr mag. Es wäre vermutlich sonderbar, wenn ich weiterhin jeden Sonntag dort essen ginge. Der Gedanke treibt mir die Tränen in die Augen, die ich schnell wegblinzle. (Ich glaube, ich mochte Jörns Familie immer viel mehr als ihn.)

»Was ist hier los?« Jörn macht jetzt auf autoritär. Er hat die

Hände in die Hüften gestemmt und starrt meine verschlafenen Mitbewohner an, die verwundert zurückgucken.

»Das ist Jörn, mein Ex«, versuche ich zu erklären. Der immer noch einen Schlüssel hat. Das hat man doch als neues WG-Mitglied bestimmt auch nicht so gerne, wenn Wildfremde einfach so ein- und ausgehen können.

»Aha«, sagt Matze und guckt noch einmal genauer hin.

»Hmpf«, sagt Ella und verzieht missbilligend das Gesicht.

»Hast du ein Obdachlosenheim eröffnet?«, fragt Jörn böse. »Ich muss die Steuerordner holen. Und den Fernseher. Na, und alles, was mir gehört. Was einiges sein dürfte.« Er macht auf dem Absatz kehrt, und alle Anwesenden müssen jetzt denken, dass mein Ex-Freund ein echtes Arschloch ist. Was leider den Tatsachen entspricht, mir aber immens peinlich ist.

Matze nimmt sich einen Kaffee und setzt sich zu Damian, neben dem schon Ella Platz genommen und die ringelbesockten Füße unter die Decke gesteckt hat. Alle drei starren in den Flur, wo Jörn verschwunden ist.

»Also. Wir haben uns erst vor ein paar Tagen getrennt. Deswegen hat er noch einen Schlüssel. Tut mir leid. Aber den gibt er mir sicherlich gleich.«

Johannes kommt um die Ecke geschlichen. »Hallo«, grüßt er die auf dem Sofa hockenden WG-Mitglieder schüchtern. Ich glaube ja, Jörn ist adoptiert oder im Krankenhaus vertauscht worden. Alle anderen in seiner Familie sind nämlich unfassbar nett.

»Wir haben endlich unser Katzenbaby abgeholt, und das ist echt süß. Melanie lässt fragen, ob wir dir die Dinge, die es tut, per E-Mail schreiben sollen, damit du auf deinem Blog darüber berichten kannst?« Es ist ihm ein wenig unangenehm, vor dem Sofa zu stehen und angestarrt zu werden, aber Johannes ist sehr gewissenhaft, und wenn seine Melanie das fragen lassen möchte, dann fragt er. Ich nicke, mit einem dicken Kloß im Hals.

»Gut. Dann gehe ich jetzt wohl mal Jörn helfen. Möchtest du vielleicht gucken, ob er aus Versehen Sachen von dir einpackt? Man weiß ja nie …«

Ich schüttle stumm den Kopf.

»Dann passe ich auf, dass kein Blümchenkissen in seinen Kartons landet. Ich melde mich bei dir.«

Er dreht sich um, hält aber abrupt inne. »Also, Marie, das mit der Trennung ist totaler Mist. Wir sind alle sehr traurig!« Er seufzt und fügt leise hinzu: »Bis auf Jörn.«

Dann geht er. Und ich muss jetzt doch weinen. *Verdammte Axt!* Die drei auf dem Sofa drehen sich zu mir und spähen über die Sofalehne.

»Taschentuch?«, fragt Matze mitfühlend, und ich nicke, woraufhin alle drei aufstehen, um nach einem Taschentuch zu suchen. Sie finden keins, statten mich aber mit gleich zwei Geschirrhandtüchern aus. Währenddessen trägt Jörn ungerührt Dinge aus der Wohnung. Große und kleine.

Matze verschwindet kurz darauf im Bad, und als er fertig ist, folgt Damian ihm. Als sie sich auf den Weg zur Arbeit machen, sehen die beiden tatsächlich sehr manierlich aus. Allerdings bieten sie mir an, noch zu bleiben, falls es zu gewaltsamen Auseinandersetzungen mit meinem Ex kommen sollte, was ich wirklich sehr nett finde.

»Der ist nur doof, nicht gewalttätig«, beruhige ich die zwei.

»Ich bin ja auch noch da«, mischt Ella sich ein. Sie hat sich der Länge nach auf dem Sofa ausgestreckt und trinkt ihren dritten Kaffee. »Ich bin echt schnell und kann gut draufhauen, wenn es sein muss.«

Nach dieser Offenbarung schweigen alle kurz und ergriffen, dann gehen meine neuen Mitbewohner ihrer Wege. Nur

Ella bleibt liegen. Sie liegt auch noch, als Jörn sich verabschiedet.

»Den Toaster nehme ich auch mit!«, raunzt er, klemmt sich das Teil unter den Arm und verschwindet.

»Lös dich doch in Luft auf!«, raunze ich zurück. Johann guckt derweil verzweifelt und drückt mir noch schnell ein Kissen in die Hand.

»Es sind Blumen drauf. Es kann nur dir gehören. Ich habe es wieder aus dem Karton gezogen.«

»Danke!«, rufe ich ihm hinterher.

Eine Stunde später bin ich im Park. Meike übt mit Charlston den Rückpfiff, und ich werde darüber berichten. Und ihr beistehen. Wir pfeifen aber erst mal nicht, sondern sitzen auf einer Bank und trinken Kaffee von dem kleinen Kaffeestand unter den alten Bäumen. Das Wetter ist erstaunlich schön und warm für Oktober.

Charlston sitzt zwischen unseren Beinen und überlegt sich, wie er am besten die anderen Hunde erschrecken könnte. Er denkt nicht nur darüber nach, er probiert es auch immer wieder aus. Ein Dackel hat schon fast einen Herzanfall bekommen, als er an uns vorbeischlenderte. Sein Frauchen ebenfalls.

»Ich wusste nicht, dass dieser Hund mein Lebensprojekt wird«, seufzt Meike und nimmt die Leine noch ein wenig kürzer, denn ein Cockerspaniel kommt des Weges.

»Ich habe dir gesagt, kauf keinen Hund, der genetisch darauf programmiert ist, Löwen zu jagen. Mit so jemandem möchte man eigentlich nicht zusammenleben.«

»Ja, aber schön ist er«, pflichtet Meike mir bei, während sie dann zischt, brummt und ein Leckerli wirft, um Charlston von dem Cockerspaniel abzulenken.

Charlston ist eigentlich ein wirklich netter Hund. Er funktioniert nur leider nicht so, wie Hunderatgeber und Hundetrainer meinen, dass er funktionieren sollte.

»Ein Hund sollte auch niemals mehr wiegen als man selbst«, doziere ich weiter. Ich kann nicht anders. Sollte ich mir jemals einen Hund anschaffen können, was ja nicht geht, solange ich in dieser Wohnung lebe, würde der reine Anschaffungsprozess sicherlich mindestens vier Jahre in Anspruch nehmen, weil ich erst alle Rassemerkmale aller Hunde auf der Welt studieren müsste.

»Mann, Marie. Charlston hat auch mit Anstrengung noch nie mehr gewogen als ich. Und nach dem letzten Weihnachtsfest wird er das auch nie mehr hinkriegen.« Demonstrativ kneift sie sich in den Bauch, den ich ja persönlich für einen ganz normalen Bauch halte, Meike aber nicht.

»Jetzt erzähl mal. Wie ist das mit der WG?«, fragt sie. Charlston entspannt sich endlich ein wenig und legt sich uns zu Füßen.

»Ausgesprochen sonderbar.«

Sie hält inne, stellt den Kaffee beiseite und wartet offenbar auf eine etwas detailliertere Schilderung.

»Also, heute Morgen lag in meiner Küche ein wirklich gut aussehender Mann. Mit ziemlich wenig Klamotten am Leib.«

»Und wo genau lag der? Auf dem Boden?«, fragt sie mich irritiert.

»Auf dem Sofa. Das steht jetzt in der Küche«, antworte ich.

»Klar«, murmelt sie, starrt mich aber weiterhin an. »Bei dir ist ja mal richtig was los.« Dem kann ich nur zustimmen.

Als ich nach Hause komme, stelle ich fest, dass das Küchensofa sich etabliert hat. Darauf sitzen jetzt nämlich Matze, Ella und eine mir nicht bekannte Frau älteren Semesters mit silbernen Ringellöckchen.

»Hallo!«, werde ich dreistimmig begrüßt. »Möchtest du Kuchen?«, fragt Ella mich mit vollem Mund. Ich nicke. Ich möchte immer Kuchen. Für Kuchen könnte man mich getrost nachts um drei wecken.

»Den habe ich extra für den Herrn Matthias gebacken. Weil er so höflich und zuvorkommend ist«, sagt die mir unbekannte Dame und springt ausgesprochen flink vom Sofa auf, um mir ein Stück verlockend aussehenden Topfkuchen abzuschneiden, der auf der Küchentheke steht. Da das Sofa mit drei Personen voll besetzt ist, setze ich mich auf einen Küchenstuhl davor.

»Ihr kennt euch wirklich nicht?«, fragt Matze und sieht mich mit hochgezogener Augenbraue an. Er trägt immer noch seinen Anzug und sieht darin erstaunlich gut aus. Weltmännisch, wenn auch ein bisschen verkleidet, denn in Jogginghose wirkt er irgendwie authentischer.

Ich schüttle den Kopf und beiße vorsichtig vom Kuchen ab. Die erste Geschmacksexplosion raubt mir kurzfristig die Sinne, und ich muss die Augen schließen. Krass. Wie kann etwas so Einfaches wie ein Topfkuchen so unfassbar gut schmecken?

»Wow!«, murmle ich mit vollem Mund, was aber niemanden beeindruckt.

»Das ist Frau Müller. Irmtraud Müller, und sie wohnt unter uns.« Er deutet auf mich. »Das ist Marie Lewald. Sie hat mir das Zimmer vermietet.«

»Wohnen Sie schon lange hier?«, fragt Irmtraud Müller mich freundlich und lächelt mir zu. Ich bin etwas verdutzt. Weil ich hier ja schon geschlagene drei Jahre lebe. Wie kann es sein, dass wir uns noch nie über den Weg gelaufen sind?

»Drei Jahre«, sage ich leise. Ich bin ein wenig beschämt, weil ich offenbar eine so unaufmerksame Nachbarin bin.

»Die jungen Leute haben ja immer so viel zu tun.« Frau Müller hört nicht auf zu lächeln. Sie scheint nachsichtig mit jungen Leuten im Allgemeinen und mit mir im Speziellen zu sein.

»Aber weil der Herr Matthias mir heute Morgen eine Primel vorbeigebracht hat, wollte ich mich gleich erkenntlich zeigen.« Jetzt strahlt Frau Müller. Primeln scheinen ihre Leidenschaft zu sein.

»Du hast Primeln im Haus verteilt?«, fragt Ella argwöhnisch. Matze nickt. »Hat meine Mutter mir beigebracht. Wenn man irgendwo neu einzieht, stellt man sich vor.«

»Wann hast du das denn noch gemacht?« Ella lässt nicht locker. Für sie scheint die Tatsache, dass jemand seinen Nachbarn Primeln als Einzugsgeschenk bringt, nahezu unvorstellbar zu sein.

»Heute Morgen, vor der Arbeit.« Für Matze scheint das offenbar zu seinem natürlichen Verhaltensmuster zu gehören.

Frau Müller bleibt noch ganze drei Stunden. Nach einer Stunde holt sie einen Eierlikör aus ihrer Küche, der uns junge Dinger (ihre Worte, nicht unsere) mal so richtig auf Trab bringen soll. Tut er. Das Zeug ist die Hölle. Allerdings nur für uns. Nicht für Frau Müller und Damian, der sich irgendwann völlig ermattet zu uns gesellt hat und nun gemeinsam mit ihr die vorher noch zur Hälfte gefüllte Flasche leert. Er spricht heute mal überhaupt nicht, sondern trinkt nur.

»Ich begleite Sie noch die Treppe runter«, sagt Matze und reicht Frau Müller galant den Arm, als diese aufbrechen möchte.

»Ach, Sie sind so höflich, Herr Matthias. Da hat Ihre Mutter alles richtig gemacht«, seufzt sie und lässt sich von Herrn Matthias nach unten geleiten.

Damian verschwindet kurz danach ebenfalls (und wenn mich nicht alles täuscht, torkelt er ein wenig), nicht ohne uns noch einen langen, sonderbaren Blick zuzuwerfen. Aus seinen strahlend blauen Augen. Ob seine schlechte Laune am Eierlikör liegt?

Zurück bleiben Ella und ich. Auf dem Küchensofa.

»Die haben wir doch gut ausgesucht«, sagt sie und leckt ihr Glas mit dem letzten Rest Eierlikör aus. »Der eine sieht unfassbar gut aus, und Herr Matthias ist voll korrekt.« Behaglich streckt sie die Füße aus.

»Ja, aber der Gutaussehende war heute nicht so richtig gut drauf, oder?«, frage ich, doch sie zuckt nur mit den Achseln.

»Undurchsichtiger Schönling. Ich mache Herrn Matthias das übrigens nach und verteile morgen auch Blumen im Haus. Das gehört sich so.« Mit diesen Worten geht sie zur Arbeit und ich ins Bett.

Kapitel 10

Das ist ja wie im Landschulheim

Drei Tage später besuchen mich Mareike und Meike. Mit Emily, Mareikes Tochter, und Charlston, was durchaus problematisch ist, weil der große Hund Mareike Angst macht und Meike wiederum Angst vor Babys hat. Eine Babyphobie sozusagen. Ich mag sie alle und habe auch vor niemandem Angst, muss sie aber alle so platzieren, dass keiner zwischendurch kreischend aufspringt.

»Wenn er aufsteht, werde ich richtig böse!« Mareike hockt mit Emily auf der Tischkante und beobachtet Charlston, der auf seiner Hundedecke das entspannte »Platz« übt.

»Er tut dir nichts. Und dem Baby schon gar nicht. Wirklich!« Meike sitzt auf dem Küchensofa und trinkt Kaffee.

»Also, ich halte ihn ja für eine Bestie«, murmelt Mareike, steht aber auf und drückt mir Emily in den Arm. Ich habe keine Babyphobie. Im Gegenteil. Ich liebe dieses Baby. Und seinen Duft. Und manchmal lächelt es mich an, nur ganz kurz und einseitig, und mir werden die Knie weich. So wie in diesem Moment.

»Sie lächelt«, flüstere ich.

»Sie ist in einer Phase, in der sie auch die Yucca-Palme anlächelt. Diese Phase ist wichtig, damit übermüdete Mütter das Kind nicht verschenken. Nach sieben Wochen ohne Schlaf kommt man nämlich manchmal an diesen Punkt. Dann lächelt sie halt. Ist so eine Art Selbsterhaltungstrieb.« Mutter sein hat Mareike irgendwie hart gemacht wie ein Stück altes Brot. Dabei war Mareike immer die rosafarbene Glitzertussi in unserer Runde. Ich hoffe, das geht wieder vorbei.

»Ich gehe jetzt mal aufs Klo. In Ruhe. Ohne dass mir mein Kind dabei zusieht«, sagt sie und verschwindet.

»Ich habe nicht umsonst Angst vor Kindern«, murmelt Meike und blickt ihr hinterher. »Kinder machen aus uns sonderbare Wesen. Bald fängt sie an, mit uns über vegane Biobreizubereitung zu diskutieren, und wenn wir anderer Meinung sind als sie, löscht sie uns aus der WhatsApp-Gruppe.«

»Blödsinn«, sage ich und drehe mit Emily auf dem Arm einen kleinen Kreis durch die Küche. Still herumstehen findet sie nämlich doof. Dann reckt sie die Fäustchen und zieht eine Schnute, die immer die Vorstufe zu lautem Geschrei darstellt.

»Ich kenne nur radikale Mütter«, raunt Meike, als ich an ihr vorbeilaufe.

»Ich nicht«, antworte ich und werfe ihr einen bösen Blick zu. Sie ist nicht minder radikal, wenn es um dieses Thema geht. Ich glaube wirklich, dass es eine schwierige Phase ist, wenn die Kinder so klein sind. Zumal Mareikes Mann permanent quer durch Deutschland reist und ziemlich unnütz ist, wenn es um Säuglingspflege geht. Also durchaus motiviert, aber recht planlos. Als er letzte Woche mit dem Baby eine Runde im Park drehen sollte, wollte er das ohne Mütze tun. Bei einem eisigen Wind, der jedem die Tränen in die Augen getrieben hat. Selbst mir als kinderloser Tierblogbetreiberin ist klar, dass das für so ein kleines Baby nicht gut sein kann. Mareikes Mann hingegen war über ihr hysterisch vorgetragenes Ansinnen, sofort eine Mütze auf dem Kinderkopf zu platzieren, verwundert. Deswegen steht es Mareike zu, mal ganz in Ruhe wichtigen verdauungstechnischen Geschäften nachzugehen.

»Hallo!« Matze ist gut gelaunt wie immer in der Küchentür aufgetaucht. Ich kenne ihn ja noch nicht so lange, aber er scheint entweder gute Gene zu haben oder einfach eine wirklich positive Grundeinstellung dem Leben gegenüber.

»Hallo«, sagt Meike verhalten, aber Charlston stürzt sich enthusiastisch auf ihn, woraufhin Matze ihm mit einer Seitendrehung ausweicht.

»Schluss!«, brüllt Meike und rennt ihrem Hund hinterher, um ihn körperlich abzublocken, während sie laute Zischlaute ausstößt. Matze wirft mir einen irritierten Blick zu, und Emily in meinem Arm fängt an zu weinen. Vermutlich wegen des ganzen Getöses und Gezisches.

»Oh! Ein Baby!«, ruft Matze über den Krach hinweg.

»Ja, ein Baby!«, rufe ich zurück und wiege Emily sanft hin und her, die sich augenblicklich wieder beruhigt. Matze schubst den randalierenden Rüden kurzerhand und völlig angstfrei zur Seite, umrundet die herumspringende Meike und kommt zu mir. Charlston ist so eine Behandlung nicht gewöhnt und begibt sich deshalb sogleich auf seinen Platz zum entspannten Herumliegen. Die Fronten sind geklärt. Nur Meike steht noch etwas verdattert mit ausgebreiteten Armen da.

»Süß!«, sagt er und berührt Emilys Arm sanft mit seinem Zeigefinger. Gibt es wirklich Männer, die Babys süß finden? Also, ich kenne keine. Die meisten bleiben auf Abstand, bis sie selbst welche haben, die sie dann meistens natürlich auch süß finden, und vergessen, ihnen eine Mütze aufzusetzen. Aber bei der eigenen Brut ist das ja auch was anderes.

Männer, die Babys süß finden, dürfen auch gerne an unserem kleinen Kaffeeklatschtreffen teilnehmen, und so gesellt Matze sich auf dem Sofa dazu. Als Mareike zurückkommt, autorisiert sie ihn dazu, Emily zu tragen, was eine große Auszeichnung darstellt, weil sonst nur ich dafür qualifiziert bin. Mareike ist diesbezüglich sehr eigen. Außerdem jetzt offenbar auch schlecht gelaunt. Meike ist auch irgendwie wortkarg. Offenbar wurmt es sie immer noch, dass Charlston das entspannte »Platz« nur bedingt beherrscht und es letztendlich Matze war, der ihn dazu gebracht hat. Wie auch immer er das getan hat.

Aber da nun meine beiden Freundinnen etwas muffelig rüberkommen (die eine wegen der Charlston-Problematik, die andere wegen der Metamorphose zur Mutter und anderer, verdauungstechnischer Problematiken), bestreiten Matze und ich das Gespräch allein. So lange, bis Ella vom Einkaufen kommt. Und dann erscheint auch Damian auf der Bildfläche, was meine Freundinnen dazu veranlasst, augenblicklich den Muffel-Modus wieder abzuschalten.

Er sieht aber auch wirklich gut aus, wie er da dunkel, groß und im Anzug in der Tür zur Küche erscheint. Unglaublich, dass ich solch ein Prachtexemplar in meiner Wohnung beherberge. Meine Freundinnen sehen das wohl ähnlich. Sie staunen ob des plötzlich aufgetauchten GQ-Covermodels, dem das natürlich nicht entgeht.

»Hi.« Damian strahlt und lässt kurz die weißen Zähne blitzen. Das ist ein »Fallt nicht in Ohnmacht, ich weiß, was für eine geile Sau ich bin!«-Lachen. Er hat wirklich Glück, dass er ansonsten ganz nett ist.

»Ich würde mich ja gerne dazusetzen, aber ich muss noch eine Präse vorbereiten.« Mit diesen Worten mixt er sich geschickt einen Gin Tonic und verschwindet in seinem Zimmer.

»Was macht dieser ansehnliche Mann beruflich?«, fragt Meike. Sie sitzt halb auf Charlston, um ihn daran zu hindern, den ansehnlichen Mann anzuspringen oder ihm zwischen den Beinen herumzuschnüffeln.

»Was mit Werbung«, sagt Ella mit verträumtem Blick und Emily auf dem Arm. Der Kreis der autorisierten Baby-Tragenden wurde nämlich spontan auf sie ausgeweitet. Ein denkwürdiger Tag.

»Das sagt ja irgendwie auch jeder Zweite, und dann arbeitet er doch nur in der Anzeigenannahme des örtlichen Käseblatts«, unkt Mareike und legt die Füße auf einen Stuhl vor dem Sofa.

»Er entwickelt Marketingstrategien für Großkunden«, sagt Matze.

»Wow, woher weißt du das?«

»Ich habe ihn gefragt. Er hat geantwortet. Einfaches Prinzip.« Er grinst mich an.

»Matze ist übrigens Versicherungsstatistiker«, überspiele ich meine Ahnungslosigkeit. Meine Freundinnen schweigen nach dieser Information. Offenbar können sie diesen Beruf nirgends einordnen und finden ihn dem Namen nach, genau wie ich, ausgesprochen suspekt.

»Eigentlich bin ich Mathematiker«, verschlimmert Matze das Ganze noch.

»Ja. Mathe ist ein Arsch und der große Bruder von Physik«, ist das Einzige, was Meike dazu sagt.

Gegen acht verlässt der Mathematiker das Haus wieder, wohl um zu irgendeiner Party aufzubrechen, und Ella geht ebenfalls, weil sie vor der Arbeit noch ein Date hat. Hätte ich ein Date, wäre ich sehr aufgeregt. Aber Ella ist die Ruhe selbst. Sie scheint einfach gut im Training zu sein.

Mareike geht in mein Zimmer, um Emily zu stillen, und Meike fragt mich: »Ist das hier immer wie im Landschulheim? Hockt man zusammen und erzählt sich seine Geheimnisse? Ich dachte, in WGs gehen sich alle auf die Nerven und essen sich gegenseitig das Essen weg.«

»Ich schließe nicht aus, dass diese Phase noch kommt. Zurzeit ist es nett. Ich habe da aber auch keine Erfahrungswerte, schließlich ist das meine erste WG.«

»Und müsst ihr euch nicht bei Damians Anblick regelmäßig kreischend am Boden wälzen? Da kriegt man doch Hormone. Der Kerl sieht ja wirklich unverschämt gut aus!«

»Ich glaube, wir gewöhnen uns langsam dran. Ist wie eine Abhärtungskur von Kneipp«, antworte ich wahrheitsgemäß. Tatsächlich scheine ich mich schon langsam daran gewöhnt zu haben.

»Wenigstens ist das jetzt so etwas wie ein Rudel, und das wolltest du ja immer haben. Und jetzt möchte ich auch einen Gin Tonic.«

»Alle«, stelle ich fest, als ich die Flasche Gin hochhebe. »Wir müssen Hausgeister haben, die das Zeug restlos leer gesoffen haben.«

Wir teilen uns also das letzte Bier, und Meike stattet mir einen lückenlosen Bericht ab, wie Charlston sich weigert, auf der neuen gelenkschonenden Unterlage zu liegen, die ich zu Testzwecken vom Hersteller geschickt bekommen habe. Der Hund will aber nicht testen.

»Er wird zu Conan dem Barbaren, sobald er das Ding erblickt. Ich habe es jetzt unter mein Bett gelegt. Da kommt er nicht ran. Sonst würde er die Decke völlig zerfetzen.«

»Also kein Testbericht«, stelle ich nüchtern fest.

»Denk dir was aus. Charlston hat geschlafen wie ein Baby, und seine Gelenke sind total geschont. Irgendetwas in dieser Richtung.«

»Ich lüge nicht«, sage ich indigniert.

»Du lügst immer«, sagt Meike trocken. Das hat getroffen. Obwohl sie natürlich recht hat. Ich habe keinen Hund, keine Katze, keine Maus, nix. Aber muss Meike immer so unfassbar ehrlich sein? Manchmal wünsche ich mir, dass meine Freundinnen ein klein wenig charmanter wären.

Aber der Charme ist heute grundsätzlich aus in diesem Haus. Denn als Meike und Mareike gegangen sind und ich noch ein wenig in der Küche sitze, um an meinem Blog zu feilen, taucht Damian auf, um sich einen weiteren Gin Tonic zu mischen. Da aber nur noch Tonic und kein Gin mehr da ist, brummt er ein paar uncharmante Verwünschungen in den Kühlschrank. Kurz überlege ich, ob ich die Gin saufenden Hausgeister erwähnen sollte, tue es dann aber nicht. Damian sieht anders aus als vorhin, als er die Küche mit seinem testosteronverseuchten Auftritt geflutet hat. Müde. Und irgendwie traurig.

»Machen Präsentationen dich traurig?«, frage ich, bevor ich darüber nachdenken kann. Dabei wäre es manchmal wirklich gut, wenn ich vor dem Sprechen denken würde. Wenigstens ein bisschen.

Damian hält mitten in der Bewegung inne und dreht sich zu mir um. Es scheint zu dauern, bis meine Worte sein Spracherkennungsprogramm im Kopf erreichen, dann lächelt er. Einseitig und kurz, und er schüttelt abrupt den Kopf.

»Die nicht«, sagt er dann leise und verschwindet mit einer Flasche Bier in seinem Zimmer. Offenbar haben wenigstens die Bier trinkenden Hausgeister eine wirklich allerletzte Flasche im Gemüsefach versteckt.

Kapitel 11

Ein Wikinger um Mitternacht

Vor mir steht ein Wikinger. Oder etwas Ähnliches. Genau kann ich das nicht sagen, weil es tiefe Nacht ist, deshalb ziemlich dunkel, und ich das Flurlicht nicht angemacht habe. Der Wikinger (ich bleibe jetzt mal dabei) hat langes Haar, ist so groß wie mein Kleiderschrank und trägt einen Umhang. Ich muss träumen. Weil der Traum aber unglaublich realistisch ist, gebe ich einen erschrockenen Laut von mir, worauf der Wikinger sich ebenfalls erschreckt und einen spitzen Schrei ausstößt. Ich kenne Wikinger nur aus dem Fernsehen, bin mir aber sicher, dass sie solche Laute nicht von sich geben, wenn sie in Tötungsabsicht unterwegs sind. Deswegen werde ich mutig.

»Wer sind Sie?«, schnauze ich den riesigen Kerl in meinem Flur an.

»Michael«, antwortet der leise.

»Und was machen Sie hier?«, schnauze ich weiter.

»Ich bin mit Matze zum Spielen verabredet.«

Klar. Zum Spielen. Mitten in der Nacht.

»Oh! Hi!« Matze steht plötzlich wie aus dem Boden gewachsen neben dem großen Kerl und macht endlich das Licht an. »Wir haben uns zum Rollenspiel verabredet. Ich habe gesagt, er soll leise sein, wenn er aufs Klo geht.«

»Er war leise. Ich habe mich trotzdem zu Tode erschreckt.«

»Vielleicht wäre es hilfreich gewesen, wenn du das Licht angemacht hättest?«, fragt Matze seinen Kumpel und schubst ihn unsanft gegen die Schulter. Erst jetzt sehe ich, dass auch Matze aussieht wie ein Wikinger. Vom Versicherungsstatistiker ist weit und breit nichts zu sehen. Und im Gegensatz zu seinem Freund, der sich nur verkleidet hat, sieht Matze ganz in echt und auch bei Licht aus wie ein Wikinger. Er könnte jetzt auch zu seinem Pferd gehen, das er in der Küche angebunden hat, sein Schwert zücken und in den Sonnenaufgang reiten.

»Ihr habt alle einen an der Waffel«, sage ich und drängle mich an den beiden vorbei ins Badezimmer.

Früher war es nicht so aufregend, nachts mal aufs Klo zu gehen.

Am nächsten Morgen will ich noch während des Frühstücks den Post über das ungeliebte Hundebett mit gelenkschonender Füllung schreiben, schaffe es aber noch nicht einmal bis zur Kaffeemaschine. Meine Küche ist zu voll. Und erinnert mich unangenehm an die Küche einer Jugendherberge. Menschen in unterschiedlichen Stadien der Bekleidung stehen herum, trinken Kaffee und krümeln Dinge auf den Boden. Neben dem Mülleimer stehen zwei volle Müllsäcke, aus denen eine ekelige Brühe herauströpfelt. Sah das gestern auch schon so aus? Ich versuche mich zu erinnern, aber das fehlende Koffein in meinem Körper hindert mein Gehirn an einer korrekten Funktionsaufnahme.

»Reich der Marie mal einen Kaffee!«, ruft Matze gut gelaunt zu Damian, der geistesabwesend eine Tasse befüllt, die Ella an mich weiterreicht, weil sie gerade günstig steht. Sie ist die mit den meisten Klamotten am Leib. Wahrscheinlich war sie noch gar nicht ihm Bett. Matze sieht zumindest nicht mehr aus wie ein Wikinger und hat wenigstens eine echte Hose an, was man von Damian nicht behaupten kann. Bei ihm sind nur rudimentär die wichtigsten Teile mit Sportshorts verhüllt.

»Wir müssen putzen«, sage ich leise. Mich macht der Anblick meiner völlig verdreckten Küche ganz verrückt.

»Hä?«, fragt Matze und dreht das Radio leiser.

»Wir müssen hier putzen«, wiederhole ich mich.

»Ja, sieht ein bisschen chaotisch aus«, stimmt Matze mir zu.

»Putzen?« Ella verzieht den Mund. »Aber nicht jetzt. Ich muss jetzt schlafen.«

»Und ich muss zur Arbeit. Hab gleich die Präsentation. Vielleicht heute Abend?« Damian tritt umgehend die Flucht an, und auch Ella dematerialisiert sich aus der Küche. Zurück bleiben Matze und ich.

»Ja, ich weiß. Du musst auch zur Arbeit«, sage ich genervt, doch Matze schüttelt den Kopf. »Ich hab Gleitzeit und kann auch eine Stunde später kommen. Kein Problem. Lass uns hier kurz mal die Hütte rocken.« Und das tun wir. Gemeinsam und mit vereinten Kräften schaffen wir es tatsächlich, dass die Küche nach unserer Spezialbehandlung nicht mehr aussieht, als wären wir eine Horde Wilder, die in einer Erdhöhle hausen.

»Danke«, sage ich voller Inbrunst zu Matze, doch der winkt nur ab.

»Ist doch klar. Vielleicht brauchen wir eine Putzfrau?«

Hilflos zucke ich die Schultern. Eine Putzfrau kostet Geld. Aber es kann nicht die Lösung sein, dass hier alle bis auf Matze und mich abhauen, sobald es an die Beseitigung des gemeinschaftlich produzierten Drecks geht.

»Marie, ganz logisch: Entweder putzen alle, oder die die nicht putzen, kaufen sich die Putzleistung ein.«

Ah. Logisch. Ich nicke schwach. Matze geht in sein Zimmer, springt in seinen Anzug und hat sich nur Sekunden später in einen Versicherungsstatistiker verwandelt. Nichts erinnert mehr an den Putzlappen schwingenden Wikinger.

Wenige Minuten später herrscht in der Wohnung endlich Stille. Ich nehme mir noch einen Kaffee und setze mich auf das Küchensofa. Hätte ich mich nicht vielleicht Ella und Damian in den Weg schmeißen müssen? Vehement und mit Nachdruck darauf bestehen müssen, dass sie helfen? Ich fühle mich ein wenig untergebuttert. Ich bin halt nicht so der Typ, der laut und deutlich ausspricht, was er will. In der Regel hoffe ich eher auf gedankenlesende Fähigkeiten meiner Mitmenschen. Bei Jörn hat das allerdings die ganzen drei Jahre über auch nicht geklappt. Seine gedankenlesenden Fähigkeiten waren reichlich unterentwickelt …

Jörn. Irgendwie geht es mir immer gut, wenn ich nicht an ihn denke. Sobald aber auch nur ein kleiner unachtsamer Gedanke in seine Richtung abschweift, überkommt mich das Elend. So auch jetzt. Hinterrücks überfällt es mich und knüppelt mich nieder, bis ich wieder weinend auf dem Sofa hocke und Kaffeekleckse auf den lindgrünen Stoff mache.

Irgendwann schaffe ich es, mich aufzuraffen, mir etwas halbwegs Passables anzuziehen und einen Post über den Hundeliegeplatz zu schreiben. Dann lade ich noch ein paar Aktualisierungen für meinen Blog runter, beantworte meine Lesermails, koche mir ein paar Nudeln und muss wieder weinen.

»Was ist passiert?« Ella hat ausgeschlafen und ist neben mir am Herd aufgetaucht.

»Ich habe eine depressive Verstimmung«, schluchze ich über dem kochenden Wasser.

»Warum?«, fragt Ella und streichelt mir erstaunlich liebevoll die Schulter, was es nicht besser macht. Nun muss ich noch mehr weinen. Das hat jetzt gar nicht mehr unbedingt etwas mit Jörn, dem Arsch zu tun, sondern mehr mit der Tatsache, dass mir jemand liebevoll die Schulter tätschelt. Ich habe eine Frauenärztin, die mir immer ganz lieb das Knie streichelt, wenn sie mich untersucht, und ich kann mich immer nur ganz knapp zurückhalten, sie zu fragen, ob sie mich nicht adoptieren möchte. Ich glaube, mir fehlte im Leben immer ein wenig elterliche Zuwendung, deswegen reagiere ich so empfindlich. (Das ist die Erkenntnis von Meike und Mareike, zusammengeschustert in allerbester Küchentischpsychologie.) Vielleicht habe ich auch eine Störung. Mit Jörn war ich eigentlich auch nur zusammen, weil er mir bei unserem ersten Date, als er noch die coolen Turnschuhe anhatte, so liebevoll über das Haar gestreichelt hat. Womit sich der Kreis schließt und ich wieder bei Jörn bin.

»Ach, Marie«, sagt Ella leise und nimmt mich kurzerhand in den Arm – was schwierig ist, denn sie ist ja viel kleiner als ich.

Ella hat etwas bemerkenswert Mütterliches an sich. Das merkt man nicht, wenn man sie kennenlernt. Da ist sie cool und lässig. Es zeigt sich irgendwie erst im Zusammenleben. Brot und Liebe sozusagen.

»Ich glaube ja, du musst die Sache mit Jörn noch richtig abschließen«, sagt sie, als sie mich wieder loslässt und jetzt bestimmt einen steifen Nacken hat.

»Soll ich ihm einen Axtmörder in der Bank vorbeischicken?«, frage ich mit triefender Nase (bei mir weinen nicht nur die Augen).

»Mit ihm hat das nichts zu tun. *DU* musst abschließen. Und dafür braucht es ein Ritual.« Sie klingt sehr versiert.

Ich sehe sie fragend an. »Ein Ritual«, wiederhole ich ratlos.

Sie nickt. »Manchmal hat unser Kopf Dinge schon begriffen, die unsere Seele noch nicht versteht. Der muss man dann auf die Sprünge helfen. Und das macht man mit einem Ritual. Das spricht das Unterbewusstsein an und damit die Seele. Total einfach.«

»Schreibst du heimlich Kolumnen für die Brigitte?«, erkundige ich mich vorsichtig.

»Ich habe mal eine Therapie gemacht. Daher weiß ich das.« Sie sagt das, als würde sie über die jährliche Prophylaxe beim Zahnarzt sprechen. Ich wüsste gerne, warum sie eine Therapie gemacht hat, traue mich aber nicht, direkt zu fragen. So leicht sie es auch dahergesagt hat, umso verschlossener ist plötzlich ihr Gesichtsausdruck.

Kapitel 12

Funkenflug

Es ist mir ein wenig peinlich. Und fremdschämen tue ich mich auch, wie wir da mitten im Innenhof stehen und den rostigen Feuerkorb mit dem blütenweißen Hemd darin betrachten, der zwischen der Leergutsammlung unserer Nachbarn, zwei alten Kinderfahrrädern und einem schrumpeligen, blattlosen Busch aufgestellt ist. Ich spähe nach oben, um zu sehen, ob unser sonderbares Tun aus irgendeinem Fenster heraus beobachtet wird. Normalerweise neige ich nämlich nicht dazu, sonderbare Dinge zu tun.

»Was genau macht ihr hier?« Damian ist plötzlich aufgetaucht, und ich bemerke ihn erst jetzt, weil ich so intensiv damit beschäftig war zu gucken, ob einer guckt.

Im dunklen Anzug steht er direkt vor mir und betrachtet offenbar interessiert den rostigen Feuerkorb. Und uns.

»Wir bereiten ein Ritual vor«, antwortet Ella würdevoll und verschränkt weniger würdevoll die Arme. Damian zieht eine Augenbraue hoch und sieht im Schein der spärlichen Außenbeleuchtung mal wieder großartig aus. Das indirekte Licht steht ihm. Und der leichte Bartschatten auch.

»Ah«, sagt er nur, und Ella nickt energisch. Offenbar ist es so, dass Ella Dinge beschließt und sie umgehend in die Tat umsetzt. Eine beeindruckende Fähigkeit. Ich muss ja immer erst sehr lange nachdenken, bevor ich etwas anfange. Abgesehen davon: Irgendwie hoffe ich tatsächlich, dass das, was wir hier machen, was auch immer das sein wird, irgendwie hilft. Es kann ja nun die nächsten Jahre nicht so weitergehen, dass ich bei jedem Gedanken an Jörn, den Kabelklauer, in Tränen ausbreche.

»Ah«, sagt Damian noch einmal und steht unschlüssig herum. »Ihr habt also vor, ein gut gebügeltes Hemd in Flammen aufgehen zu lassen?«

Ella nickt. Ich zucke die Achseln.

»Es dient der geistigen Gesundheit. Sagt Ella«, füge ich hinzu, um deutlich zu machen, dass es nicht zu meinen grundsätzlichen Freizeitbeschäftigungen gehört, männliche Oberbekleidung zu verbrennen.

»Es dient dazu, Dinge loszulassen. Alte Beziehungen. Trauer. All solche Sachen«, verkündet Ella frohen Mutes. Damian schweigt einen Moment, dann dreht er sich wortlos um und geht.

»Na toll, der packt jetzt bestimmt seine Sachen und sucht sich eine neue WG«, sage ich und starre ihm erschrocken hinterher. »Er hält uns für durchgeknallte Hexen und wird keine Nacht mehr hier schlafen, weil er Angst hat, dass wir ihm sein Ding abschneiden. Oder ihn verhexen.« Vorher war es mir nur ein bisschen peinlich, jetzt möchte ich bitte im Erdboden versinken.

»Sei still und konzentrier dich auf die Dinge, die du dem Feuer übergeben möchtest.« Ella scheint es nicht weiter zu jucken, dass wir gerade den attraktivsten Mitbewohner von ganz Berlin verloren haben. »Marie! Konzentration!« Sie knurrt und knufft mich unsanft in die Seite.

Ich seufze ergeben und konzentriere mich. Was gar nicht so leicht ist, weil ich die ganze Zeit das Gefühl habe, dass mittlerweile alle Hausbewohner an den Fenstern stehen und runtergucken. Im Sommer wird hier viel gegrillt, also kann es nicht verboten sein, ein Hemd zu verbrennen. Aber zwei Frauen, die sich Anfang November um einen rostigen Feuerkorb versammeln, sind schon ein seltsamer Anblick.

Ella drückt mir die Streichhölzer in die Hand und nickt mir aufmunternd zu. Ich trete dichter an den Feuerkorb, entzünde ein Streichholz und halte es an das weiße Herrenhemd. Jörns Hemd. Er hat es vergessen. Es lag hinter der Heizung. Gott weiß, wie es da hingekommen ist. Der Stoff braucht ein paar Sekunden, bis er anfängt zu glimmen, doch dann geht alles ganz schnell. Einen Atemzug später brennt er. So richtig. Spektakulär schießt eine Flamme in die Höhe, und ich trete sicherheitshalber einen Schritt zurück. Hinter mir klirrt es leise, und ich drehe mich um.

Damian ist wieder da. Offenbar hat er doch nicht angstvoll die Flucht angetreten, sondern Glühwein gemacht. Sehr löblich!

Er gießt jedem von uns einen Becher ein. »Aber wenn ihr anfangt zu singen oder euch nackt auszuziehen, muss ich wieder hoch gehen«, verkündet er würdevoll.

»Müssen wir noch singen?«, erkundige ich mich durchaus verängstigt bei Ella, doch die schüttelt den Kopf.

»Vermutlich nicht. Außer, dir steht der Sinn danach.« Das wird wohl nicht passieren. Singen kann ich ungefähr so gut wie rechnen oder Weihnachtsgänse zubereiten.

»Cool!« Matze ist plötzlich aufgetaucht und wird sofort von Damian mit Glühwein versorgt. »Ihr seid ja krass!« Er strahlt über das ganze Gesicht. »Darf ich da hinterher auch noch was reinschmeißen?« Ihm scheint das rituelle Verbrennen von Altlasten nicht fremd zu sein. Vielleicht lernt man das beim Rollenspiel?

»Klar«, sagt Ella nicht ohne Stolz. »Wir können alles reinschmeißen, was wir loswerden wollen. Aber erst, wenn Marie fertig ist.«

Alle Blicke ruhen nun auf mir, als ich den Schuhkarton öffne und ein paar alte Briefe herausziehe. Eigentlich sind es gar keine Briefe. Ich habe schon lange keine Briefe mehr bekommen. Es sind Jörns erste E-Mails, die ich mir ausgedruckt habe. Und ich habe auch beschlossen, nicht alles zu verbrennen. Nur ein paar Mails und Fotos. Das ist symbolisch genug, wie ich finde.

Vorsichtig schiebe ich eines der Blätter durch den seitlichen Schlitz ins Feuer. Es geht sofort in Flammen auf, und die Hitze schlägt mir entgegen.

Ich schließe die Augen und versuche, mich auf das hier einzulassen, aber irgendwie kann ich nicht. Die Blicke der anderen hinter mir sind mir zu bewusst, und ich weiß einfach nicht, wie ich es anstellen soll. Ein wenig unbeholfen greife ich nach einem Foto von Jörn. Ein Selfie von ihm. Aufgenommen in der Bank. Er steht breit grinsend vor irgendeiner gerahmten Auszeichnung, die hinter ihm an der Wand hängt. Ich glaube, er war Mitarbeiter des Monats, oder gibt es das nur bei McDonald's? Vermutlich habe ich es verdrängt, weil er mindestens vierundfünfzig Tage lang ausschließlich davon gesprochen hat. Tatsächlich ist dies der Moment, in dem ich wütend werde. Auf Jörns Ignoranz den Dingen gegenüber, die mich bewegt haben in dieser Zeit.

Als dann plötzlich und unerwartet Matze neben mir auftaucht und mir ein aufmunterndes Lächeln schenkt, pfeffere ich das Foto so energisch ins Feuer, dass der Feuerkorb wackelt.

Mit einem leichten Zischen geht das Bild in Flammen auf. Jörn hat sich im Laufe der Zeit einfach verändert. Ich mich auch. Daran ist nichts Falsches. Es ist nur falsch, das nicht zu erkennen und krampfhaft zu versuchen, so weiterzumachen wie bisher. Ich atme tief durch und stecke den nächsten Brief durch den Schlitz ins Feuer. Er brennt noch schneller als der davor. Hinter mir brandet leiser Applaus auf, und ich muss lachen. So sonderbar das hier auch anmutet, ich glaube, es hilft.

Zum Schluss nehme ich das letzte Foto aus der Kiste, auf dem Jörn mit weit ausgestreckten Armen vor den Giraffen im Zoo steht und in die Kamera strahlt. Das war ganz am Anfang unserer Beziehung. Da hat er noch Sneakers getragen und fand Banker doof. Ich seufze leise und übergebe auch dieses Foto dem Feuer, das sich wie hungrig darauf stürzt.

Irgendwo tief in mir drin spüre ich tatsächlich Erleichterung. Echte Erleichterung. Jetzt erst bemerke ich, wie kalt diese Novembernacht eigentlich ist. Ella reicht mir einen Glühwein, und Matze legt mir seinen Wikingerumhang um die Schultern. Und dann fangen meine Mitbewohner an, wie wild Dinge ins Feuer zu schmeißen. Die Krönung ist irgendein geheimes Bündel von Damian, das knisternd in Flammen aufgeht, woraufhin er ein wenig irre ums Feuer hüpft und Matze ihn durch ebenfalls irres Herumspringen unterstützt. Offenbar hat es eine echt befreiende Wirkung, alte Dinge ins Feuer zu schmeißen. Von Damian hätte ich das allerdings niemals erwartet. Er ist plötzlich ganz ausgelassen, und irgendwie benehmen wir uns gerade alle wie Kinder. Ziemlich durchgeknallte Kinder.

»Seid ihr bekloppt?!« Die durchgeknallten Kinder fahren kollektiv herum. »Ihr seid ja wohl völlig besoffen! Euch hat wohl wer ins Hirn geschissen!« Ein brüllender Mann steht in der Tür zum Kelleraufgang. Er ist mir unbekannt, scheint aber in diesem Haus zu wohnen, denn er trägt nur Schlappen und Unterhemd.

»Uns hat keiner ins Hirn geschissen«, sagt Ella trocken. »Wir machen nur ein kleines Feuer und trinken Glühwein. Wollen Sie auch einen?« Der Mann in Schlappen scheint von dieser unverfrorenen Freundlichkeit dermaßen irritiert, dass er erst mal gar nichts sagt und nur weiter böse guckt.

»Ihr seid bestimmt eine Sekte!«, ruft er dann, nachdem er sich von Ellas Freundlichkeit erholt hat.

»Halleluja«, murmelt Damian und trinkt mit einem langen Zug seinen Glühwein aus, um sich sogleich einen neuen einzugießen.

»Wir sind eine WG«, korrigiert Ella den armen Mann, der jetzt angefangen hat, sichtbar zu frieren.

»Das ist ja noch schlimmer!«, ruft er aufgebracht.

»Ja, man nehme sich vor uns in Acht«, murmelt Damian und tritt ein wenig beiseite. Offenbar fühlt er sich genauso ertappt wie ich.

Matze hingegen guckt in die Runde und sagt leise: »Jetzt verarscht den armen Kerl doch nicht so. Ich kenne den gar nicht. Muss im dritten OG links wohnen. Der war bei meiner Vorstellrunde nicht da.« Er hat ein leichtes Grinsen im Mundwinkel und scheint kein Problem damit zu haben, dass der frierende, schlecht gelaunte, unbekannte Nachbar uns allesamt beim kollektiven Irrsinn ertappt hat.

»Wollen Sie auch einen Glühwein?«, ruft Matze.

»Nein!«, ruft der Mann erbost zurück.

»Vielleicht später?«, ruft Matze, und ich bewundere ihn für seine freundliche Hartnäckigkeit.

»Sie sollten unbedingt einen Glühwein trinken! Ist echt kalt heute!«, rufe ich deshalb, doch der Mann schüttelt nur den Kopf. Er scheint beim sturen Meckern bleiben zu wollen.

»Das ist ja hier wie in der Bronx!«, donnert er schließlich, wobei er jetzt schon ein wenig länger nachdenken musste, bevor ihm etwas einfiel, mit dem er uns beschimpfen kann. Kurz entschlossen schnappt Matze sich einen Becher, füllt ihn mit Glühwein und macht sich auf den Weg.

Wir blicken ihm hinterher. Matze gehört ganz offensichtlich dem Stamm der hartnäckigen Gutmenschen an. Irgendwie gefällt mir das. Er scheint wild entschlossen, den meckernden Mann, der offenbar einer unserer Nachbarn ist, zur Geselligkeit zu nötigen.

Matze stellt sich samt Glühwein ebenfalls in den Kelleraufgang und spricht auf ihn ein wie auf einen lahmen Gaul. Schließlich drückt er ihm energisch den Becher in die Hand. Ich kann zwar kein Wort verstehen, aber es ist deutlich, dass Erfolge zu vermelden sind. Der Nachbar nippt an seinem Glühwein. Und hört auf, uns zu beschimpfen. Eine ausgesprochen positive Entwicklung. Wenige Minuten später, Matze hat derweil nicht aufgehört zu reden, pirschen beide sich näher an den Feuerkorb heran. Der Nachbar immer noch in Unterhemd und Puschen, aber der Glühwein scheint ihn innerlich zu wärmen. Er stellt sich etwas abseits, als würde er uns immer noch nicht ganz trauen und wir könnten doch noch beginnen, uns in bester Sektenmanier die Kleider vom Leib zu reißen und um das Feuer zu tanzen.

»Das ist Herr Adelt«, verkündet Matze. Herr Adelt nickt verhalten.

Wir anderen sagen brav: »Hallo, Herr Adelt.«

So stehen wir also noch ein wenig herum, trinken Glühwein, erfreuen uns an der Tatsache, heute alten Ballast losgeworden zu sein, und beobachten Nachbar Adelt, während der sich mit hundertprozentiger Sicherheit eine dicke Erkältung einfängt.

Kapitel 13

Regel Nr. 1

Ella hat Sex auf der Waschmaschine. Mit einem Typen, dessen nackter Hintern ziemlich behaart ist. Ich stehe entsetzt im Türrahmen. Verdammt, ich wollte doch nur Pipi machen! Das scheint aber in einer WG nicht mehr so einfach möglich zu sein. Mitbewohner haben Wikinger zu Gast, andere Mitbewohner lassen sich auf der Waschmaschine vögeln. Und Ella hat auch noch Spaß an der Sache. Der behaarte Hintern auch. Beide sind ziemlich laut.

Ich stehe immer noch in der Tür und weiß für den Moment nicht, was ich tun soll. Auf mich aufmerksam machen? Still und leise wieder ins Bett gehen? Aber ich muss wirklich mal. Dringend. Weil ich gestern Abend einen Liter grünen Smoothie trinken musste. Das müssen wir jetzt alle. Jeden Tag. Verordnet von der Frau, die gerade meine Waschmaschine auf unrühmliche Art und Weise einweiht.

»Hmmhmm«, mache ich leise. Leider geht der Laut in den allgemeinen Kopulationsgeräuschen der beiden unter.

»Hallo!«, sage ich und mache vorsorglich schon mal die Augen zu. Wenn der behaarte Hintern sich nämlich jetzt umdrehen sollte, würde ich direkten Blick auf alle beteiligten Geschlechtsorgane haben. Wer will das schon? Aber die Gefahr besteht gar nicht. Die beiden machen ungerührt weiter. Und ich muss jetzt ganz dringend. Dieses Bedürfnis scheint meine mir sonst eigene Zurückhaltung in die Ecke zu drängen, deswegen sage ich laut und vernehmlich: »Könnt ihr nicht im Bett vögeln? Ich muss aufs Klo!«

Leider habe ich die Augen mittlerweile wieder geöffnet, und so passiert genau das, was ich schon vermutet hatte. Der behaarte Hintern dreht sich so abrupt zu mir um, dass ich alles sehen kann. Was ich lieber nicht hätte sehen wollen.

»Argh!«, ruft er und starrt mich an wie eine Erscheinung.

»Ui!«, pflichtet Ella ihm bei und rutscht mit dem Hintern wieder komplett auf die Waschmaschine.

»Wir haben nur ein Klo. Ich bitte diese Unannehmlichkeit zu entschuldigen. Ihr müsst jetzt gehen.«

»Klar. Sorry«, sagt der behaarte Hintern, der auch von vorne ziemlich viele Haare hat. Überall. Wie ein Yeti.

Ella grinst und rafft ihre Klamotten zusammen.

»Die Waschmaschine hatte genau die richtige Höhe«, flüstert sie mir zu. »Konnte ja keiner ahnen, was hier nachts für ein reger Durchgangsverkehr stattfindet.«

Nein. Nächtlicher Harndrang der Mitbewohner ist natürlich nicht voraussehbar.

»Ella hatte Sex auf der Waschmaschine«, sagt Damian am nächsten Morgen und starrt aus dem Küchenfenster in den Hof.

»Ich weiß. Ich habe sie getroffen«, antworte ich, bewundere kurz sein markantes Profil und nehme mir einen Kaffee. »Hast du sie auch getroffen? Haben der Yeti-Hintern und sie kurz Pause gemacht, während du auf dem Klo warst?«, frage ich neugierig.

»Ich hab's mir verkniffen. Die beiden haben gar nicht bemerkt, dass ich da war.«

»Morgen.« Matze erscheint in der Küche und sieht heute weder aus wie ein Versicherungsstatistiker noch wie ein Wikinger. Heute sieht er aus, als wäre er zwölf. Was an der nicht existenten Frisur und dem blauen T-Shirt mit dem Krümelmonster drauf liegen könnte. Der Mann ist optisch sehr vielseitig.

»Ella hatte heute Nacht Sex auf der Waschmaschine«, sagt Damian zu ihm und zieht bedeutungsschwer eine Augenbraue hoch.

»Alleine?« Matze hält mitten in der Bewegung inne und sieht ihn verwirrt an.

»Nein, mit einem Typen, der extrem viele Haare am Hintern hat«, klärt Damian ihn auf.

»Gibt es in WGs nicht die Grundregel, dass Geschlechtsverkehr ausschließlich im eigenen Zimmer zu vollziehen ist?«, fragte ich in die Runde.

Matze lacht. Laut, dreckig, ansteckend, und ich kann nicht anders, als ebenfalls zu lachen. Wir schreiben noch schnell eine Liste, auf dem die erste WG-Regel steht: »Sex nur im eigenen Zimmer!«, die wir gut sichtbar am Kühlschrank aufhängen.

Eine Woche später habe ich Geburtstag. Es ist ein wenig lästig, im Dezember Geburtstag zu haben. Alle sind fürchterlich gestresst und müssen entweder Weihnachtsgeschenke shoppen, sich auf Weihnachtsfeiern betrinken oder Sieben-Gänge-Menüs für die Sippe planen. Und dann habe ich auch noch Geburtstag. An einem Montag. Auch sehr ungünstig. Deswegen kommen meine Eltern auch schon am Sonntag, weil sie montags bis spät in die Nacht arbeiten müssen. Sie kommen getrennt, was meine Mitbewohner irritiert. Für mich ist das total normal.

Ich habe beschlossen, dass ich mich mit meinen Eltern (also jeweils im Singular) nicht in mein Zimmer zurückziehen, sondern einfach in der Küche bleiben werde. Da besteht die Hoffnung auf ein bisschen Ablenkung. Ella backt mir einen wunderbaren Zitronenkuchen, den allerdings erst meine Mutter und dann mein Vater verschmähen. Meine Mutter isst aus Prinzip keinen Zucker, und mein Vater isst grundsätzlich gar nichts. Glaube ich zumindest. Die Einzige, die reinhaut, ist seine neue Frau, wobei die Bezeichnung »neu« nach fast zehn Jahren Beziehung einschließlich Hochzeit auch irgendwie hinfällig ist.

»Schmeckt prima«, sagt Melanie mit vollem Mund. Ein paar Krümel des Zitronenkuchens sind in ihrem tief ausgeschnittenen Dekolleté gelandet. Melanie ist sehr schön. Lange habe ich vermutet, dass mein Vater sie nur geheiratet hat, weil sie so verdammt gut aussieht. Aber Melanie ist nicht nur schön, sie ist auch verdammt nett. Eigentlich ist sie die netteste in meiner kleinen Familie.

»Das mit dem Liebesleben der Spatzen war ganz zauberhaft«, sagt sie gerade, immer noch mit Kuchen im Mund. Sie ist auch die Einzige, die meinen Blog nicht für groben Unfug hält und ihn regelmäßig liest. Mein Vater schaut derweil auf sein Smartphone und vertieft sich in seine Mails.

»Ich glaube, wir müssen dann wieder«, murmelt er. Er ist es gewohnt, dass die Menschen sofort alles tun, was er will, auch wenn er nur leise vor sich hinmurmelt. Tatsächlich springt Melanie sogleich eifrig auf. »Wir müssen noch zu so einer schrecklichen Weihnachtsfeier«, sagt sie erklärend und zupft sich ihr schwarzes Minikleid zurecht.

Mein Vater gibt mir einen angedeuteten Kuss auf die Wange, und Melanie nimmt mich so fest in den Arm, dass ihre Silikonbrüste mich fast erdrücken.

»Die Geschenke erst morgen aufmachen!«, sagt sie ernst, und schon sind die beiden auch schon wieder verschwunden. Ich bleibe beim Zitronenkuchen sitzen und starre an die Küchenwand, an der ein Scherzkeks einen Kalender mit Pin-up-Boys aufgehängt hat. Matze streckt den Kopf durch die Tür.

»Ist die Küche offiziell wieder freigegeben?«

»Die Küche war die ganze Zeit frei zugänglich. Ich dachte, ihr kommt mal Hallo sagen.« Eigentlich dachte ich sogar, dass meine Mitbewohner eventuell einen Teil der so schwergängigen Kommunikation mit meinen Eltern übernehmen könnten. Die quatschen doch sonst auch so viel.

Matze setzt sich zu mir aufs Sofa. »Wir haben uns nicht getraut.« Er nimmt sich ein Stück Kuchen und beißt herzhaft hinein. »Deine Eltern sind so ehrwürdig. Aber warum kommen sie heute, wenn du doch erst morgen Geburtstag hast?«

»Morgen müssen sie beide arbeiten. Da haben sie keine Zeit.«

»Ah. Klar«, sagt Matze nicht besonders glaubwürdig.

Mein Geburtstag beginnt mit einem gegrölten Geburtstagsständchen am nächsten Morgen. Sogar Ella hat sich von ihrem Nachtlager erhoben, um mitzugrölen. Es klingt schaurig, und trotzdem bin ich zutiefst gerührt. Meine letzten drei Geburtstage habe ich alleine begangen, weil Jörn ausgerechnet an diesen Tagen zu einer elementar wichtigen Fortbildung musste. So ein Rudel hat definitiv Vorteile.

Heute bekomme ich sogar Geschenke. Zwar allesamt in Alufolie verpackt, aber drei Geschenke in Alufolie sind besser als kein Geschenk. Deswegen freue ich mich fürchterlich. Damian schenkt mir ein Buch. Mit pinkfarbenem Cover. Hinter der geöffneten Kühlschranktür vertraut er mir an, dass er es selbst auch gelesen hat und fürchterlich weinen musste, weil es so schön ist. Momente der Selbstoffenbarung sind bei Damian sehr selten, deswegen freue ich mich darüber auch gleich noch mit und beschließe, das Buch umgehend zu lesen. Um zu sehen, worüber er so weint.

Ella schenkt mir ein Buch über Hundeerziehung, und von

Matze bekomme ich ein in rotes Leder gebundenes Notizbuch, das sündhaft teuer gewesen sein muss.

»Machen wir heute Abend was zusammen?«, frage ich erwartungsvoll in die versammelte Runde. Seit Jahren nehme ich mir vor, eine große Geburtstagsparty zu veranstalten. Und seit Jahren tue ich genau das nicht. Es wäre doch mal ein Anfang, heute Abend wenigstens eine kleine WG-Party zu schmeißen, aber dieser frohlockende Gedanke wird augenblicklich im Keim erstickt. Meine Mitbewohner werden nämlich plötzlich ganz schweigsam und schütteln betreten die Köpfe. Keiner hat Zeit. Alle haben andere Pläne.

Irgendwann steht dann Meike mit Charlston auf der Matte. Sie gibt Coaching-Seminare in großen Unternehmen und hat heute einen Teambildungsprozess außerhalb von Berlin. Deshalb bin ich den ganzen Tag Charlston-Sitter. Sie drückt mir die Hundeleine und einen Strauß Blumen in die Hand und rennt die Treppe gleich wieder runter. Ich höre noch ein panisches »Ich bin zu spät!«, dann schlägt die Haustür hinter ihr ins Schloss. Meine restlichen WG-Bewohner machen sich ebenfalls auf den Weg zur Arbeit, und Ella geht wieder ins Bett. Zurück bleiben Charlston und ich. Wobei wir beide ein wenig unentschlossen sind, was wir jetzt machen. Charlston sitzt auf der alten Decke, die ihm bei mir als Hundebett dient, und sieht mich erwartungsvoll an.

Ich könnte einen Blogbeitrag schreiben. Meine Freundin Melanie, stolze Besitzerin des Wellensittichpärchens Timmy und Isi, hat mir einen ausführlichen Bericht zum Thema »Wellensittiche und Doku-Soaps« geschickt, aber irgendwie bin ich heute ein wenig wortlos. Außerdem fehlt mir zu Wellensittichen der emotionale Zugang. Also mache ich mir erst mal ein Nutellabrot. Das hilft ja bekanntlich in vielen Lebenslagen. Vielleicht auch bei Geburtstagen, die sich sonderbar anfühlen.

Es ist noch vor neun, und mir haben heute schon sehr viele Menschen gratuliert, trotzdem fühle ich mich komisch. Leider kann ich nicht genau sagen, warum das so ist. Vielleicht liegt es grundsätzlich am Geburtstag. Vielleicht bin ich heute auch einfach nur schlecht drauf.

Kapitel 14

Herz zu vergeben

Im Grunde mag ich Geburtstage. Meine Eltern grundsätzlich nicht, da man an diesen Tagen ein Jahr älter wird und sie Älterwerden lästig finden. Und da man ja nun eine ganze Weile darauf angewiesen ist, dass die eigenen Eltern sich um die Gestaltung des jeweiligen Geburtstags kümmern, bin ich diesbezüglich ein wenig benachteiligt worden.

Ich habe immer ein Geschenk bekommen. Also meistens. Aber manchmal lag mein Geburtstag einfach sehr ungünstig zwischen zwei gerichtlichen Verhandlungen. Oder mittendrin. Dann wurde mir das Geschenk schon mal schnell in den Ranzen gesteckt. Kuchen konnte ich mir dann am Kiosk vor der Schule selbst kaufen. Klingt, als hätte ich ziemliche Rabeneltern. Sagen wir so: Sie waren stets bemüht. Wirklich. Es war einfach eine sonderbare Laune der Natur, dass ausgerechnet meine Eltern *miteinander* mich bekommen haben. Dabei war das sicherlich so nicht vorgesehen. Meine Eltern hassten sich nämlich schon immer, und mittlerweile bin ich das einzige verbindende Element ihrer beider Leben. Allerdings muss man wohl dazu sagen, dass ich so etwas wie ein Zufall bin. Begünstigt durch zu viel sehr alten Rotwein auf irgendeiner Kanzleifeier vor fast neunundzwanzig Jahren. Der Alkohol hat meine Eltern vorübergehend vergessen lassen, dass sie sich eigentlich nicht ausstehen können. Im Grunde habe ich da also echt Glück gehabt, und irgendwie bin ich dem Wein ja auch dankbar. Der Preis war eine etwas sonderbare Kindheit.

Gegen Mittag fühle ich mich schwer depressiv. In der Wohnung ist es mucksmäuschenstill. Ella schläft so tief, dass ich zweimal gucken gehe, ob sie noch lebt. Gegen drei ruft meine Freundin Franziska an und singt mir ein Ständchen. Um halb vier beschließe ich, mit Charleston zu einer großen Hunderunde aufzubrechen. Bisher waren wir nur im kleinen Park um die Ecke. Charleston ist von dieser Idee total angetan und springt wie angestochen um mich herum, als ich in meine Winterstiefel schlüpfe.

Gemeinsam ziehen wir durch die sich auf Berlin senkende Dunkelheit. Es ist eisig. Und ich leide mittlerweile an einem niederschmetternden Geburtstagsblues. Der Hund scheint das auf sonderbare Art und Weise zu spüren. Er macht keine Anstalten, kleinere Hunde zu fressen. Er zieht nicht einmal an der Leine. Irgendwann, in einer mir unbekannten Straße, seufze ich und bleibe stehen. Charlston seufzt und bleibt ebenfalls stehen. Ich bilde mir ein, dass er mich mitleidig ansieht. Außerdem friert er.

Vielleicht ist das der Punkt, an dem ich mich jetzt mal zusammenreißen muss. Ich habe heute Morgen ein paar wunderbare Geschenke bekommen, und vielleicht können wir nachher doch noch alle zusammen ein Glas Sekt trinken. Wenigstens ganz kurz.

»Komm, wir gehen nach Hause«, sage ich zu dem Hund, der sich umgehend in Bewegung setzt. Seine Großeltern stammen aus Afrika. Minus fünf Grad mag er genauso wenig wie ich.

Im Wohnungsflur ist es dunkel. Ich werfe einen Blick auf meine Uhr. Halb sechs. Eigentlich müssten doch mittlerweile alle wieder oder noch da sein. Nur Damian arbeitet manchmal länger, aber der arbeitet ja eigentlich irgendwie immer.

Ich hänge Charlestons Leine auf, rubble ihm kurz über den Kopf und will gerade in die Küche gehen, als ich von irgendwoher aufgeregtes Flüstern höre. Ich bleibe wie angewurzelt stehen.

»Hallo?«, rufe ich, erhalte jedoch keine Antwort. Aber unter dem Türspalt zur Küche sehe ich Licht. Offenbar ist tatsächlich schon irgendjemand da. Aber warum bekomme ich dann keine Antwort? Ich schleiche zur Küchentür, drücke die Klinke herunter und schiebe meinen Kopf in den entstandenen Spalt. Augenblicklich schlägt mir ein so lautes »Überraschung!« entgegen, dass Charleston neben mir ein erschrockenes »Wuff!« von sich gibt und einen halben Meter in die Höhe springt.

Die Überraschung besteht aus einer ganzen Menge Menschen. Einige davon kenne ich nicht. Was aber nichts macht, weil alle, auch die, die ich nicht kenne, sich offenbar sehr freuen, mich zu sehen.

»Oh!«, sage ich. Es duftet nach Pizza und Kuchen. Und dann singen all die vielen Leute, unter denen sich auch Meike und Mareike, Franziska sowie meine Wellensittich-Freundin Melanie befinden, ein Geburtstagslied für mich. Woraufhin ich ein wenig weinen muss. Weil ich Überraschungspartys nur aus amerikanischen Filmen kenne und mir eine wünsche, seit ich sechs bin. Sogar unsere Nachbarin Irmtraud Müller ist da, mit glänzenden Augen und einer Blume im Haar.

Ich werde herumgereicht wie eine Wasserpfeife, und alle gratulieren mir. Eine große Frau mit einer beeindruckend wilden Frisur drückt mich beherzt an ihren großen Busen.

»Ich bin die Mama vom Matthias«, verkündet sie. »Und du bist also die Marie! Wunderbar! Herzlichen Glückwunsch! Und das ist der Henning, der Papa vom Matthias!« Sie greift zielsicher in die Menschenmenge hinter sich und zieht einen lustigen Birkenstockträger mit Blumen auf dem Hemd hervor. Der freut sich auch ganz fürchterlich, mich kennenzulernen, und drückt mich ebenfalls. Einfach so.

»Hatte er doch recht, der Matthias. So ein hübsches Mädel!« Die tiefbraunen Augen hat Matthias definitiv von seinem Vater geerbt. Und auch das Lachen. Er ist der Typ Mann, der es schafft, dir innerhalb eines Abends die Welt zu erklären. Und dann bist du vegan. Oder gegen Atomkraft. Oder du willst nichts dringender als in der Lüneburger Heide Schafe hüten. Da fällt es auch gar nicht ins Gewicht, dass er echte, altertümliche Birkenstocksandalen trägt. In Kombination mit lilafarbenen Wollsocken.

Matthias taucht von irgendwoher auf.

»Oh«, sagt er und drängelt sich zwischen seine Eltern, die er beide um fast zwei Köpfe überragt. »Ich wollte euch eigentlich vorstellen.«

»Macht nix.« Seine Mutter winkt ab. »Habe ich schon selbst gemacht. Hast du mal nach der Pizza geguckt?« Matthias runzelt die Stirn, als hätte er dieses Ansinnen das erste Mal gehört.

»Ich geh schon.« Seine Mama lächelt schief und verschwindet. Es scheint für sie völlig normal zu sein, dass ihr Sohn wichtige Aufträge wie das Beaufsichtigen der Pizza vergisst.

Jemand drückt mir ein Stück Kuchen in die Hand. In dem Kuchen ist viel Schokolade. So viel Kuchen wie in den vergangenen Wochen habe ich mein ganzes Leben noch nicht bekommen.

Ich lasse mich auf dem Küchensofa nieder und bin mit einem Mal sehr zufrieden. Es ist eine richtige Party. Alle sprechen laut und durcheinander, irgendjemand hat Musik aufgelegt, und nun läuft im Hintergrund Ed Sheeran. Mareike tanzt mit Emily auf dem Arm durch die Küche, und ihr Mann, den ich jetzt erst entdecke, weil er ein wirklich unauffälliger Zeitgenosse ist, tanzt hinterher. Nur Damian steht in der Ecke neben dem Kühlschrank und hält sich an einem Glas fest. Ich bin mir sicher, dass sich darin kein Wasser befindet. Mittlerweile glaube ich nämlich zu wissen, dass Damian noch nie in seinem Leben Wasser getrunken hat. Unser WG-Schönling hat heute tiefe Ringe unter den Augen und sieht so müde aus, dass ich bei diesem Anblick das Bedürfnis verspüre, zu gähnen oder in einen tausendjährigen Schlaf zu sinken. Er bemerkt meinen Blick und versucht sich an einem schiefen und ziemlich missglückten Lächeln. Was sonderbar ist, denn eigentlich sitzt bei ihm alles perfekt, sobald andere Leute anwesend sind.

Matzes Mutter taucht plötzlich bei ihm auf und drückt ihm beherzt einen Teller mit einem Stück Pizza in die Hand. Damian versucht noch, sich zu wehren, indem er mit den Händen wedelt, aber Matzes Mutter scheint mit dem eisernen Willen ausgestattet zu sein, alle Anwesenden mit Essen zu versorgen. Ich kenne sie ja erst seit einer Stunde, aber ich mag sie. Sie ist warm wie die Sonne im Mai. Und freundlich. Jetzt hat sie ein Stück Kuchen abgeschnitten und steuert erneut auf mich zu. »Wer sind denn Ihre Eltern?« Sie drückt mir den Kuchen in die Hand und blickt sich suchend um. »Wir sollten uns kennenlernen, wenn unsere Kinder schon zusammenwohnen, nicht?«

Ich beiße rasch ein riesiges Stück vom Kuchen ab und kaue intensiv. Das lässt mir noch ein wenig Zeit für eine Antwort.

»Oh. Die sind beide beruflich sehr eingespannt«, antworte ich verlegen. Sie kneift für einen minimalen Moment die Augen zusammen, dann sagt sie spontan: »Na klar. Das ist halt manchmal so.«

Ich glaube allerdings, dass sie selbst eine Audienz beim Papst absagen würde, wenn eines ihrer Kinder Geburtstag hat.

Manchmal wünsche ich mir auch so eine Mutter. Oder doch wenigstens einen Vater mit aktivem Brutpflegetrieb. Ich wäre da nicht wählerisch.

Es ist eine hammermäßige Party. Eine kombinierte Geburtstags-Einweihungs-Nachbarschafts-Party. Und es ist eine der längsten Partys, auf der ich je gewesen bin. Zum Glück haben am nächsten Tag fast alle Urlaub.

Um drei gucke ich das erste Mal auf die Uhr, und um vier bitte ich Matze, die Musik leiser zu machen. Woraufhin der allerdings nur lacht. »Alle Nachbarn sind hier. Ist keiner da, der sich beschweren könnte«, sagt er schlicht und tanzt kurz mit mir durch die Küche.

Um halb fünf gehen die Gäste, und wir räumen noch ein wenig auf. Bis Ella neben der Spüle im Stehen einschläft und Matze dermaßen gähnt, dass er sich fast den Kiefer ausrenkt. Die beiden wanken ins Bett. Zurück bleiben Damian und ich. Mitten im Küchenchaos. Ich bin noch hellwach, weil ich vorhin aus Versehen noch einen Kaffee getrunken habe.

»Prima Party«, sagt Damian ein wenig heiser. Wir lehnen beide nebeneinander matt an der Küchentheke und bewundern die Party-Überreste.

Ich fühle mich gut. Beschwingt. Und vor allen Dingen: nicht alleine! Mitten im Gewirr von Geschirr und Gläsern steht Jörns Eiffelturm-Kaffeebecher. Kurzerhand mache ich einen energischen Schritt nach vorne, greife mir das unbeliebte Teil und verfrachte es in den übervollen Mülleimer. Den bekomme ich jetzt zwar nicht mehr zu, aber der Becher ist erst mal aus meinem Sichtfeld verschwunden. Ich gönne mir noch einen Schluck Rotwein, direkt aus der Flasche, weil ich wirklich keine Ahnung habe, wo sich mein Glas versteckt haben könnte, und dann steht plötzlich Damian vor mir. Er ist in Wirklichkeit nicht viel größer als ich, aber er wirkt irgendwie größer. Wie so oft trügt der Schein.

Jetzt, wo er dicht vor mir steht, muss ich den Kopf allerdings kaum heben, um ihm in diese unglaublich blauen Augen zu schauen. Damians Augen strahlen trotz der extrem späten Stunde. Was aber auch daran liegen könnte, dass er ein wenig betrunken ist. Was aber nichts macht, denn ich habe selbst einen ordentlichen Schwips. Ich bin etwas verwirrt, und dass er mich unerwartet in den Arm nimmt, macht das Ganze nicht besser. Weil mir nichts Besseres einfällt, erwidere ich seine Umarmung kurzerhand und lege meine Arme um seine Taille. Er lehnt für einen Moment seine Stirn gegen meinen Kopf. Es ist eine sonderbare Umarmung. Ein wenig schwankend und völlig ohne sexuelles Ansinnen. Vielmehr habe ich das Gefühl, dass er sich für einen Moment an mir festhalten muss. Ich glaube, sein Innerstes ist überhaupt nicht so strahlend. Eher dunkel und farblos.

So abrupt, wie er mich in den Arm genommen hat, lässt er mich auch wieder los. Um wortlos in seinem Zimmer zu verschwinden. Ich sehe ihm hinterher und nehme den jetzt wirklich allerletzten Schluck aus der Weinflasche. Aber eins weiß ich seit heute Abend mit Gewissheit: Mit Damian stimmt etwas nicht.

Und noch etwas habe ich heute Abend begriffen: Ich habe es geschafft, Jörn endgültig aus meinem Herzen zu katapultieren. Da wäre dann also ein neuer Platz zu vergeben.

Kapitel 15

Chaostheorie

Ich stehe mitten in der Küche. Draußen regnet es, und Wasserströme laufen an den Scheiben herab. Über Nacht scheint der Berliner Monsun eingesetzt zu haben. Es ist stockdunkel in der Küche, obwohl bereits Mittag ist. Ich knipse die Deckenleuchte an. Nur kurz. Etwa sieben Sekunden, dann mache ich sie schnell wieder aus. Offenbar haben wir eine neue Definition von Chaos erschaffen.

Argh.

Sah das hier gestern Abend auch so aus?

Ich muss wirklich betrunken gewesen sein. Ich kämpfe mich zur Kaffeemaschine durch, nur um dann festzustellen, dass weder die Filtertüten noch die Kaffeedose an ihrem Platz sind. Gott, wie schrecklich. Ich habe einen Kater, muss in drei Stunden arbeiten und bekomme zeitnah keinen Kaffee.

»Krass.« Ella ist in der Tür aufgetaucht. Sie sieht ziemlich zerknautscht aus, und ihre langen Haare scheinen die Absicht zu verfolgen, sich in Dreadlocks zu verwandeln.

»Hmpf«, sage ich. »Kaffee ist weg.«

»Na, hier sieht es ja aus.« Matze ist ebenfalls aufgetaucht und kratzt sich am Kopf.

»Ich wollte nur was trinken und dann wieder ins Bett«, informiert Ella uns und begibt sich auf die Suche nach einem Glas. Oder Becher. Oder einer Rührschüssel, aber alles, wirklich alles ist dreckig und wild im Raum verteilt. Also nimmt sie sich die Milchtüte aus dem Kühlschrank und setzt sie kurzerhand direkt an den Mund.

»Da wollen wir doch auch noch draus trinken«, sage ich erbost, aber Ella zuckt nur mit den Achseln und trinkt ungerührt weiter.

So lange, bis Matze ihr eine saubere Tasse reicht, die er auf dem Kühlschrank entdeckt hat.

»Ich bin viren- und keimfrei«, sagt Ella, gießt sich jetzt aber Milch in die Tasse.

»Trotzdem. Das ist ekelig«, sage ich grantig.

Ella runzelt die Stirn und antwortet: »Du stellst dich an.« Es ist wohl der Morgenmuffel, der aus ihr spricht. Trotzdem ärgere ich mich.

Bevor mir allerdings eine geeignete Bemerkung einfällt, ist sie schon wieder verschwunden. Dafür kommt Damian um die Ecke geschlurft. Er bleibt stehen, guckt uns an, guckt die Küche an, und geht wieder. Kommentarlos.

Betroffen schaue ich ihm hinterher, bis er mein Sichtfeld verlassen hat und seine Schlafzimmertür vernehmlich ins Schloss gefallen ist. »Die können doch nicht alle wieder ins Bett gehen.« Fragend sehe ich Matze an, der immerhin gerade den Kaffee gefunden hat.

»Doch. Ich habe auch mit dem Gedanken gespielt. Nur tiefe Solidarität mit dir hält mich davon ab«, sagt er, beginnt die Kaffeemaschine zu befüllen und fügt hinzu: »Und die Tatsache, dass ich endlich den Kaffee gefunden habe.«

Wir warten schweigend, bis der Kaffee durchgelaufen ist, gönnen uns beide eine große Tasse und fangen dann an aufzuräumen. Ich komme allerdings nicht weit. Denn schon nach sechs Minuten und zweiunddreißig Sekunden bin ich stinkwütend. Die sechs Minuten und zweiunddreißig Sekunden habe ich auch nur durchgehalten, weil ich anfangs noch dankbar war. Für die großartige Party. Aber das ist nun wirklich kein Grund, mich hier mit all dem Chaos allein zu lassen. Okay. Dann war ich auch noch dankbar, dass wenigstens Matze mir hilft. Der ist aber gerade so hilfreich wie ein Gnu in der Abstellkammer und fasst alle möglichen Gegenstände an, um sie gleich darauf an anderer Stelle wieder abzulegen. Und zwar nicht da, wo sie hingehören.

»Wie können die eigentlich wieder ins Bett gehen?«, frage ich zum zweiten Mal und knalle einen Teller in die Spüle, auf dem jemand einen kunstvollen Haufen aus Essenresten, Kerzenstummeln und Kronkorken fabriziert hat.

»Die sind müde. Ich auch«, sagt Matze und hebt ein Weinglas an, um es eine Sekunde später genau an derselben Stelle wieder abzustellen.

»Es ist fast zwei Uhr nachmittags. Wir müssen hier irgendwann aufräumen, im Gegensatz zu euch muss ich nämlich gleich zur Arbeit.«

»Auch das noch«, seufzt Matze und lässt sich kraftlos auf einen herrenlos umherstehenden Stuhl sinken. Bei dieser Gelegenheit erhasche ich einen Blick auf den Küchentisch hinter Matze. Eine fast volle Weinflasche ist umgekippt, und der Inhalt hat sich strategisch über Tisch, Boden und Wand daneben (wow, was muss da bitte passiert sein?!) verteilt. Es ist vermutlich dieser Anblick, der mich komplett wach macht, und ich drehe mich auf dem Absatz um und stürme in Ellas Zimmer. Ohne zu klopfen, angemerkt. Da ich ja sonst eher ein rücksichtsvoller Zeitgenosse bin, ist das hier ein Akt der wahren Rebellion.

»Aufstehen!« Ich rüttle an Ella, die sich komplett unter der Decke verkrochen hat. »Wir müssen jetzt aufräumen. Zusammen. Alleine schaffe ich es nicht, und Matze ist keine Hilfe.«

Ella murmelt Dinge, die ich nicht verstehe, dann klappt sie die Bettdecke zurück und starrt mich entsetzt an.

»Wie, jetzt?«, fragt sie.

»Aufräumen. Jetzt. Dann Frühstück. Punkt. Ende der Durchsage!«

Ich stürme weiter zu Damian. Hier klopfe ich energisch gegen die Tür, bis ich von drinnen ein Brummen höre. Nicht, dass er nackt ist. Ist er aber nicht. Er sitzt komplett angezogen auf seinem Bett und wischt auf seinem Tablet herum.

»Wir räumen jetzt auf. Dann gibt es Frühstück«, informiere ich ihn und laufe zurück in die Küche, wo Matze den Kopf mitten in der Rotweinbrühe abgelegt hat und offenbar wieder in Tiefschlaf gefallen ist.

Und dann geschieht ein Wunder. Ella und Damian melden sich tatsächlich ordnungsgemäß und ohne Murren zum Arbeitseinsatz. Matze wacht auf, wischt sich den Rotwein vom Gesicht, und gemeinsam schaffen wir es, die Küche in fünfundfünfzig Minuten wieder vorzeigbar zu machen. Ich staune, wie schnell wir sind. Und ich staune über mich, weil ich mich wirklich getraut habe, hier mal das Zepter in die Hand zu nehmen. Dass alle meine Mitbewohner mich jetzt »Mutti« nennen, halte ich für einen bezahlbaren Preis.

Und dann muss ich trotz meines erheblichen Katers ins Café, während meine Mitbewohner sich allesamt wieder ins Bett verkrümeln. Ich ziehe also sämtliche verfügbaren Klamotten übereinander und kämpfe mich durch den eiskalten Regen. Kaum im Café angekommen, möchte ich bitte sofort Urlaub. Es ist zum Bersten voll. Menschen hocken auf jeder verfügbaren Fläche. Wo kommen die alle her? Müssen die nicht Weihnachtsgeschenke kaufen? Oder einen Baum aufstellen? Oder doch wenigstens vor dem ganzen weihnachtlichem Wahn fliehen, sich in ihrer Wohnung einschließen und erst kurz vor Silvester wieder herauskommen?

»Marie!« Rolf brüllt quer durch den Laden. Offenbar werde ich sehnsüchtig erwartet.

Keine drei Minuten später eile ich unelegant und mit dem Tablett gegen die Hüfte gestemmt zur Theke, wo schon acht dampfende Apfelstrudel auf ihren Transport zu den Gästen warten.

Offenbar hat Lizzy einen neuen und brandaktuellen kulinarischen Kult erschaffen. Was letzte Woche noch Milchreis mit Kirschen war, ist jetzt frischer Apfelstrudel mit Eis, Sahne und Zimt. Und Lizzy befindet sich bereits in der Phase der Massenproduktion.

Ich verteile die Köstlichkeit, nehme weitere Bestellungen entgegen und stelle dann verwundert fest, dass bei meiner Rückkehr an den Tresen schon zehn weitere Strudel auf ihre letzte Reise warten. Heute ist Lizzy aber fix.

»Wir haben eine neue Küchenhilfe«, erklärt Rolf stolz und deutet hinter sich, wo man durch die offen stehende Schwingtür direkt in Lizzys Wirkungsstätte gucken kann. Was ich erblicke, habe ich nicht erwartet.

»Die neue Küchenhilfe hilft gewaltig.« Rolf grinst mich an. Außerdem ist die Küchenhilfe männlich und hat so viele offensichtliche Tätowierungen am ganzen Körper, dass sie absolut null der üblichen CI von »Rolfs Café« entspricht. (Ich sage nur: rot karierte Tischdecken und lustige Blumensträuße auf den Tischen.)

»Er kann kochen. Und backen. Und er beschwert sich nicht. Noch nicht einmal, als Lizzy ihm aus Versehen einen halben Liter kochend heißes Wasser über die Hand gegossen hat.« Rolf sieht ehrfurchtsvoll aus, fügt aber bei meinem entsetzten Gesichtsausdruck hinzu: »Ich habe ihn mit Brandsalbe verarztet. Davon haben wir genug. Lizzy verbrennt sich ja gerne mal.«

»Wow«, sage ich und beuge mich weiter über die Theke, damit die Gäste glauben, wir hätten wichtige betriebliche Dinge zu besprechen. »Ich hätte mindestens drei Tage lang geweint!«

Rolf grinst, nickt und macht sich daran, die Kaffeebestellungen abzuarbeiten.

»Deswegen haben wir jetzt Adam. Er darf nur nicht raus aus der Küche. Sieht halt ein wenig so aus, als hätte ich ihn irgendwo gefunden.«

»Junge Dame!«, ruft es hinter mir, und die junge Dame knallt zügig die Teller und Tassen auf das Tablett, setzt ihr fröhliches »Ich liebe meine Kunden«-Lächeln auf und rennt los. Aus dem Augenwinkel registriere ich, dass mittlerweile auch noch der letzte Tisch besetzt ist, und mache auf meinem hektischen Rückweg einen Schlenker dorthin, um die Bestellung aufzunehmen.

Zu meiner großen Überraschung sitzen dort Matze und Damian. Müde und zerknautscht. Matze zumindest. Damian hatte wohl schon Zeit, sich voll zu entfalten. Abgesehen von den roten Augen sieht er wieder mal prima aus und trägt sogar ein frisch gebügeltes blaues Hemd. Ich freue mich ganz ernsthaft, die beiden zu sehen. Zumindest scheinen sie mir mein furienhaftes Auftreten von heute Morgen verziehen zu haben.

»Sollen wir wieder gehen?«, flüstert Matze mir zu und wird doch tatsächlich ein wenig rot. »Es ist zu voll. Du hast viel zu viel zu tun. Ich habe den Kaffee zwar gefunden, aber nun ist er alle!« Entsetzt zieht er eine Augenbraue hoch, und für einen Moment sieht er aus, als wollte er aufspringen, um mir zu helfen. Damian ist da weit weniger zart besaitet und studiert schon die Speisekarte.

»Bist du verrückt?«, frage ich Matze und muss trotz der Hektik lachen. Der Kerl ist wirklich zu gut für diese Welt und in diesem Moment mein absoluter WG-Lieblingsmitbewohner. »Was kann ich euch bringen?«, frage ich also.

»Apfelstrudel und Latte macchiato«, bestellt Damian nach einem kurzen Blick durch das Café. »Wenn das alle haben, will ich das auch.« Er grinst mich breit an und zeigt all seine strahlend weißen Zähne.

»Offenbar ist genau das das Phänomen. Wie man im Flugzeug Tomatensaft trinkt, weil alle ihn trinken, scheint das bei uns mit Lizzys Trends zu funktionieren. Gestern war es noch der Milchreis. Lizzy ist eine Trendsetterin«, erkläre ich, und Matze schließt sich mit einem Kopfnicken Damians Bestellung an.

»Wir wollten mal gucken, wo du in letzter Zeit so unterwegs bist«, sagt Damian. »Ich würde sagen, der Laden läuft. Vermutlich, seit du mit an Bord bist.« Er versprüht ein wenig Charme, und mir entgehen die schmachtenden Blicke der drei Damen am Nachbartisch keinesfalls.

Ich trabe zur Theke und gebe die Bestellungen weiter. Rolf verteilt gerade Milchschaum in große Gläser.

»Der flirtet mit dir«, sagt er, ohne mich anzusehen, und konzentriert sich weiter auf den Milchschaum.

»Wer?«, frage ich irritiert.

»Tisch drei.«

»Welcher von Tisch drei?« Ich kann ihm nicht folgen. An Tisch drei sitzen nämlich Damian und Matze. Allerdings ist Rolf ein bisschen wie die *Sendung mit der Maus*. Er erklärt dir alles. Nicht nur die Funktionsweisen von WLAN-Routern und Raketentriebwerken, sondern auch zwischenmenschliche Beziehungen. Und meistens hat er damit sogar recht. Deswegen würde es mich jetzt doch brennend interessieren, was er da bitte gerade entdeckt hat.

Ich drehe mich halb um und versuche für einen Augenblick,

die erwartungsvoll in meine Richtung schauenden Gesichter hungriger Gäste zu ignorieren.

»Na, welcher denn nun?«, forsche ich nach und beuge mich weiter über die Theke.

»Na, der eine da.« Rolf hebt jetzt doch endlich mal den Kopf und schaut über meinen Kopf hinweg zu Tisch drei. Er meint doch nicht etwa Damian? Der flirtet ja nun leider nicht mit mir, sondern mit allem, was auch nur über einen Hauch Östrogen im Körper verfügt. Ich wäre sehr enttäuscht, wenn Rolf Damians typische Flirtaktionen falsch verstehen würde. Das ließe mich an ihm zweifeln, denn flirten ist für Damian wie atmen.

»Der im blauen Hemd?«, versuche ich Rolfs unklare Andeutungen zu konkretisieren. »Doch nicht der überkandidelte Lackaffe im Hemd.«

Ich habe es geschafft, dass Rolf mich erstaunt anblickt.

»Nein. Der andere. Der mit den schönen, vollen Lippen. Der hundert Prozent nicht auf Männer steht, den ich andernfalls aber anbaggern würde, falls ich mich irren sollte. Der hat was.« Er grinst.

»Das ist Matze. Mein WG-Mitbewohner«, stelle ich ernüchtert fest.

»Der flirtet mit dir.« Rolf scheint erfreut, dass ich die Phase der Begriffsstutzigkeit endlich abgelegt habe.

»Nein. Der flirtet doch nicht.«

»Er gibt sich sehr viel Mühe. Ist vielleicht nur schüchtern.«

»Hallo, Rolf!« Ich wedele mit der Hand vor seiner Nase herum und höre hinter mir die ersten Rufe. Die Meute wird ungeduldig und verlangt nach Speis und Trank. »Das ist nur mein Mitbewohner«, flüstere ich aufgebracht.

Rolf hält kurz inne und mustert mich mit seinen klugen, grauen Augen. »Musste er seine Eier beim Einzug abgeben?«, erkundigt er sich dann trocken.

Zu diesen Worten fällt mir nichts mehr ein, und so greife ich mir den fertigen Kaffee, stelle ihn auf das Tablett und sehe zu, dass ich meinen Job erledigt bekomme.

Als ich das nächste Mal an Tisch drei vorbeikomme, hat Damian begonnen, die Damen vom Nachbartisch mit seinem Charme in hormonelle Nöte zu versetzen. Er flirtet, dass die Fensterscheiben leise klirren.

Matze sitzt amüsiert daneben. Rolf muss sich grundlegend geirrt haben. Matze hat doch nicht mit mir geflirtet. Oder doch? Als ich nämlich jetzt an Tisch vier die Tassen abräume, spüre ich, dass Matze mich beobachtet. Ich drehe mich kurz um, und unsere Blicke treffen sich. Ich kann mich täuschen, aber ich habe das Gefühl, dass Matze rot wird. Schon wieder. Es ist nur ein Hauch von Röte, geht aber durchaus als das Anfangsstadium von Rotwerden durch. Verwirrt drehe ich weiter meine Runden durch das Café. Ich blicke zurzeit nicht so richtig durch in meinem Leben.

Die beiden Jungs warten auf meinen Feierabend und laufen dann mit mir gemeinsam durch das eiskalte, aber im Licht der Weihnachtsbeleuchtung glitzernde Berlin nach Hause. Damian hat sich nach dem Kaffee noch zwei Gin Tonic bestellt und restlos geleert. »Feierabend-Drinks«, hat er gesagt. Dabei habe ja wohl ich Feierabend und er Urlaub.

»Guckt mal!« Matze ist abrupt stehen geblieben und hat sich umgedreht. Wir schliddern neben ihn, denn mittlerweile hat es begonnen zu frieren, und die Straßen und Fußwege werden langsam mit einer zarten Eisschicht überzogen. Was er so bestaunt, befindet sich auf der anderen Straßenseite. Ein Mitbürger mit viel Gefühl für den großen Auftritt hat einer einfachen Hecke, die sonst wohl nur unauffällig den Bürgersteig säumt, mit einer Unmenge an Lichterketten zu einem unfassbaren Glanz verholfen. Es funkelt und glitzert und sieht aus, als wäre eine Horde Glühwürmchen in der Hecke sesshaft geworden.

»Wow!«, sage ich andächtig.

»Sieht aus, als wäre dort eine neue Lebensform entstanden, die sich ab morgen unter die Menschheit mischt, um Liebe und Harmonie zu verteilen«, sagt Matze und lacht leise. Ich denke mir, dass Matze manchmal eine sehr zauberhafte Sicht auf die Dinge hat, und hake mich bei beiden Jungs unter, um nicht doch noch auf den Hintern zu fallen.

Kapitel 16

Lichterhimmel

Als wir uns ausreichend an dem wunderschönen Anblick erfreut haben, bis ins Innerste schockgefroren sind und Damian behauptet, er würde am Himmel bunte Lichter sehen, die gekommen sind, um Matze abzuholen, schliddern wir nach Hause, wo wir Ella mies gelaunt auf dem Küchensofa vorfinden. Das sehen wir allerdings nur durch die offen stehende Tür. Sie versprüht so eine negative Energie, dass wir uns nicht trauen, die Küche überhaupt zu betreten. Ob sie böse auf mich ist, weil ich sie heute Morgen aus dem Bett gezerrt habe?

Aber dann ruft sie: »Ihr könnt reinkommen«, und im Gänsemarsch betreten wir mit äußerster Vorsicht die Küche.

»Was ist los?«, fragt Matze und lässt sich neben sie auf das Sofa fallen. Ella ist in Bezug auf ihr Privatleben sonderbar. Auf der einen Seite hat sie öffentlichen Sex auf der Waschmaschine, auf der anderen Seite erzählt sie nie etwas über sich. Aber heute hat Ella so schlechte Laune, dass sie von ihrem Prinzip der persönlichen Verschwiegenheit absieht und tatsächlich erzählt, was los ist.

»Ich hatte vor fünf Tagen ein Date.« Die Menge schweigt. Ob da noch was kommt? Sie hat ja nun mal verhältnismäßig viele Dates.

Als sie nicht weiterspricht, hake ich nach: »Der Typ von der Waschmaschine?«

Sie schüttelt den Kopf und guckt entrüstet. »Kein Sex-Date. Ein richtiges. Mit Kuss zum Abschied. Er hat gesagt, dass er den Abend toll fand und mich unbedingt wiedersehen will.«

»Klingt jetzt ja erst mal nicht so schlecht«, sagt Damian, der sich ein Bier geholt und auf einem der Küchenstühle niedergelassen hat.

»Das war vor fünf Tagen. Wenn er mich wirklich wiedersehen möchte, hätte er sich doch mittlerweile mal gemeldet, oder?«

»Das ist prinzipiell richtig, aber es sind ja erst fünf Tage«, wagt Matze sehr umsichtig einzuwenden.

»Genau. Fünf Tage! In denen ich jeden Tag ungefähr alle fünf Minuten an ihn gedacht habe. Nicht mal eine SMS!« Ella ist ernstlich angepisst. Und verletzt. Ich sehe Tränen in ihren Augen schimmern und setze mich neben sie. Ich weine ja schon, wenn ich mir den Finger verbrenne, Ella aber weint nie. Hab ich zumindest bisher nicht gesehen.

»Bis vorhin«, sagt sie unvermittelt. »Jetzt habe ich *ihm* nämlich eine SMS geschrieben. Weil ich es einfach nicht mehr ausgehalten habe.« Sie guckt jetzt ganz ernst. »Blöd. Ich weiß«, fügt sie hinzu, denn sie hat offenbar unser gespanntes Abwarten falsch interpretiert.

»Gar nicht blöd«, sage ich. »Wozu Zeit verschwenden? Ich finde sowieso, diesen ganzen ›Man darf sich nicht zuerst melden‹-Kram bescheuert. Das sind doch ätzende Spielchen. Wenn man sich wirklich mag, macht das doch gar keinen Sinn.«

»Da magst du recht haben. Er hat auch geantwortet.« Ella drückt mir ihr Handy in die Hand, die geöffnete SMS direkt auf dem Display.

Sorry. Hab mich geirrt. Das kann ja mal passieren. Ich möchte kein weiteres Date mit dir.

»Uff«, sage ich. Wie hammerhart ist das denn? Matze macht einen langen Hals und liest die SMS ebenfalls. Er ist allerdings weit weniger dezent als ich.

»Was ist das denn für ein minderbemitteltes Arschloch?«, fragt er ehrlich empört und nimmt mir das Handy aus der Hand, um die SMS erneut zu lesen. Er kann es gar nicht glauben. Offenbar gibt es Männer, die so etwas schreiben, in seiner Welt nicht.

»Die Welt ist voll von minderbemittelten Arschlöchern!«, sagt Ella und blinzelt hektisch, während sie an die Wand gegenüber starrt. Vermutlich ihr verzweifelter Versuch, nicht in Tränen auszubrechen.

Damian gibt ein gänzlich untypisches Grunzen von sich, womit er uns für einen Moment von Ellas Leid ablenkt. »Sie hat recht«, sagt er dann düster. »Alles voll mit minderbemittelten Arschlöchern.«

»Das ist jetzt nicht besonders hilfreich«, sage ich und trete ihm unsanft vor das Knie.

»Ich möchte ja nicht zwanghaft optimistisch klingen, aber ich finde das nicht«, sagt Matze ernst und mustert die beiden.

»Ich möchte dir ja nicht zu nahe treten, aber das hier war mein zwölftes Date in diesem Jahr. Einmal im Monat versuche ich mein Glück. Und es endet immer so, oder so ähnlich. Es gibt Sex, dann rufen sie nicht mehr an.« Ella reibt sich über das müde Gesicht.

»Ist der Typ auf der Waschmaschine da mit einkalkuliert?«, fragt Damian, und Matze stöhnt auf.

»Auch das ist nicht hilfreich«, sagt er streng.

»Na, ich meine doch nur! Vielleicht sind Typen, die auf Waschmaschinen rumvögeln, nicht die perfekte Wahl, falls man mehr im Sinn hat.« Als wir eisern schweigen, fügt er doch tatsächlich etwas kleinlauter hinzu: »So beziehungstechnisch.«

»Der Waschmaschinen-Mann war nicht einkalkuliert. Mit dem hatte ich nur Sex. Der war auch so doof, zu mehr hätte ich mir erst mein Gehirn amputieren lassen müssen«, sagt Ella leise und schnüffelt vornehm.

Mich überfordert der gesamte Gesprächsverlauf ein wenig. Weil ich Ella heute das erste Mal so traurig erlebe. Dabei war mir gar nicht klar, dass sie wirklich und ganz ernsthaft jemanden sucht, mit dem sie ihr Leben teilen kann. Sie wirkt so autark. Als ob sie niemanden bräuchte.

»Wisst ihr, was ich will?«, fragt Ella im nächsten Moment und klingt fast ein wenig atemlos.

Sie steht auf, stopft ihr Handy in die Hosentasche und fährt sich mit den Händen durch das Gesicht.

»Ich will endlich mal meine Ruhe. Irgendwo ankommen. Beständigkeit. Zu Hause sein.« Ich verstehe sie genau. Viel zu genau.

»Dafür brauchst du aber nicht zwingend einen Mann«, brummt Matze.

»Ich will aber nicht mehr allein sein.« So, wie Ella das sagt, klingt es fast wie ein Flehen. »Und keiner will mich«, fügt sie hinzu und blinzelt angestrengt ins Licht.

Bevor ich zu dieser dramatischen Äußerung etwas sagen kann, kommt Matze mir zuvor: »Das stimmt nicht. Du triffst dich einfach immer mit den falschen Kerlen. Außerdem bist du doch gar nicht alleine! Du wohnst mit den besten Leuten in ganz Berlin zusammen.« Er grinst. Offenbar mutig gewillt, das traurige Thema an dieser Stelle zu beenden. Und Ella macht mit. Sie grinst. Nur einseitig, nur ganz leicht, aber es geht als Grinsen durch.

»Ich geh packen. Mein Zug nach München fährt morgen früh. Steht dein Angebot noch, mich zum Bahnhof zu bringen?«, fragt Ella mich, und ich nicke.

»Bekomme ich dein Auto?«, frage ich wiederum Matze, der ebenfalls nickt.

Ella will die Feiertage bei einer Freundin verbringen. Warum sie Weihnachten nicht mit ihren Eltern feiert, obwohl die angeblich sogar in Berlin wohnen, hat sie mir noch nicht verraten. Sie verschwindet, nicht ohne uns allen einen Kuss auf die Wange zu geben.

»Möchte noch jemand einen Tee?«, frage ich in die Runde, aber nur Matze hebt die Hand. Über Damian scheint durch Ellas Dating-Drama der arktische Winter hereingebrochen zu sein. Er sitzt mit undurchsichtiger Miene auf seinem Stuhl und hält sich an seiner Bierflasche fest.

»Es ist verdammt schwierig, jemanden zu finden«, sagt er plötzlich. Ich gieße den herrlich duftenden Weihnachtstee auf und trage die beiden Tassen zum Sofa.

»Was meinst du?«, frage ich und lasse mich nieder.

Damian kneift die Augen zusammen, als ob er Kopfschmerzen hätte. Dann steht er unvermittelt auf und stellt seine Bierflasche mit einem Knall auf den Küchentisch.

»Ich meine«, sagt er und dreht sich zu uns um, »dass es nur ganz wenige Menschen gibt, die keine minderbemittelten Arschlöcher sind, und dass die, die das eben nicht sind, regelmäßig fertiggemacht werden. Durch Typen wie mich. Ich bin hier nämlich das allergrößte minderbemittelte Arschloch.« Bei den letzten Worten bricht seine Stimme, und er lässt endgültig die Jalousien runter, was er mit einem filmreifen Abgang noch unterstreicht. Einschließlich Türenknallen. Matze und ich starren ihm stumm hinterher. Es dauert eine ganze Weile, bis mir etwas halbwegs Sinnvolles einfällt, um die Stille zu durchbrechen.

»Vor Weihnachten drehen die Leute reihenweise durch«, sage ich schließlich.

»Hm«, brummt Matze und starrt immer noch die Tür an, durch die erst Ella und dann Damian verschwunden sind.

Wir nippen beide an unserem Tee.

»Willst du den neuesten Trailer für *Star Wars* sehen?«, fragt Matze dann plötzlich und wirft mir einen Seitenblick zu. Ich glaube, er ist nicht minder verwirrt.

»Ich denke, du stehst auf *Herr der Ringe*?«, frage ich matt zurück.

»Ist eine Übersprunghandlung. Ich weiß gerade nicht, was wir sonst tun könnten. Offenbar ist die Hälfte dieser WG wirklich fest davon überzeugt, dass entweder sie selbst oder doch zumindest ein Großteil der Weltbevölkerung wirklich miese Zeitgenossen sind.«

Kurze Zeit später hocken wir beide auf seinem Bett und sehen uns den Trailer für den neuen *Star-Wars*-Film an. Wir sitzen ziemlich dicht beieinander, was mir aber erst auffällt, als es zu spät ist und es nun eher auffallen würde, wenn ich wieder abrücke. Aber Matze ist sowieso anderweitig beschäftigt.

Er befindet sich nämlich im spontanen Nerd-Modus und versucht mit mir darüber zu diskutieren, ob das fliegende Ding in dem Trailer tatsächlich der Millennium Falke sein könnte. Die Frage kann übrigens nicht abschließend geklärt werden. Ich bin auch nicht sonderlich hilfreich bei dieser Diskussion. Mir erschließt sich nämlich nicht, was das überhaupt sein soll. Trotzdem ist es nett, hier zu sitzen. Und Matze guckt nach der zehnten Wiederholung dieses verdammten Trailers tatsächlich eine Folge *Gilmore Girls* mit mir. Die *Gilmore Girls* haben immer eine beruhigende Wirkung auf mich. In Verbindung mit Matzes lieber Art geht es mir gegen elf wieder so gut, dass ich ihm eine angenehme Nachtruhe wünsche und ins Bett gehe.

Am nächsten Morgen schmücke ich die Wohnung. Heute ist der 23. Dezember. Da wird es Zeit, sich wenigstens dekotechnisch ein wenig vorzubereiten. Höchste Zeit. Mir ist ziemlich bang vor den Weihnachtstagen, weil irgendwie alle, die ich kenne, nicht aus Berlin kommen und so regelmäßig zu allen hohen Feiertagen die Stadt verlassen, um ihre Familien aufzusuchen. Und Mareike feiert das erste Mal mit ihrer kleinen Familie. Da möchte man ja nun auch nicht direkt um Asyl unter dem Tannenbaum bitten. Meine eigene Familie ist an Weihnachten grundsätzlich nicht verfügbar. Wenigstens wird Charlston mir in diesen düsteren Tagen Gesellschaft leisten. Meike fährt mit der Bahn nach Nürnberg zu ihrer Mutter und traut sich nicht, ihren gesellschaftsunfähigen, riesigen Hund in einem öffentlichen Transportmittel zu transportieren. Zumal der Hund zwischendurch ja auch mal Pipi muss, und einen Maulkorb müsste er auch tragen. Abgesehen davon hasst ihre Mutter Hunde im Allgemeinen und Charlston im Speziellen.

»So, mein Schatz. Jetzt bleibst du bei Tante Marie.« Meike drückt ihr Gesicht in Charlstons dunklen Strich auf dem Rücken und seufzt theatralisch.

»Hast du mich gerade ›Tante Marie‹ genannt?«, frage ich argwöhnisch.

»Kleiner Witz«, antwortet sie todernst. »Pass gut auf ihn auf! Er ist mein Leben!« Ich nicke, ebenfalls todernst. Jegliche Späße über überambitionierte Hundehalterinnen wären hier fehl am Platze.

»Viel Spaß auf der Dinnerparty.« Meikes Tonfall hat jetzt absolutes Beerdigungsreden-Niveau angenommen.

»Ich werde mich maßlos amüsieren«, versichere ich ihr und versuche gleichzeitig, den in mein Hirn kriechenden Gedanken von besagter Dinnerparty wieder zu verscheuchen. Die Party ist der einzige weihnachtliche Termin, den ich habe. Meine Mutter schmeißt die Party am zweiten Weihnachtsfeiertag, und es wird grässlich werden. Jedes Jahr hoffe ich auf Besserung, und es wird immer grässlicher, was allerdings nur an mir liegt. Ich bin einfach nicht der Dinnerparty-Typ.

Kapitel 17

Fachfrau im Einsatz

Wir bringen Ella gemeinsam zum Bahnhof. Eine Herausforderung, weil Matzes Auto so groß ist wie eine Streichholzschachtel. Matze wollte eigentlich nur überwachen, ob ich sein kleines Auto schadenfrei aus der noch kleineren Parklücke manövrieren kann, bekommt aber nach zweimal Lenkradkurbeln meinerseits Angst um seinen fahrbaren Untersatz. Ich fahre nun mal nicht so oft Auto. Und sein Auto ist mindestens so alt wie die Skelettfunde im Neandertal, deswegen ist es frauenfeindlich und hat keine Servolenkung. Nachdem ich zweimal fast gegen die fetten Kutschen vor und hinter dem Neandertaler-Auto gerammt bin, übernimmt Matze das Ausparken und auch gleich noch das Fahren.

Als wir Ella zum Zug begleiten, fängt sie an zu weinen. Und als wir ihr winken, während sie einsteigt, wird das Weinen zu einem wahren Sturzbach. Matze ist ganz erschüttert von diesem Anblick und zwingt mich, so lange auf dem eiskalten Bahnsteig zu stehen, bis der Zug mit Ella endgültig aus unserem Blickfeld verschwunden ist.

Als wir nach Hause kommen, hockt Damian in der Küche und benimmt sich wirklich sonderbar. Ich glaube, er analysiert immer noch die Situation mit den minderbemittelten Arschlöchern und hält sich selbst tatsächlich für das allergrößte in der gesamten westlichen Hemisphäre. Wenn wir fragen, warum, was wir natürlich tun, wird er noch schweigsamer und kneift die Augen zusammen, als ob er Kopfschmerzen hätte. Insgesamt wirkt er mindestens genauso depressiv wie Ella.

Nur Matze ist wie immer und somit der einzige Lichtblick in einer Welt voller Düsternis und Verderb. Was mich dazu veranlasst, ihm anhänglich durch die Wohnung zu folgen, während er seine Sachen erst sucht und dann packt. Irgendwie hat er alles, was er besitzt, strategisch in der Wohnung verteilt. Ein paarmal müssen wir Damian ausweichen, der mit versteinerter Miene ebenfalls sucht und packt. Er wird die Feiertage bei seiner Familie in Hamburg verbringen. Worüber ich ganz froh bin. Ich fände es nicht so lustig, mit Damian hier die ganze Zeit allein rumzuhocken.

So werde halt nur ich allein rumhocken.

»Du bist herzlich eingeladen, mitzukommen«, wiederholt Matze zum gefühlt dreihundertsten Mal, während er auf der Suche nach seinem Handy durch die Küche streift.

»Nein, danke«, sage ich ebenfalls zum dreihundertsten Mal und bemühe mich total locker und entspannt zu wirken. »Ich habe doch den Hund hier. Das ist schon okay!«

Es ist ja nun eigentlich nicht okay. Eigentlich ist es sogar ganz schrecklich. Aber ich gebe mir wirklich Mühe, dass niemand das merkt. Mein Vater ist mit Melanie auf den Malediven, und meine Mutter verbringt die Tage immer mit Freunden beim Skifahren in Kitzbühel. Ski fahre ich ungefähr so gut wie Auto, und die Freunde meiner Mutter sind allesamt ein wenig komisch. Juristen eben. Zumindest keine Menschen, mit denen man gemeinschaftlich unter dem Weihnachtsbaum hocken möchte.

»Ich fahr jetzt. Matze, dein Handy ist im Bad auf der Waschmaschine.« Damian kommt mit einer großen Reisetasche in die Küche. Er sieht aus, als wollte er zu einem Staatsbesuch aufbrechen, und trägt einen Anzug mit Weste und Einstecktuch. Nur an seinem tieftraurigen Gesichtsausdruck hat sich nichts geändert.

»Alter, verbringst du Weihnachten im englischen Königshaus?«, erkundigt Matze sich auch sogleich, doch Damian schüttelt nur stumm den Kopf, gibt mir einen Kuss auf die Wange, klopft Matze auf die Schulter und verschwindet. Fünf Minuten später scheint auch Matze endlich all seine Sachen gefunden zu haben.

»Ich muss auch los«, sagt er, steht dabei aber wie angewurzelt vor meinem Schreibtisch herum. Ich habe nämlich mittlerweile aufgehört, ihn zu verfolgen, und versuche stattdessen, mich durch das Schreiben eines Blogbeitrags von meiner bevorstehenden Einsamkeit abzulenken. Was mir nur bedingt gelingt. Charlston hat es sich derweil zu meinen Füßen bequem gemacht und seine Schnauze auf meinen Fuß gelegt.

»Okay«, sage ich und deute nach unten, um klarzumachen, warum ich nicht aufstehen kann. Matze schielt zu Charlston hinunter, dann hockt er sich mit einem fast schon eleganten Hüftschwung auf die Schreibtischkante.

»Marie. Wenn dir das hier zu dröge ist, ruf mich an. Ich kann dich einfach abholen. Und zieh dich warm an, wenn du mit dem Hund rausgehst.« Er meint das alles ernst. Richtig ernst. Das hat er bestimmt auch von seiner Mutter gelernt. Die hat ihn ja wirklich auf alle Eventualitäten im Leben vorbereitet. Sogar auf den korrekten Umgang mit weihnachtlich vereinsamten Freundinnen.

Und ich kann nicht verhindern, dass seine Worte ein warmes Gefühl in mir verursachen und augenblicklich ein erhöhter Wasserstand in meinen Augen zu vermelden ist.

»Klar«, sage ich so cool wie möglich, was leider durch meine brüchige Stimme ein wenig torpediert wird. Matze hockt noch ein paar Minuten auf meiner Schreibtischkante herum, offenbar unschlüssig, ob er mich wirklich allein lassen kann, dann legt er mir die Hand auf die Schulter, drückt sie leicht und geht. Ich lausche, bis die Wohnungstür hinter ihm ins Schloss fällt.

Und dann bin ich allein. Ich sollte mich daran gewöhnt haben, allein zu sein. Früher war ich ständig allein. Quantitativ ist meine Familie doch eher schlecht ausgestattet. Ich habe zwar ein paar sehr gute Freunde, aber auch deren Anzahl ist doch recht überschaubar, und die lungern ja schließlich auch nicht ständig bei mir rum. Aber in den letzten drei Jahren war nun mal irgendwie Jörn da. Das war zwar nicht immer schön, aber ich war zumindest nicht allein. Dafür war es aber mit seiner Familie schön, und der Gedanke an die Menschen, die ich doch sehr lieb gewonnen habe, macht mich schlagartig traurig. Erschwerend kommt noch hinzu, dass ich mich mittlerweile ganz fürchterlich an meine Mitbewohner gewöhnt habe.

Ich ziehe meinen Fuß unter Charlstons Kopf hervor und laufe in die Küche, um mir einen Kaffee zu kochen. Während ich der Kaffeemaschine bei der Arbeit zusehe, fühle ich mich schrecklich einsam. So schlimm, dass mir sogar ein wenig flau im Magen wird. Allein sein geht nur, wenn man sich nicht einsam fühlt. Ich seufze leise. Ich kann mich noch nicht einmal daran erfreuen, dass kein voller Müllsack neben dem Mülleimer steht und somit ausnahmsweise mal kein ekeliges Zeug auf die Küchenfliesen tropft. Wie kann man sich in so kurzer Zeit so sehr an eigentlich wildfremde Menschen gewöhnen?

Der nächste Tag ist der 24. Dezember, und Charlston und ich streunen morgens los und durchstreifen halb Berlin. Ich lerne Ecken kennen, die ich bisher nie zu Gesicht bekommen habe. Wir treffen auf viele andere Hunde, aber Charlston scheint meine Melancholie zu spüren und hat seine Neigung, andere

Hunde zu fressen, vorbildlich im Griff. Ich esse in einem kleinen Bistro zu Mittag, während der Hund friedlich zu meinen Füßen ruht. Eine ungewöhnliche Situation. Dass mir alle Menschen, auf die ich treffe, frohe Weihnachten und einen schönen Abend wünschen, macht das Ganze auch nicht besser. Wir kehren von unserem Tagesausflug erst zurück, als es bereits dunkel wird. Ich will gerade die Tür zum Treppenflur aufschließen, als ich aufgeregt flüsternde Stimmen im Innenhof höre. Charlston stellt augenblicklich die Ohren auf und gibt ein leises Warnknurren von sich. Ich ziehe ihn an der Leine ein wenig enger zu mir und durchquere den Rundbogen, der in den Hof führt. Da hocken zwei schemenhafte Gestalten herum.

Was um alles in der Welt machen die da?

»Hallo?«, rufe ich leise. Die beiden Schemen hocken vor der Mülltonne und machen kollektiv »Schhhh!«. Dann wedeln beide mit den Armen. Könnte irgendwie alles bedeuten. Bedeutet das, ich soll ruhig sein? Oder näher kommen? Vielleicht soll ich auch gehen. Diese pantomimischen Handzeichen sind aber nun wirklich nicht eindeutig. Ich trete also interessiert einen Schritt näher, wobei ich Charlston jetzt fest am Halsband gepackt habe. Der streckt nämlich plötzlich ganz aufgeregt den Brustkorb raus und würde am liebsten losrasen.

»Jetzt kommen Sie doch mal!«, ruft der eine Schatten leise, und ich erkenne den Herrn aus dem dritten OG, der nur im Unterhemd bekleidet unserem Feuerritual im Hof beigewohnt hat. Charlston ist viel schneller als ich und will nach vorne stürmen, wobei er mich fast von den Füßen holt. Also binde ich ihn kurzerhand an einem der Fahrradständer an und gebe ihm den Befehl, sich hinzusetzen. Was er, oh Wunder, auch tut. Allerdings nicht ohne die kleine Versammlung im Innenhof grimmig anzustarren und ein wenig zu knurren. Eilig laufe ich zu Herrn Adelt, der heute dem Wetter angemessen eine Winterjacke trägt, und entdecke jetzt auch Irmtraud Müller, die nur im rosafarbenen Bademantel und mit pinkfarbenen Puschen vor den Mülltonnen auf den Knien hockt.

»Was ist denn los?«, frage ich und ernte ein ungeduldiges »Leise!«.

»Frau Müller, lassen Sie mal die Fachfrau ran«, flüstert Herr Adelt und schiebt mich entschieden zu den Mülltonnen. Erstaunt sehe ich mich um, ob ich eine Fachfrau für Mülltonnen-Probleme entdecke, aber Frau Müller springt unerwartet flugs auf die Füße und deutet aufgeregt hinter besagte Tonnen. Die beiden meinen mich.

»Wieso Fachfrau?«, frage ich verdutzt.

»Na, Sie kennen sich doch mit Tieren aus«, sagt Frau Müller mit Überzeugung und klopft sich energisch den Schmutz vom Bademantel. »Sie schreiben doch dieses Magazin«, fügt sie leise hinzu, weil in meinem Gesicht wohl immer noch blanke Irritation steht. »Mensch, Frau Lewald, was Herr Adelt mir auf seinem kleinen Computer gezeigt hat. Wo sie so viele kluge Dinge schreiben. Über Durchfall bei Hunden und Zeckenmittel und so. Und lustige Geschichten über den großen Hund da.« Sie deutet in Richtung Charlston, der uns immer noch grimmig beobachtet. Jetzt dämmert mir, was sie meint. Die beiden haben meinen Blog entdeckt. Augenblicklich werde ich dunkelrot und will das erklären. Doch die Tatsache, dass ich zwar über Haustiere schreibe, aber gar keins habe, scheint die beiden nicht zu interessieren.

»Jetzt gucken Sie doch mal!« Herr Adelt ist ganz aufgeregt und flüstert jetzt so laut, dass kleine Spucketröpfchen durch die Luft fliegen. Also gucke ich. So als Fachfrau.

Kapitel 18

Charlston Hasenherz

Er ist ungefähr kniehoch und hat sehr lange Beine. Die er auf fast unmögliche Weise verknotet hat, um überhaupt hinter den Metallbehältern Schutz zu finden. In seinen braunen Augen steht blanke Panik, und er hechelt hektisch.

»Hey«, sage ich leise, was ihn dazu bringt, jetzt auch noch hektisch wegzugucken. Vermutlich versucht er gerade, sich erfolglos in Luft aufzulösen.

»Wir sind hier schon seit Stunden zugange und versuchen ihn hervorzulocken, aber nichts tut sich«, sagt Herr Adelt hinter meinem Rücken. »Irmtraud hat ihn beim Müll-Runterbringen entdeckt.«

»Gott, der Arme, der Arme, der Arme«, flüstert Frau Müller in höchster Aufregung.

Ja, der arme Hund. Ich muss ihr zustimmen.

»Wir haben es hiermit probiert.« Herr Adelt hält mir eine geöffnete Aluschale hin. Wo auch immer der Mann so spontan Premium-Katzenfutter herhat.

»Okay. Sie beide bleiben hier. Ich bringe kurz Charlston nach oben und hole eine Leine.« Die beiden nicken, ich schnappe mir den rüpeligen Rüden und renne nach oben. Charlston ist ein wenig verstört, weil ich nur drei Sekunden später die Wohnung wieder verlasse, aber da muss er jetzt durch. Ich habe mir seine Retriever-Leine geschnappt, die hat nämlich ein integriertes Halsband und lässt sich so einstellen, dass sie sich bei Zug etwas enger stellt. Wenn ich es schaffe, dem Streuner das Halsband über den Kopf zu legen, könnten wir sie als Lasso nutzen und ihn so irgendwie aus seinem Versteck bekommen.

Unten angekommen, hocken Herr Adelt und Frau Müller auf den Knien und säuseln dem fremden Hund, der mittlerweile vermutlich Todesangst hat, irgendwelche Nettigkeiten entgegen.

»Gut, dann lassen Sie mich mal«, sage ich und dränge mich zwischen die beiden. Ich krieche ein Stück zwischen die Tonnen, ignoriere den auf dem Boden liegenden Müll und mache einen langen Arm, um auszuprobieren, ob ich so überhaupt an den Hund herankomme. Der sieht aus, als ob er gleich einen Herzschlag erleidet, aber mein Plan könnte aufgehen. Er liegt günstig und kann dort auch nicht weg. Ich greife hinter mich nach der Leine und öffne das Halsband so weit wie möglich. Dann lasse ich die Schlaufe vorsichtig über den Hundekopf gleiten. Es ist ganz einfach, denn der Hund hat beschlossen, dass eine Schockstarre wohl das Einzige ist, was ihn jetzt noch retten kann. Er tut mir unendlich leid, aber wir müssen ihn aus dieser Ecke herausholen.

»Alles wird gut, Kleiner«, murmle ich leise, sehe ihn dabei aber nicht an, sondern straffe erst mal nur ein wenig die Leine. Dann drehe ich mich um und ziehe ihn sanft hinter mir her. Er wehrt sich nicht, und mit ihm im Schlepptau krieche ich wieder zwischen den Mülltonnen hervor.

»Bitte jetzt nicht draufstürzen, sondern ein wenig weggehen und ihn nicht angucken, okay? In seiner Welt ist das nämlich sehr bedrohlich, wenn er so direkt angestarrt wird. Aber das Futterschälchen können sie mir schnell mal in die Hand drücken, Herr Adelt.« Der gibt mir die Schale, und dann nehmen die beiden in drei Meter Abstand Aufstellung und starren die

Hauswand an. Das nenne ich mal eine direkte Umsetzung meines Ansinnens.

Der kleine Streuner ist jetzt direkt hinter mir. Er sträubt sich zwar noch ein wenig, folgt mir aber. Ich bleibe in der Hocke und dirigiere ihn vorsichtig an der Leine so neben mich, dass ich außerhalb der Reichweite seines Mauls bin. Er ist nämlich so starr, dass ich davon ausgehen muss, dass er in seiner Panik nach mir schnappen könnte.

Dabei sehe ich ihn nicht direkt an und drehe meinen Körper ein wenig zur Seite. Die Aluschale ist jetzt direkt vor ihm. Doch er ist so aufgeregt, dass er noch nicht einmal am Futter schnuppert. Stattdessen zittert er jetzt spektakulär.

»Was machen wir nun?«, flüstert Frau Müller gegen die Hauswand.

»Wir warten ein wenig ab, damit er sich beruhigen kann. Es wäre gut, wenn er ein bisschen fressen würde. Das baut Stress ab. Und dann nehmen wir ihn mit nach oben. Zu mir geht es allerdings nicht, wegen Charlston«, sage ich mit leisem Bedauern.

»Oh. Bei mir geht es auch nicht, wegen Magdalena«, sagt Herr Adelt. »Sie hat panische Angst vor Hunden«, fügt er entschuldigend hinzu.

»Wir gehen zu mir«, frohlockt Frau Müller.

Fünfzehn Minuten später sind wir alle dermaßen durchgefroren, dass wir gemeinschaftlich mit den Zähnen klappern. Herr Adelt steht wieder nur im T-Shirt herum, weil er Frau Müller seine Winterjacke gereicht hat. Aber der Streuner hat es in der Zwischenzeit geschafft, seine Schnauze in der Aluschale zu versenken und das Futter im Bruchteil einer Sekunde komplett zu inhalieren. Vorsichtig stehe ich auf und gehe langsam, aber energisch voraus, und der Hund folgt mir. Da zahlen sich die ganzen gelesenen Hunderatgeber doch mal aus.

In Frau Müllers Wohnung werden wir mit heißem Kakao versorgt, und der Hund darf auf einer hellgelben Cashmeredecke Platz nehmen, was er mit offensichtlichem Gefallen tut. Er beäugt uns noch ein paar Minuten, beschließt dann wohl, uns zu trauen, rollt sich zusammen und scheint im nächsten Moment eingeschlafen zu sein.

»Was machen wir jetzt?«, fragt Frau Müller in die kleine Hunderettungsrunde.

»Wir sollten das Tierheim anrufen, falls er gesucht wird. Ein Halsband hat er zumindest nicht. Und dann sollten wir zu einem Tierarzt gehen. Falls er einen Chip hat, kann der ihn auslesen«, sage ich.

»Gut, dass Sie so viel Ahnung haben«, sagt Herr Adelt ehrfürchtig.

Laut dem Tierheim wird kein Hund vermisst. Laut dem Tierheim wäre man uns sehr dankbar, wenn der Streuner erst mal bei uns bleiben könnte, denn das Tierheim sei massiv überfüllt und es sei auch nur purer Zufall, dass an Heiligabend überhaupt jemand im Büro sei. Die Polizei hat auch keine aktuelle Suchmeldung vorliegen, und die drei Tierärzte, die wir anrufen, haben Weihnachten natürlich Besseres zu tun, als neben dem Telefon zu sitzen.

Wir beschließen, wenigstens die Feiertage abzuwarten. Um irgendetwas zu tun, mache ich ein Foto von dem schlafenden Streuner und poste es auf Facebook und auf meinem Blog. Leider kann ich Herrn Adelt nicht davon abhalten, mit Leidensmiene hinter dem schlafenden Hund zu posieren, aber vielleicht erhöht das ja auch die Aufmerksamkeit. Und dann gehen wir alle ins Bett. Wobei ich vermute, dass Frau Müller ihre Matratze in die Küche schleppen wird, damit der kleine Streuner nicht allein schlafen muss. Herr Adelt begleitet mich noch zu meiner Wohnungstür.

»Grüßen Sie Magdalena. Die habe ich noch nie gesehen. Ich wusste nicht, dass Sie verheiratet sind.«

Er räuspert sich und wird ein wenig rot. Dann guckt er hilfesuchend auf seine Füße.

»Naja, wissen Sie … also Magdalena ist eine Katze.« Die letzten Worte flüstert er. *Schockschwerenot!*

»Aber das ist doch in diesem Haus verboten«, flüstere ich aufgeregt zurück.

»Verraten Sie mich nicht. Magdalena ist eine ganz besondere Katze.« Herr Adelt hat sich meinem linken Ohr genähert und spricht jetzt unfassbar leise. Ist ja auch wirklich unfassbar, was er mir da erzählt.

Energisch schüttle ich den Kopf. »Ich werde sie nicht verraten«, versichere ich ihm so leise, dass Herr Adelt angestrengt die Stirn in Falten legt, während er meine gehauchten Worte in seinem Kopf wieder zu einem Satz zusammensetzt.

»Außerdem haben die Hilgers in der zweiten Etage drei Wellensittiche und die Huperts im Erdgeschoss drei Chinchillas. Und die Montens hat sogar zwei Katzen. Alle haben hier heimlich Haustiere. Von den Hilgers habe ich auch den Tipp mit Ihrem Blog. Die lesen Ihre Beiträge regelmäßig.« Er zwinkert mir zu, tätschelt mir die Schulter und läuft zu seiner Magdalena. Und so kommt es, dass ich den Heiligabend völlig verpasst habe. Es ist nämlich schon fast Mitternacht, und ich falle, frei von jeglichen Gefühlen, todmüde ins Bett.

Der 25. Dezember beginnt unerwartet spannend. Frau Müller und Herr Adelt laden mich nämlich zu einem großen Lagebesprechungsfrühstück ein. Die beiden haben genau wie ich keine großen Pläne für den heutigen Tag. Frau Müllers Sohn lebt in Amerika, und Herr Adelt hat keine Kinder. Und außer Magdalena auch sonst keine Familie. Also schließen wir uns zu einem Bund der weihnachtlich Einsamen zusammen und tarnen das als Zusammenkunft, um über die Zukunft des vierbeinigen Heimatlosen zu sprechen. Dass wir uns dabei ein königliches Frühstück schmecken lassen, ändert nichts an der Ernsthaftigkeit unserer Absichten.

Der Heimatlose hat Frau Müller zu diesem Zeitpunkt bereits zweimal in die Wohnung gepinkelt, weil sie sich nicht traut, allein mit ihm rauszugehen. Sie scheint ihn insgeheim für Houdini zu halten, den Entfesselungskünstler, und ist der festen Überzeugung, dass er ihr trotz Leine sofort abhanden käme, sobald sie auch nur die Haustür öffnen würde.

Das ist also wieder eine verantwortungsvolle Aufgabe für die Fachfrau, und so drehen er und ich eine allererste kleine Runde durch den Park. Fluchttendenzen kann ich nicht mehr erkennen. Dafür bin ich ziemlich verliebt in diesen kleinen Hund. Er ist zauberhaft mit seinen überproportional langen Beinen, der spitzen Schnauze, mit der er fast wie ein kleiner Fuchs aussieht, und dem schwarz-weiß gefleckten Fell. Außerdem hat er Ohren wie eine riesige Fledermaus.

Wieder zurück bei Frau Müller, wird unsere Zusammenkunft dann doch ein wenig kompliziert. Nämlich als ich Charlston dazuhole. Ich kann den großen Rüden schließlich nicht ewig allein in meiner Wohnung lassen. Das ist er einfach nicht gewohnt. Nun gibt es also eine Hundezusammenführung. Charlston möchte den kleinen Hund nun aber doch lieber fressen, als zusammengeführt zu werden.

»Auf deinen Platz!«, sage ich gebieterisch, aber Charlston guckt nur gierig auf den Streuner, dem wir vorübergehend den Namen »Kleiner Hund« gegeben haben. Frau Müller und Herr Adelt stehen starr vor Angst neben dem Küchentisch, der kleine Hund sitzt darunter und betrachtet mich und Charlston mit ernster Miene.

»Er ist gefährlich«, raunt Herr Adelt, deutet auf Charlston und runzelt sorgenvoll die Stirn.

»Nein. Er ist ein Großkotz mit schlechten Manieren«, antworte ich und schubse Charlston mit der Hüfte zurück auf seine Hundedecke.

Frau Müller niest bekräftigend. Sie hat eine Hundehaarallergie, will aber trotz dieser Unannehmlichkeit keinesfalls, dass der kleine Hund auszieht. Tja, und leider muss der große Hund ebenfalls hier sein, womit sich das Allergenpotenzial natürlich noch einmal erhöht.

»Jetzt leg dich hin«, knurre ich Charlston an, doch der starrt nur mit verbissener Miene auf den kleinen Hund unter dem Tisch. Ich glaube, er sabbert schon ein wenig.

»Vielleicht sollte ich erst mal einen Kaffee kochen«, sagt Frau Müller leise und schleicht sich mit größtmöglichem Abstand an mir und Charlston vorbei zur Küchentheke. In diesem Moment macht Charlston einen Satz nach vorn und reißt mich dabei fast zu Boden. Frau Müller schreit erschrocken auf, Herr Adelt macht einen entsetzten Hüpfer nach hinten und der kleine Hund schießt unter dem Tisch hervor und beißt Charlston einmal beherzt und absolut gnadenlos ins linke Ohr. Charlston kreischt auf, hechtet nach hinten und flieht in den Flur. Der kleine Hund schüttelt sich so heftig, dass er fast zu Boden geht, trabt zu Charlstons Decke, dreht sich ein paarmal im Kreis, um das imaginäre Pampasgras niederzutreten, und lässt sich dann mit absoluter Selbstsicherheit nieder. Dies ist sein Platz. Der große blöde Hund war eh im Weg.

Ich gucke um die Ecke in den Flur, von wo aus Charlston mir konsterniert entgegenblickt.

»Ha«, sage ich. »Du bist ja ein Hasenherz!« Er hat ein klitzekleines Loch im Ohr, das von Frau Müller sofort fachmedizinisch versorgt wird, und danach vollzieht sich mit dem großkotzigen Rüden eine wundersame Metamorphose. Er wird zum Lamm. Ein Lamm, mit großer Angst vor dem kleinen Hund, der offenbar in der Hundewelt ein großer Chef ist.

In diesem Fall ist es dann wohl genau umgekehrt: Mehr Sein als Schein.

Kapitel 19

Sorgen über Sorgen

»Wir dachten, du bist tot!« Matze steht plötzlich mitten im Flur und sieht zum Fürchten aus. Er trägt ein weißes Hemd, Jeans und einen dermaßen wilden Gesichtsausdruck, dass Hasenherz Charlston augenblicklich hinter mir Schutz sucht. Dabei wollte ich doch eigentlich nur schnell den Haselnusslikör holen, um Frau Müller zu erfreuen. Und Charlston kann nicht mehr ohne mich mit dem kleinen Hund in einem Raum sein. Weil der so gefährlich ist. Deswegen sind wir zusammen gegangen.

»Hä?«, ist dementsprechend alles, was mir dazu einfällt. »Wo kommst du denn her?«

»Du hast weder unsere SMS beantwortet noch einen von uns zurückgerufen!« Matze ist echt sauer. Ich begreife nur gerade nicht so genau, warum.

»Ich weiß noch nicht mal, wo mein Handy ist«, sage ich, woraufhin Matze eindrucksvoll die braunen Augen verdreht.

»In der Tasche deiner Strickjacke. Die du übrigens anhast. Da ist es immer.« Er deutet auf meine rechte Seite, ich greife in meine Lieblingsstrickjacke, und tatsächlich: Da ist mein Handy. Auf lautlos gestellt. Mit dreiundzwanzig Anrufen in Abwesenheit und unzähligen SMS.

»Oh«, sage ich verdattert. »Ich war unten, und außerdem haben wir gestern einen Hund gerettet und naja … hier war viel los.«

»Marie. Gestern war Heiligabend, und wir wollten alle mit dir telefonieren. Nachdem du heute immer noch nicht erreichbar warst, bin ich ins Auto gesprungen und hierhergerast. Ich war am nächsten dran.«

»Tut mir leid«, sage ich kläglich. Gleichzeitig wird mir aber auch ganz warm ums Herz. Meine Mitbewohner haben sich Sorgen gemacht. So große Sorgen, dass mein Lieblingsmitbewohner seine Familie im Stich gelassen hat, um mich zu retten. Also er hätte mich sicherlich gerettet, falls es etwas zu retten gegeben hätte.

»Tut mir leid«, sage ich noch mal.

Matze atmet tief durch und tippt derweil eine SMS in sein Smartphone. »Ella hatte voll den paranoiden Schub und ist fest davon überzeugt, dass du im Bad ausgerutscht bist, dir den Kopf gestoßen hast und jetzt bewusstlos da rumliegst. Hätte ja auch sein können.« Er blickt wieder auf, und ich kann mich immer noch nicht rühren. Ich habe auch keine Ahnung, warum ausgerechnet er jetzt leicht errötet.

»Danke«, sage ich, weil es das Einzige ist, was mir einfällt. Endlich grinst Matze. Zumindest ein wenig.

»Dafür, dass wir uns Sorgen gemacht haben?«

»Genau dafür.« Die Stimmung ist plötzlich komisch. Sonderbar. Matze wirkt mit einem Schlag unsicher, was für ihn doch eher ungewöhnlich ist. Wir schweigen, bis Charlston mich von hinten gegen das Knie stubst.

»Ihr habt einen Hund gerettet?«, bricht Matze endlich das Schweigen.

»Er ist unten bei Irmtraud Müller. Er saß hinter den Mülltonnen. Fährst du jetzt wieder nach Hause zu deiner Familie?«, frage ich hastig. Er schüttelt ebenso hastig den Kopf.

»Nee. Heute reisen Onkel Wilhelm und Tante Juvelia an. Offiziell habe ich mir eine Magen-Darm-Grippe zugezogen, um die mich meine gesamte Familie beneidet. Die beiden gehören nicht zu den beliebtesten Personen in unserer Sippe.«

»Würdest du dann morgen Abend mit mir auf die Dinnerparty meiner Mutter gehen?«, frage ich so spontan, dass ich es damit schaffe, mich selbst zu überraschen.

Matze legt die Stirn in Falten, errötet aus irgendeinem Grund noch mehr und nickt bedächtig. »Sehr gerne«, sagt er schließlich.

»Wie schön, dass Herr Matthias wieder da ist!« Frau Müller kriegt sich kaum wieder ein. Voller Begeisterung putzt sie sich einhändig die Nase, während sie mit der anderen Charlston streichelt. Das ist nötig, weil der kleine Hund auf meinem Schoß hockt und gebieterisch auf ihn herabblickt. Charlston hat seinen Meister gefunden.

»Ich bekomme das hin. Die Hunde sind ja beide so lieb!« Frau Müller wird das tatsächlich hinbekommen. Denn die Hunde sind wirklich lieb. Brav. Gehorsam. Kleiner Hund scheint der perfekte Hundeerzieher zu sein. Was ganz prima ist, denn ich hätte Charlston ungern so lange allein in der Wohnung gelassen. Ich hätte zwischendurch nach Hause fahren müssen. Und dann der Versuchung widerstehen müssen, einfach aufs Sofa zu fallen und dort liegen zu bleiben.

Zufrieden schnäuzt Frau Müller sich erneut.

»Ab morgen wohnen beide Hunde bei mir«, sage ich schnell und reiche ihr ein frisches Taschentuch. »Und irgendjemand wird den kleinen Hund ja auch vermissen.«

Sie schüttelt den Kopf. »Glaube ich nicht. Meine Ahnung sagt, dass er eine einsame Seele ist. Der wird hierbleiben. Aber machen Sie sich jetzt erst mal mit Herrn Matthias einen netten Abend. Herr Matthias ist wunderbar!« Ihre vor Hundehaarallergie geröteten Augen leuchten schlagartig auf.

»Sie müssen unbedingt mit ihm tanzen. Er ist so wohlerzogen, er kann bestimmt sehr gut tanzen.«

Ich nicke zustimmend. Das hat ihm seine Mutter garantiert auch beigebracht. Da behalte ich es lieber für mich, dass ich dagegen nicht tanzen kann. Ein bisschen im Takt mit den Hüften wackeln geht, aber jede Form von Paartanz ist leider ausgeschlossen.

»Genießen Sie den Abend, Marie!« Frau Müller guckt mich so erwartungsvoll an, dass ich für einen kleinen Moment irritiert bin. Die Dinnerpartys meiner Mutter haben nichts mit Genuss zu tun. Das kann Frau Müller natürlich nicht wissen, aber ich habe das Gefühl, dass sich ihre Freude eher auf Herrn Matthias bezieht.

Ich renne also nach oben, springe in das einzige Kleid, das ich besitze, schmeiße mir Make-up ins Gesicht und vergehe mich an den verschiedenen Schminkutensilien, die Ella hiergelassen hat. Das Ergebnis ist spektakulär und bunt, woraufhin ich mit einem trockenen Wattepad versuche, ein bisschen weniger zu schillern. Dann stecke ich mir die Haare hoch und finde, ich sehe recht präsentabel aus. Nur weil ich am liebsten in ausgeleierten Jeans, Herzchenpullovern und der gemütlichen Strickjacke herumlaufe, heißt es ja nicht, dass ich mich nicht aufhübschen kann. Ich kann. Und wie. Heute gefalle ich mir wirklich gut, was irgendwie auch daran liegt, dass ich heute endlich mal nicht allein zur schrecklichsten Party des Jahres gehen muss.

Wie ein Pfeil schieße ich aus dem Bad und renne Matze fast über den Haufen, der unschlüssig im Flur herumsteht. Er trägt einen Anzug mit Weste und sieht hervorragend aus. Die ordentlichen Haare und das Einstecktuch lassen ihn schlagartig vom lässigen Kapuzenpulliträger zum hochkompetenten, weltmännischen Mathematiker mit weitreichender optischer Zusatzausstattung werden. Als er mich erblickt, weiten sich für einen Moment seine Augen.

»Wow!«, sagt er und steckt augenblicklich die Hände in die Hosentasche, als wüsste er nicht wohin damit.

»Auch wow!«, antworte ich grinsend. »Können wir los?«

Er reicht mir seinen Arm und geleitet mich zu seinem Auto. Heute Abend habe ich Begleitung von einem extrem gut aussehenden Mann und ein Auto. Luxus! Kein Fahrrad, keine öffentlichen Verkehrsmittel. Ein Auto. Und ein Mann. Großartig.

»Und deine Mutter hat nichts dagegen?«, fragt er, während er rückwärts mit dem Neandertaler-Auto ohne Servo in eine verflixt kleine Parklücke fährt. Auf der Straße, in der meine Mutter wohnt, herrscht chronischer Parkplatzmangel. Wir sind auf der Suche nach einer freien Lücke in irgendeiner abgelegenen Seitenstraße gelandet.

»Absolut nicht. Sie wollte immer, dass Jörn mitkommt. Aber der ist grundsätzlich am zweiten Feiertag zu seinen Freunden nach Paderborn gefahren.« Dass Jörn nie mitgekommen ist, hat meine Mutter ihm sehr übel genommen. Immerhin musste sie so jedes Jahr aufs Neue erklären, dass ihre Tochter zwar keinen Job hat (Kellnern und der Blog zählen in ihrer Welt als Hobby), aber doch zumindest über einen gut verdienenden Freund in der Bankbranche verfügt. Ich weiß aber, dass ein paar ihrer blöden Freunde schon spekuliert haben, ob besagter Freund wirklich existierte.

Meine Mutter lebt in einer riesigen Eigentumswohnung mit Stuck an der Decke, Flügeltüren und altem Parkett. Eingerichtet mit allen Designklassikern, die man für Geld bekommen kann.

Als wir eintreten, werden uns unsere Mäntel von einer jungen Frau im schwarzen Hosenanzug entrissen, die atemlos sagt: »Herzlich willkommen, bitte gehen Sie durch!«

Das ist keine Bitte, sondern ein Befehl, denn im nächsten Moment schiebt sie uns durch die geöffnete Flügeltür ins große Wohnzimmer, wo eine riesige Tafel aufgebaut ist. Matze folgt mir so dicht auf dem Fuß, dass ich seine Wärme im Rücken spüre. Es macht auch wirklich Sinn, ab jetzt dicht beieinander zu bleiben.

Der große Raum ist bis zum Bersten mit elegant gekleideten Menschen gefüllt. Lautes Stimmengemurmel hängt in der Luft. Ein Mann in weißer Schürze und schwarzem Hemd schießt im Laufschritt mit einem Tablett voller Sektkelche auf uns zu. »Möchten Sie Sekt?«, keucht er und hält uns das Tablett unter die Nase. Wir greifen beide zu, schaffen es aber nicht mehr, uns zu bedanken, denn er rennt schon weiter.

»Warum sind die so gestresst?«, flüstert Matze mir von hinten ins Ohr.

»Die sind nicht gestresst, die haben Angst vor meiner Mutter. Ist jedes Jahr das Gleiche. Die kommen auch nie wieder. Es sind immer andere Leute, die hier arbeiten.«

Endlich entdecke ich meine Mutter, die sich in einem wunderschönen grünen Abendkleid am anderen Ende des Raums in der Aufmerksamkeit einiger Herren sonnt. Sie entdeckt uns und winkt eifrig – und energisch. Ein klarer Befehl, sofort und ohne Umweg neben ihr aufzutauchen.

»Da ist sie ja endlich!«, ruft sie gleichzeitig in die Runde. Fehlt nur noch, dass sie in die Hände klatscht, was sie leider in genau diesem Moment tut.

Matze folgt mir. Ich habe kurz entschlossen seine Hand ergriffen. Aus Angst. Weil ich hier nicht herpasse und weil meine Mutter gerade live und in Farbe nach mir klatscht.

»Wer bin ich?«, fragt er mich leise, immer noch direkt hinter mir, meine Hand fest im Griff.

»Was, schon zu viel vom Sekt genippt?«, flüstere ich zurück, lächle aber derweil bemüht weiter, weil mittlerweile wirklich alle Blicke auf uns ruhen.

»Bin ich dein Mitbewohner?«, kommt die Frage hinter mir. Oh. Ich würde gerne stehen bleiben und kurz darüber nachdenken, aber das geht nicht, denn im nächsten Moment hat meine Mutter mich gepackt und mir ein Küsschen auf die Wangen gedrückt. Dann reiche ich reihum meine freie Hand. Mit der anderen klammere ich mich an Matze fest.

»Möchtest du uns nicht deine Begleitung vorstellen?«, fragt meine Mutter und strahlt mich an, dass man meint, ich sei mindestens mit dem amerikanischen Präsidenten angereist. Ich hole tief Luft und drehe mich um. Matze sieht mich abwartend an, ein höfliches Lächeln im Gesicht.

»Das ist Matthias Drexler. Mein Lebensgefährte«, sage ich und schaffe es, nicht rot zu werden.

Kapitel 20

Der Geruch von Mann und Rotwein

Matze auch nicht. Was einem Wunder gleicht. Sein Gesichtsausdruck friert vorübergehend in »freundlich« ein. Verdammt! Das war nicht geplant. Meine Mutter stößt tatsächlich einen kurzen Freudenruf aus und zeigt damit, wie wenig ich in ihrer Welt ohne repräsentablen Mann an meiner Seite zähle. Aber der sichtbare Enthusiasmus währt nur kurz, dann hat sie sich wieder im Griff und schüttelt Matze begeistert die freie Hand. An der anderen klammere ja immer noch ich. Sie hat die Trennung von Jörn wohl irgendwo in ihrem Gehirn registriert, aber da sie ihn kaum kannte, war er ihr eigentlich auch ziemlich egal. Aber nun habe ich endlich einen Freund mitgebracht, und das findet sie natürlich ausgesprochen prima, wenn nicht sogar brillant. Zumal er schon rein optisch ihren Vorstellungen eines idealen Schwiegersohnes entspricht. Sie ist da wirklich ein wenig oberflächlich.

Die sich um sie scharenden Herren betrachten mich und Matze derweil höchst interessiert. Ich kenne jeden einzelnen, und das schon, seit ich ein kleines Kind war. Allerdings war ich in diesen besonderen Kreisen vollster Volljuristen immer ein wenig das Mängelexemplar. Ich war nämlich nie gut in der Schule, während alle anderen Juristenabkömmlinge direkt nach dem Kindergarten auf Eliteschulen geschickt wurden. Die konnten alle schon fließend Mandarin sprechen, da war das kleine Einmaleins immer noch ein Mysterium für mich. Und ich hatte noch nicht einmal mein BWL-Studium abgebrochen, da haben deren Sprösslinge schon die erste Million verdient. Vielleicht waren es auch drei, ich bin mir nicht mehr so sicher. Die waren alle nämlich nicht nur besonders gut, sondern auch außerordentlich schnell. Das Einzige, was ich immer gut konnte, war nicht aufzufallen und Mamas Dackel Leander zu hüten.

Ich hoffe, dass ich nachträglich nicht doch noch rot werde ob meines sonderbaren Täuschungsversuchs, und schiele aus dem Augenwinkel zu Dr. Hageborn hinüber, der Matze in ein angeregtes Gespräch über Versicherungsstatistik verwickelt hat. Dr. Hageborn könnte auch über die Wuptität des Mondes oder Verdauungsprobleme bei Deichschafen sprechen. Ich glaube, er war die menschliche Vorlage für Wikipedia. Matze zwinkert mir zu, lächelt ein wenig schief, und ich erkenne, dass er mir nicht böse ist.

Interessant ist allerdings, dass wir uns beide keine allzu große Mühe geben müssen, den Schein zu wahren. Entweder sind wir beide großartige Schauspieler, was dann zumindest bei mir ein neu entdecktes Talent wäre, oder es ist irgendwie der natürliche Lauf der Dinge, dass Matze zwischendurch den Arm um mich legt und ich mein Tiramisu mit ihm teile (das übrigens jedes Jahr der einzige Lichtblick dieser Dinnerpartys ist, und ich hätte es bisher mit niemandem geteilt). Als ich, ebenfalls wie jedes Jahr, versuche, ein paar Pseudointeressierten zu erklären, was ein Blog ist, kommt Matze mir zu Hilfe und erklärt im Brustton der Überzeugung, was für eine kompetente Bloggerin ich sei und welche hochkarätigen Werbekunden ich hätte.

»Das ist ein Tierladen aus dem Internet und nicht das KaDeWe. Und der andere Werbekunde ist ein Onlineportal für Hundezubehör und Lederleinen. Die sind alles, aber nicht hochkarätig. Die haben mir das letzte Mal eine pinkfarbene Leine aus Plastik geschickt. Pink mit Glitzer drauf«, flüstere ich ihm zu, als wir mal einen Moment allein sind, doch er zuckt nur die Achseln.

»Sei wichtig, Marie. Hier sind alle wichtig, und eigentlich sprechen die bloß lauter als du. Du brauchst dich nicht zu verstecken. Außerdem kannst du HTML, Google-Analytics-Statistiken auswerten und druckreife Texte schreiben. Ich versichere dir, das kann hier keiner. Und du bist ein guter Mensch.« Er lacht mich strahlend an, und ich spüre, wie gut seine Worte mir tun. Doch bevor ich dazu komme, etwas Angemessenes zu erwidern, nähert sich die nächste Delegation an wichtigen Menschen, und Matze legt wie selbstverständlich den Arm um meine Schulter.

Es ist die erste Dinnerparty meiner Mutter, die nett ist. Was wirklich nur daran liegt, dass ich einen echten Verbündeten an meiner Seite habe. Einen Verbündeten, den ich zwar schon ganz gut kannte, der mir aber heute Abend eine ganz neue Seite von sich gezeigt hat. Und diese Seite verursacht mir ein klein wenig Herzklopfen. Ungewollt, versteht sich.

»Du kannst dich gut auf gesellschaftlichem Parkett bewegen«, sagt Matze fast ehrfürchtig, als wir uns irgendwann auf die Suche nach einem Taxi machen. Wir sind beide ziemlich betrunken. Dr. Hageborn hat Matze als Gesprächspartner des Abends erkoren und ist ihm, und damit auch mir, wie ein treues Hündchen gefolgt – was nur mit sehr gutem Rotwein in rauen Mengen zu ertragen war.

»Klar kann ich das. Ich bin die Tochter zweier Staranwälte und in dieser Gesellschaft groß geworden. Ich muss mich nur jedes Mal ungefähr ein Jahr lang davon erholen.«

Wir finden tatsächlich ein Taxi und schlüpfen beide auf die Rückbank. Als der alte Mercedes anfährt, schließe ich genüsslich die Augen. Zum Glück habe ich Frau Müller gegen zehn angerufen, und sie hat mir eifrig versichert, dass sie und Herr Adelt es schaffen würden, mit beiden Hunden noch eine abendliche Runde zu drehen, und dass die beiden Vierbeiner dann einfach bei ihr in der Wohnung schlafen könnten.

Matzes Kopf sinkt auf meine Schulter, und meine Nase berührt sein Haar. Er riecht gut. Nach Mann und Rotwein und ganz entfernt nach seinem ganz speziellem Rasierwasser. Dem Rasierwasser, an dem ich schon einmal heimlich im Bad geschnuppert habe, weil es so unglaublich gut riecht. Aber auf seiner Haut stimuliert das Zeug meine Riechzellen noch mehr als nur in der Flasche.

»Was für ein großes Glück, dass du nicht an dein Handy gegangen bist. Sonst hätte ich den Abend mit Onkel Wilhelm und Tante Juvelia verbringen müssen«, murmelt er schläfrig ganz dicht an meinem Ohr, und es kribbelt plötzlich und unerwartet in meinem Nacken. Sein großer Körper lehnt dicht an mir, und ich spüre seine Wärme. Matze ist immer irgendwie herrlich warm.

Die Fahrt ist viel zu kurz. Ich hätte ewig so auf dem Rücksitz des alten Mercedes sitzen können, aber keine zehn Minuten später klettern wir beide vor unserem Haus aus dem Auto. Es ist unfassbar spät, und so leise, wie uns möglich ist, erklimmen wir die Treppe in die erste Etage. Allerdings sind wir nicht unerheblich betrunken und müssen beide ständig kichern. Und wenn Matze kichert, ist das so zauberhaft und großartig, dass ich mit dem Kichern leider nicht mehr aufhören kann. Ich versuche, den Schlüssel ins Wohnungsschloss zu fummeln, während Matze sich an mich lehnt. Einfach so. Ganz dicht. So dicht, dass nicht mal mehr ein Blatt Papier zwischen uns Platz gefunden hätte. Und dann senken sich seine Lippen auf meinen Hals. Unwillkürlich muss ich nach Luft schnappen und schließe die Augen. Matze lässt seine Lippen weiter über meinen Hals wandern und greift mit einer Hand nach dem Schlüssel. Er hat weit weniger Probleme, die Tür zu öffnen.

Keiner von uns hat angefangen. Oder beide. Ich weiß es nicht.

Es passiert einfach.

Matze küsst so, wie er ist. Stark und ernsthaft. Mein Herz rast, und ich bekomme vor Aufregung fast keine Luft mehr. Aber Matze küsst meine Aufregung einfach weg. Er hat wirklich schöne Lippen. Seine Küsse sorgen dafür, dass ich nach kurzer Zeit nicht mehr nachdenke. Ich überlasse ihm die Führung. Langsam, ganz langsam zieht er mir das Kleid über den Kopf. Ich tue es ihm gleich und versuche, die Knöpfe von seinem Hemd aufzufummeln. Er hilft mir, streift sich das Hemd von den Schultern, und ich genieße die Aussicht auf seinen breiten Oberkörper, die Brustmuskeln und seinen außerordentlich wohlgeformten Bauch.

Irgendwann nimmt er mein Gesicht in seine großen Hände und dirigiert mich küssend in die Küche zum Sofa. Hier ereilen dann mein Slip und der BH das gleiche Schicksal wie mein Kleid.

Dabei vergesse ich völlig, meinen Bauch einzuziehen oder zu überlegen, ob Blümchenunterhosen sexy sind. Wir haben einfach Sex. Ohne nachzudenken. Und ich genieße es.

Mein Handy weckt mich um sieben. Charlston muss um sieben raus. Immer. Jeden Morgen. Ungeachtet der Tatsache, dass ich großartigen Sex mit einem großartigen Mann hatte und als Bonus heute Morgen dann den Kater meines Lebens. Ich quäle mich hoch und ignoriere den Schmerz, den das hell leuchtende Display meines Handys in meinem Kopf verursacht. Matze rührt sich keinen Millimeter und atmet leise und gleichmäßig. Leider liegt er irgendwie auf mir drauf, oder ich auf ihm, zumindest muss ich recht ungeschickt über ihn hinwegkriechen und stolpere dann ins Bad. Nach einer Katzenwäsche und dem ehrfürchtigen Bestaunen meiner wirklich dunklen Augenringe schlüpfe ich fünf Minuten später in den Flur. Allerdings nicht ohne vorher noch einen Blick auf das Küchensofa und den darauf schlafenden Mann zu werfen.

Ich kann immer noch nicht glauben, was da heute Nacht passiert ist. Trotz der frühen Stunde und der vielen fehlenden Stunden Schlaf klingle ich kurz darauf gut gelaunt an Frau Müllers Tür.

»Guten Morgen!« Meine Nachbarin scheint das blühende Leben zu sein. Sie hat rote Augen und eine ebenso rote Nase, aber ansonsten strahlt sie mir entgegen.

»Die Hunde haben sehr gut geschlafen. Oh. Sie sehen aber sehr müde aus«, stellt sie dann fest, nachdem Charlston und der kleine Hund in den Flur gestürmt sind, um mich zu begrüßen. Übrigens in umgekehrter Reihenfolge. Erst der kleine Hund und dann Charlston.

»Lange Nacht«, gähne ich.

»Herr Adelt und ich hätten noch mal gehen können. Das hat gut geklappt«, versichert mir Frau Müller mit einem skeptischen Blick auf meine dunklen Augenringe.

»Nein, nein. Das kann ich Ihnen nicht zumuten. Ich gehe. Kein Problem. Dabei werde ich wach«, sage ich munterer, als mir zumute ist.

Werde ich auch. Also wach. Ist nämlich eisig kalt und tiefdunkel, als ich mit den beiden Hunden an der Leine in den Park aufbreche. Eigentlich wollte ich ja nur eine kurze Runde laufen, aber die Luft ist so klar und sauber und ich bin so voll glückseliger Gedanken, dass wir fast eine Stunde unterwegs sind. Die Hunde haben ihren Spaß, auch wenn sie beide an der Leine bleiben müssen. Der kleine Hund könnte stiften gehen und der große einen Hasen jagen. Und im Dunkeln finde ich ihn dann nie wieder.

An einem besonders informativen Busch, kurz vor unserer Haustür, müssen wir dann noch einmal sehr lange stehen bleiben. Die Hunde schnüffeln hochengagiert, und ich beobachte sie bei ihrem Tun und lasse meinen Gedanken freien Lauf.

Ich habe keine Ahnung, was da heute Nacht passiert ist. Gestern war ich doch noch nicht verliebt. Ganz sicher nicht. Und plötzlich, zack!, aus dem Nichts hat es mich angesprungen. Ist das normal? Am Alkohol kann es zumindest nicht liegen, ich bin nämlich mittlerweile stocknüchtern. Der Mathematiker mit den schönen Lippen hat es anscheinend geschafft, heute Nacht mein Herz zu erobern. Es klopft nämlich wie verrückt beim Gedanken an ihn.

Wieder zu Hause angekommen, klingle ich bei Frau Müller, um Charlstons Decke abzuholen.

»Die Hunde können noch hierbleiben«, sagt sie fast flehentlich, als sie mir das leicht nach Hund müffelnde Teil in die Hand drückt.

»Aber Ihre Allergie! Das geht doch nicht«, antworte ich energisch.

Sie zuckt nur die Achseln. »Es war schön mit den Hunden«, sagt sie dann schlicht. »So viel wie hier in den vergangenen Tagen los war, ist in den letzten zehn Jahren nicht passiert.«

»Wir können ja heute Nachmittag zusammen spazieren gehen.« Ich löse schon einmal die Leinen von den Halsbändern und scheuche die Hunde die Treppe hinauf. Frau Müller nickt derweil zufrieden.

»So machen wir das«, sagt sie und drückt mir noch einmal die Hand.

Ich folge den Hunden, schließe die Tür auf und freue mich auf Matze.

»Ich bin wieder da!«, rufe ich, bekomme aber keine Antwort. Ich spähe in die Küche, doch die ist leer. Die Tür vom Badezimmer steht offen, aber das ist ebenfalls leer. Ein kleiner kalter Klumpen hockt sich augenblicklich in meinen Magen und drückt mich dort ganz unangenehm. Langsam gehe ich zu Matzes Zimmer und klopfe. Aber es kommt keine Antwort. Entgegen meiner üblichen Rücksichtnahme öffne ich die Zimmertür, aber Matze ist nicht da. Sein Zimmer ist leer. Er ist weg. Einfach gegangen.

Kapitel 21

Eisberg im Magen

Er hat sich in Luft aufgelöst. Ich sitze fassungslos auf dem Küchensofa. Mir ist fürchterlich flau im Magen, denn der kalte Klumpen hat sich zu einem stattlichen Eisberg ausgewachsen. Was habe ich mir nur dabei gedacht, es so weit kommen zu lassen? Ich muss wirklich verdammt betrunken gewesen sein.

Ich nehme mir den achten Kaffee dieses Morgens und seufze so schwer, dass beide Hunde augenblicklich den Kopf heben und mich besorgt mustern. Vielleicht fand er es schrecklich? Aber dann haut man doch trotzdem nicht einfach ab. Oder etwa doch?

Matze hat eine so freundliche, bodenständige Art, dass ich dieses Verhalten überhaupt nicht einordnen kann. Das ist noch schlimmer als wenn er mir gesagt hätte, dass die gestrige Nacht ein Fehler war.

Um mich abzulenken, rufe ich noch einmal in den Tierheimen an, aber es gibt keine Suchmeldung für einen kleinen weißen Hund mit schwarzen Tupfen und zu langen Beinen. Auch die Polizei kann nichts Neues berichten. Sie raten mir, den Hund erst mal bei mir zu behalten, und die nette Polizistin, mit der ich telefoniere, freut sich, dass ich den kleinen Hund nicht ins Tierheim bringe. Während all dieser Telefonate rammt der Eisberg in meinem Magen mehrmals gegen mein

Herz. Das muss da direkt in der Nähe liegen, und es zuckt jedes Mal schmerzlich zusammen.

Gegen zwei Uhr kommt Meike, um Charlston wieder abzuholen. Ich gebe mir Mühe, normal zu wirken, doch Meike schnallt natürlich sofort, dass hier etwas nicht stimmt.

»Du siehst mal richtig beschissen aus«, stellt sie fröhlich fest, während sie dem kleinen Hund, der sich neben ihr auf das Sofa gelegt hat, den Kopf krault. »Der ist aber auch zauberhaft«, flüstert sie leise. »Soll ich ihn mitnehmen?«

Ich schüttle den Kopf. »Hier haben alle Tiere. Heimlich. Und ich hatte Sex mit Matthias.« Ich ignoriere ihre erstaunt aufgerissenen Augen und spreche einfach weiter. »Ich hab ihn mit auf die Dinnerparty meiner Mutter genommen. Und da habe ich ihn dann in einem Anfall von geistiger Umnachtung als meinen Freund vorgestellt. Das ist der Grund. Ich bin schuld. Und der Rotwein. Und jetzt ist er weg. Vermutlich habe ich unsere wunderbare WG zerstört.«

»Äh, was?« Meike ist mit dieser Informationsflut überfordert. »Du hattest Sex mit Matze?«, erkundigt sie sich. Offenbar ist das hängen geblieben. Kein Wunder. Ich habe bisher nie wirklich über solche Dinge gesprochen. Mit Jörn war es auch nie so, als ob man dringend darüber reden musste.

Ich nicke. »Auf diesem Sofa.«

»Oh.« Sie steht auf, nimmt den kleinen Hund und setzt sich mit ihm auf einen Stuhl.

»Okay. Du hast also mit dem großen Mathematiker geschlafen?« Sie kann es offenbar gar nicht fassen, und so nicke ich einfach nur.

»Mehr Informationen, bitte!«

»Unverabredeter Sex. Seitdem unklare Sachlage. Verhält sich nach nicht eindeutig zuzuordnenden Regeln.«

»Naja. Das mit dem Sex ist jetzt ja nicht so schlimm, oder?

Er ist Single, du auch, er sieht klasse aus und ist ein toller Typ. Nur der Job ist komisch, aber ich finde, bei so einem Prachtexemplar kann man darüber hinwegsehen«, stellt sie dann nüchtern fest, blickt mich aber fragend an.

»Ich habe nie One-Night-Stands!«, stelle ich richtig. »Und jetzt hatte ich mal einen, und der Typ dematerialisiert sich. Was die Sache ziemlich kompliziert macht, weil er ja hier wohnt.«

»War es denn gut?«, fragt Meike, und ich verdrehe die Augen. »Das ist eine Standardfrage, wenn jemand mit jemandem unplanmäßigen Sex hatte. Ist er gut im Bett? Also?« Sie bleibt hartnäckig.

»Jep«, sage ich schließlich.

Anerkennend wiegt Meike den Kopf. »Er ist ja auch so schön groß. Und du stehst auf ihn. Was absolut in Ordnung ist!« Sie hebt die Hände und erwartet keine Antwort, sondern fährt fort. »Matze ist ein Typ, in den man sich auf den zweiten Blick verlieben könnte. Oder?«

»Hm«, brumme ich.

»Hm«, sagt Meike, und dann fährt sie und nimmt Charlston mit. Keine halbe Stunde später fällt mir ein, dass es vielleicht doch ganz günstig gewesen wäre, wenn sie den kleinen Hund mitgenommen hätte. Ich muss nämlich ins Café. In der irrigen Annahme, dass ich über die Feiertage einsam und verlassen sein würde, hatte ich mich für die erste Schicht nach der obligatorischen Weihnachtspause eingetragen. Die beginnt heute um drei. Jetzt ist es zwei. Der kleine Hund hat sich zu mir auf das Sofa gelegt und sieht mich erwartungsvoll an. Von seiner anfänglichen Ängstlichkeit ist nicht mehr viel zu spüren. Er fühlt sich ganz offensichtlich sehr wohl bei mir.

»Sonst ist hier nicht so viel los«, erkläre ich ihm. »Aber ich habe Matze in die Flucht geschlagen. Und gleich muss ich arbeiten. Was mache ich bloß mit dir?« Ich kann ihn nicht einfach allein lassen. Hunde müssen erst daran gewöhnt werden, allein zu bleiben. Schlimmstenfalls stehen sie sonst wahre Todesängste aus. Und manche kompensieren das, indem sie die Wohnungseinrichtung zerlegen.

»Himmel. Wohin jetzt mit dir?« Der kleine Hund spürt, dass ich über ihn rede, und wedelt vorsorglich beschwichtigend mit der Rute. Mir fällt nur Frau Müller ein, die auf die Schnelle einspringen könnte, und so stehe ich nur drei Minuten später wieder vor ihrer Tür. Dafür, dass ich drei Jahre lang noch nicht einmal wusste, dass es sie gibt, holen wir dieses Kontaktdefizit nun aber gewaltig auf.

Sie öffnet mir und scheint hocherfreut, mich und den kleinen Hund zu sehen.

»Könnten Sie doch vielleicht noch einmal … ich muss arbeiten?«, frage ich ein wenig kleinlaut. Sie greift wortlos in ihre Hosentasche und zieht einen Mundschutz und eine Taucherbrille hervor. Schnell streift sie beides über, und ich gebe mir Mühe, nicht zu lachen.

»Das wird helfen, die Allergene abzublocken. Lassen Sie sich Zeit, meine Liebe!« Der kleine Hund scheint kein Problem mit Frau Müllers Maskerade zu haben und macht sich souverän auf den Weg zum Sessel. Und ich sehe zu, dass ich in meine Arbeitssachen springe und ins Café komme.

»Frohe Weihnachten«, begrüßt Rolf mich missmutig.

»Ja. Toll. Dir auch«, antworte ich nicht minder missmutig und binde mir eilig die Schürze um.

»Man könnte meinen, die haben alle kein Zuhause«, sagt Rolf düster und deutet auf die voll besetzten Tische.

»Ja. Könnte man meinen«, stimme ich ihm zu. Die Hütte ist rappelvoll. Rolf könnte richtig Umsatz machen, wenn er schon am zweiten Feiertag öffnen würde. Dann könnte ich auch einfach arbeiten und müsste nicht zu Dinnerpartys gehen und meine Mitbewohner sexuell belästigen. Das ist nämlich mittlerweile der Schluss, zu dem ich gekommen bin. Ich habe Matze sexuell genötigt. Deswegen ist er vor mir geflohen. So wird es gewesen sein. Dieser Gedanke schafft es, mich umgehend und unwiderruflich massiv depressiv zu verstimmen.

Rolf ist allerdings auch nicht besser drauf. Und Lizzy trägt eine solche Grabesmiene zur Schau, dass ich mich gar nicht traue, ihr überhaupt frohe Weihnachten zu wünschen. Einzig Adam ist ein bisschen besser drauf und winkt mir charmant aus der Küche zu, die er ja nicht verlassen darf, wobei seine farbenfrohen Tätowierungen auf dem Unterarm eindrucksvoll aufleuchten.

Im ganzen Café schwirren Stimmen durcheinander. Vor den großen Fenstern hat es angefangen zu schneien, und auf jedem Tisch brennt eine Kerze. Es könnte wunderschön sein. Wäre es nicht so schrecklich.

Ich versorge unsere Gäste mit Apfelstrudel, Pfannkuchen und Christstollen und komme ins Schwitzen, weil Melanie, unsere andere Kellnerin, offenbar ebenfalls unter einer weihnachtlichen Depression leidet, die sie körperlich langsam macht. Also ich renne, und sie schleicht, aber gegen fünf wird es langsam etwas ruhiger, und Rolf spendiert mir einen Cappuccino.

»Zu Hause war keiner.« Wie aus dem Erdboden gewachsen steht plötzlich Damian vor mir. Er hat fast so schöne Ringe unter den Augen wie ich und ist unrasiert. Er sieht nicht nach gediegener Familienfeier in Hamburg aus, sondern eher nach Wacken und Saufgelagen.

»Frohe Weihnachten«, sage ich, beuge mich über die Theke und drücke ihm einen Kuss auf die Wange.

»Ich bin hier. Ella wollte erst morgen wiederkommen, und

Matze …« Ich denke kurz nach. Die Wahrheit wäre jetzt unangebracht. Also sage ich: »… ist schon wieder da, aber wohl irgendwie unterwegs.«

»Warum bist du nicht ans Telefon gegangen? Wir haben uns echt Sorgen gemacht.« Er küsst mich zurück, und ich rieche den Alkohol.

»Bist du so gefahren?«, frage ich scharf, und er nickt.

»Du darfst verdammt noch mal nicht fahren, wenn du noch Alkohol im Blut hast«, flüstere ich und schubse ihn gegen die Schulter.

»Noch? Schon wieder. Aber du weißt doch, Marie. Ich bin ein minderbemitteltes Arschloch, und die …« Er bricht ab und wird plötzlich kreideweiß im Gesicht. Ich habe das immer für eine Redewendung gehalten, aber offenbar können Menschen im Bruchteil einer Sekunde tatsächlich ihre Gesichtsfarbe verlieren.

»Damian?«, frage ich vorsichtig und folge dem Blick seiner weit aufgerissenen Augen. In der Tür zur Küche steht Adam. Und starrt genauso erschüttert zurück.

Kapitel 22

Begegnung der besonderen Art

Damian ergreift die Flucht, und Rolf hat die Situation schon begriffen, da hocke ich immer noch mit offenem Mund hinter der Theke.

»Geh ihm mal hinterher«, sagt er nur und schubst mich unsanft vom Hocker, während er Adam in die Küche folgt. Man muss es meinem Chef zugutehalten, dass er sich sofort des offensichtlichen Dramas annimmt, schließlich kennt er Damian gar nicht und Adam noch nicht so lange.

Ich nehme also Damians Verfolgung auf, verliere aber seine Spur, weil der Kerl trotz des erheblichen Restalkohols – oder Frischalkohols – im Blut ziemlich schnell ist. Also laufe ich nach Hause, wo ich auf Ella treffe, die wie ein begossener Pudel mit ihrer Reisetasche im Flur steht.

Sie deutet auf Damians geschlossene Zimmertür. »Eine Pershing im Zielanflug ist langsam gegen ihn«, sagt sie, und ich erzähle ihr kurz, was passiert ist.

»Ah. Ein Geheimnis«, sagt sie und steckt die Hände in die Hosentasche.

»Ich dachte, du kommst erst morgen?«, frage ich atemlos und klopfe einmal energisch gegen Damians Tür.

»Mir war zu langweilig. Hier ist mehr los«, sagt sie und klopft mit. Verwundert halte ich inne und sehe sie an.

»Nee, stimmt nicht. Der Sohn meiner Freundin hat eine

fiese Grippe bekommen. Ich musste fliehen. Und wo ist Matze?«

Hilflos zucke ich die Schultern und klopfe noch einmal gegen Damians Zimmertür. Zum Glück reißt mich die Türklingel aus meinen düsteren Überlegungen. Frau Müller und der kleine Hund stehen davor.

»Ich wollte zum Rommespielen zu einer Freundin. Das habe ich total vergessen. Ich kann aber den kleinen Hund mitnehmen«, sagt sie fröhlich und sieht dabei mit der Atemschutzmaske und der Taucherbrille wirklich apart aus.

»Was ist hier eigentlich los?«, höre ich Ella leise hinter mir murmeln.

»Kein Problem. Ich bin ja wieder da«, sage ich.

Ich gehe in die Hocke, und der kleine Hund kommt wedelnd auf mich zu. »Das« – Frau Müller deutet auf ihr Gesicht – »hat tatsächlich was gebracht! Ich bin völlig symptomfrei. Wir sehen uns!« Mit diesen Worten verschwindet sie.

»So lange war ich doch gar nicht weg, dass der Wahnsinn so schnell um sich greifen konnte«, sagt Ella, geht aber ebenfalls in die Hocke, damit der kleine Hund an ihrer Hand schnüffeln kann.

»Das ist der kleine Hund. Er saß hinter den Mülltonnen und ist von Frau Müller und Herrn Adelt gerettet worden. Er müsste so lange hierbleiben, bis sich sein Besitzer einfindet. Ist das okay für dich?«

Ella streichelt dem kleinen Hund sanft über den Kopf und nickt.

»Drei Tage, Marie. Drei Tage. Bevor ich dich kennengelernt habe, war mein Leben ja nahezu ereignislos. Und was ist mit dem da?« Sie deutet hinter sich zu der immer noch geschlossenen Zimmertür von Damian.

»Es muss was mit Adam, unserer Küchenhilfe, zu tun haben.

Allerdings fällt mir nicht ein, was das sein könnte.« Ich ziehe mein Handy aus der Tasche und wähle Rolfs Nummer, doch der geht nicht ran.

»Was machen wir jetzt?«, fragt Ella, und ich zucke wieder mit den Schultern. Ich war selten so ahnungslos wie heute.

»Was du machst, weiß ich nicht. Ich geh nachdenken.« Mit diesen Worten komme ich wieder auf die Füße und gehe ins Bad.

Der kleine Hund folgt mir, und als ich mich auf den geschlossenen Toilettendeckel setze, rollt er sich auf dem Badvorleger zusammen. Ich könnte mich an seine Anwesenheit gewöhnen.

Genau wie an die von Matze. An die könnte ich mich auch gewöhnen. Also nicht nur im Zimmer nebenan, sondern mehr so an Dinge, wie wir sie auf dem Sofa veranstaltet haben. Aber das kann ich mir wohl jetzt abschminken. Ich presse die Füße fest gegen die hässliche Wand und lege den Kopf gegen den Spülkasten. Wenn ich Pech habe, will er sogar ausziehen. Ich stöhne leise auf. Und das alles nur wegen unüberlegtem Sex und zu viel Alkohol. Sollte beides verboten werden. Bringt nur Unglück und Schmerz über die Menschen. Ich bin gerade dabei, einen Entwurf zur Verbesserung der Lebensqualität durch ein stringentes und absolutes Alkoholverbot sowie das Unter-Strafe-Stellen von unehelichem Sex für irgendeine Menschenrechtskonvention zu formulieren, als es an der Tür klopft. Leider kann ich seit dem Einzug meiner WG-Bewohner nicht mehr so viel Zeit auf dem Klo verbringen, wie es mir beliebt. Immer muss zwischendurch jemand pinkeln.

Seufzend erhebe ich mich. Ella steht vor der Tür.

»Du hockst hier seit Stunden. Hör jetzt mal auf damit. Ich habe Brot gebacken. Das beruhigt mich. Sollten wir nicht irgendetwas tun? Nicht, dass er irgendwas anstellt?« Sie deutet auf Damians Zimmertür.

Ich zucke zum gefühlten dreihundertsten Mal die Schultern und ziehe mein Handy aus der Hosentasche. Endlich habe ich Glück und erreiche Rolf.

»Er hat sich eingeschlossen und schweigt«, sage ich.

»Tja. Adam hat sich keine drei Sekunden später wieder so verhalten, als wäre nichts gewesen. Aber das war doch gruselig. Als ob sie sich aus einem anderen Leben kennen würden«, murmelt mein Chef. Rolf hat manchmal komische Denkeinschläge.

»Aber wenn sie es uns nicht sagen wollen, müssen wir es wohl so hinnehmen«, sage ich.

»Hm. Gefällt mir nicht«, sagt Rolf. Er fragt mich noch, ob ich drei zusätzliche Schichten arbeiten kann, und dann legen wir auf.

Ich schließe in dem Moment die Badezimmertür hinter mir, als Damians Tür sich öffnet. Er bleibt mit versteinerter Miene im Türrahmen stehen. Wenn ich dachte, *ich* hätte ein Tief, reicht Damians bis knapp vor den Mittelpunkt der Erde.

»Alles okay bei dir?«, frage ich vorsichtig. »Wir haben uns Sorgen gemacht. Ich bin dir bis nach Hause hinterhergerannt, weil ich dachte …« Er schneidet mir mit einer knappen Handbewegung das Wort ab.

»Alles prima bei mir«, sagt er dann tonlos und geht an mir vorbei ins Badezimmer. Also eigentlich wankt er mehr, als dass er geht.

»Ich glaube, er ist schon betrunken hier angekommen. Mit dem Auto«, sage ich, beiße in mein warmes Brot und lecke mir die Butter von den Lippen.

»Wir haben ihm gegenüber eine Verantwortung«, knurrt Ella, die wirklich empört ist. »Wir müssen es ihm verbieten oder ihm die Autoschlüssel wegnehmen. Oder ihn einsperren.«

»Ich glaube, wir wissen überhaupt nichts über Damian. Und ich glaube auch nicht, dass er es uns erzählen wird. Ich denke, er ist ziemlich gut darin, die Welt denken zu lassen, sein Leben sei in bester Ordnung.«

Langsam nickt Ella. »Du wirst recht haben«, sagt sie dann leise. »Ich verstecke trotzdem seine Autoschlüssel. Ist sonst noch irgendetwas in den drei Tagen passiert, das ich wissen müsste? Landung von Außerirdischen, die jetzt unter deinem Bett wohnen?«

Für den Bruchteil einer Sekunde spiele ich mit dem Gedanken, ihr von Matze, dem Sofa und mir zu erzählen, lasse es dann aber. Zumal im selben Moment die Wohnungstür ins Schloss fällt.

»Da ist ja der Vierte im Bunde. Ich hoffe, wenigstens der ist normal geblieben«, sagt Ella und schneidet schon mal Brot ab. Matze guckt aber nur um die Ecke und hebt einmal grüßend die Hand.

»Hallo, Ella. Marie.«

Oh Gott. Es ist so schlimm, wie ich befürchtet hatte. Er guckt mich noch nicht einmal an und wird unter meinem fragenden Blick dunkelrot. Ich möchte mich bitte in Luft auflösen. Jetzt.

»Hallo, Matze. Schön, dich zu sehen. Ich habe frisch gebackenes Brot!«, ruft Ella fröhlich in seine Richtung. Doch der reagiert so ganz anders als sonst.

»Toll«, sagt er völlig emotionslos. »Aber ich möchte nichts. Ich bekomme nachher ein paar Rollenspieler zu Besuch. Ist das okay für euch?«

Wir nicken beide stumm. Ich, weil ich mich so schäme, und Ella, weil sie von seiner Reaktion völlig perplex ist. Matze ist so schnell wieder verschwunden wie er aufgetaucht ist.

»War was im Trinkwasser?«, fragt Ella mich trocken, aber ich bin immer noch damit beschäftigt, mich tief verletzt zu fühlen, und so kann ich gar nicht antworten.

Den restlichen Abend verbringe ich mit dem kleinen Hund in meinem Zimmer. Er ist der Lichtblick meines trüben Lebens. Während wir auf dem Sofa liegen, und er sich ausgiebig von mir kraulen lässt, stelle ich mir vor, wie schön es wäre, wenn sein Besitzer niemals gefunden würde, nur um mich drei Sekunden später für diesen Gedanken zu schämen. Schließlich macht sich irgendjemand da draußen fürchterliche Sorgen um ihn. Also rufe ich noch einmal in den Tierheimen an. Die sind aber mittlerweile genervt und erklären mir, dass sie sich schon bei mir melden werden, wenn jemand nach dem kleinen Hund fragt – wovon sie im Übrigen nicht ausgehen. Der kleine Hund sähe aus wie ein Ratonero Bodeguero, eine typische spanische Hunderasse, die oft per Tierrettungsorganisation nach Deutschland kommt. Vielleicht hat irgendjemand den Aufwand mit einem Hund unterschätzt und war überfordert. Und vielleicht hat dieser Jemand den Hund dann kurzerhand im Park ausgesetzt.

Ich gehe früh ins Bett, muss aber leider vorher noch einmal aufs Klo. Im Flur ist es dunkel. Irgendwo kichert es. Ein Mädchenkichern. Ich bleibe stehen und lausche gespannt in die Dunkelheit. Das Kichern kommt aus dem Bad. Ich schleiche mich näher und öffne leise die Tür. Sie steht vor dem Spiegel, telefoniert und ist nur unzureichend bekleidet. Also eigentlich sieht sie aus, als wäre sie tatsächlich der von Ella befürchtete Besuch vom anderen Stern. Ihre Haare sind lila und lang. Sie trägt so etwas wie einen Filzbikini in Grellgrün, bei dem ich mir sicher bin, dass man ihn auf dieser Welt nirgends käuflich erwerben kann.

»Sue Ellen, kommst du?« Matze steht plötzlich hinter mir und ist nicht minder erschrocken, mich zu sehen, wie auch anders herum. Sue Ellen kichert wieder, beendet aber ihr Telefonat, grinst mich an und schlüpft an mir vorbei in den Flur.

Matze atmet tief durch, schlägt offenbar beschämt die Augen nieder und folgt ihr.

Ich muss geschlagene fünfundzwanzig Minuten auf dem Klodeckel hocken, bis ich mich von dieser Begegnung der besonderen Art erholt habe.

Kapitel 23

Der Geek in meinem Bett

»Guckst du mit mir *Herr der Ringe?*« Matze spricht so leise, dass ich kurz überlegen muss, ob er das tatsächlich gesagt hat oder ob das Flüstern nur der Winterwind war, der am Fenster gerüttelt hat. Heute ist der 28. Dezember. Der allgemein ausgebrochene Wahnsinn in unserer WG hält nach wie vor an, und das Wetter macht mit einem heftigen Wintersturm auch noch mit. Alle irre hier. Damian spricht nur das Nötigste und trinkt viel, Ella backt ständig Brot und Kuchen für ganze Heerscharen, die wir hier gar nicht beherbergen, womit wir das alles allein essen müssen, und Matze hat sich bislang vor mir in seinem Zimmer versteckt. Dass er jetzt rausgekommen ist und mich fragt, ob ich mit ihm fernsehen will, werte ich als einen bemerkenswerten Fortschritt.

»*Herr der Ringe?* Da kannst du doch alle Filme rückwärts mitsprechen«, sage ich betont lässig. Dabei ist mir gar nicht nach lässig. Mir ist mehr nach Kopf auf den Schreibtisch schlagen.

»*Herr der Ringe* beruhigt mich.«

»Bist du denn aufgeregt?«, frage ich und drehe mich auf dem Schreibtischstuhl zu ihm herum.

»Marie. Also wirklich«, sagt er düster und sieht mich zum ersten Mal nach unserer Sofa-Session wieder wirklich an. Was genau er damit meint, weiß ich nicht. Ich frage aber auch nicht nach, sondern folge ihm gemeinsam mit dem kleinen Hund in sein Zimmer. Und schaffe es dabei auch noch, so zu tun, als wäre ich die Ruhe selbst. Dabei rumpelt mein Herz schon wieder in meiner Brust herum.

Er hat Chips (und zwar die guten mit Meersalz), Bionade und weiße Schokolade.

»Respekt«, sage ich angesichts des kalten Büffets auf seinem Bett, dass ja offensichtlich ausschließlich auf meine Geschmacksnerven ausgerichtet ist.

Mit einer einladenden Bewegung bietet er mir einen Platz auf seinem Bett an, und ich hocke mich ganz an die Seite, die Knie zur Brust gezogen, in Reichweite der Schokolade und der Chips, aber doch weit genug von Matze entfernt. Unser Status ist ja nun wirklich mehr als unklar. Aber WG-Menschen haben oft keine Sofas. Deswegen wird uns nichts anderes übrig bleiben, als tatsächlich gemeinsam auf dem Bett zu sitzen. Der kleine Hund legt sich auf einen Stapel Klamotten auf dem Boden und macht es sich bequem.

»Okay«, sagt Matze gedehnt und ist offensichtlich ausgesprochen nervös, während er an seinem Laptop herumfummelt, um den Film auf dem großen Bildschirm des Fernsehers zu starten. Erstaunlicherweise ist es seine Nervosität, die mich dazu bringt, mich ein wenig zu entspannen.

»Wer war denn Sue Ellen?«, frage ich prompt und nehme mir ein Stück weiße Schokolade. Es ist nämlich ganz und gar nicht so, dass mich diese Begegnung der besonderen Art kalt gelassen hätte.

»Eine Rollenspielerin. Wir waren zu viert. Aber ich hab mir schon gedacht, dass das irgendwie komisch rübergekommen ist. Sue Ellen hat immer komische Kostüme«, sprudelt es aus ihm heraus, und er sinkt schräg vor mir auf die Bettkante. Die arme alte Matratze schlägt unter seinem Gewicht Wellen. Aber offenbar hat ihm das auf der Zunge gebrannt. Nun gut. Wenigstens hatte er nicht direkt, nachdem wir uns auf dem Sofa vergnügt haben, Sex mit einer Alien-Tussie. Bleibt noch sein komisches Verhalten. Oder besser, sein Nicht-Verhalten. Zum Glück beginnt in diesem Moment der Film. Ich weiß nicht, welcher Teil es ist, aber es gibt eine Menge sonderbar aussehende Wesen, und immer wieder grusle ich mich vor den behaarten Riesenfüßen eines gewissen Bilbo Beutlin. Aber die Landschaftsaufnahmen sind wirklich großartig. Ich weiß nur nicht, warum in solchen Filmen ständig alle so schreckliche Tode sterben müssen.

Matze kennt alle, die mitspielen. Ich kann mich gar nicht richtig auf den Film konzentrieren, weil er mich mit Hintergrundwissen zwangsinformiert. Aber es ist lustig.

»Ich glaube, du bist ein Geek«, sage ich und strecke die Beine behaglich von mir. Dieses Bett ist ausgesprochen gemütlich. Und Matze wärmt mich, obwohl er fast einen Meter von mir entfernt sitzt.

Er wirft mir einen kurzen, aber intensiven Seitenblick zu. »Ich habe wohl gewisse Züge, ja«, gibt er dann grinsend zu.

Ich bin ganz fürchterlich tiefenentspannt, was sich noch verstärkt, als Matze mir vorsichtig eine Decke über die Beine legt.

»Jetzt küssen sie sich«, sagt er dann, wieder mit festem Blick auf den Bildschirm, und ich verspüre den Wunsch, näher an ihn heranzurücken. Küssen wäre auch nicht schlecht. Als hätte Matze meine Gedanken gelesen, rückt er ein wenig näher und sieht mich mit zusammengekniffenen Augen an. »Ich finde, die Liebesgeschichte um Aragorn und Arwen ist eine der ganz großen. Aber es geht ja eigentlich immer um die Liebe, Marie«, flüstert er. Obwohl er ganz leise spricht, sind seine Worte fast schon enthusiastisch. Das ist doch irgendwie zauberhaft.

Das wäre die Stelle, an der ich ihn fragen müsste. Warum er abgehauen ist, wie es weitergehen könnte und was da zwischen uns beiden so herumknistert. Aber ich bin zu feige und sage stattdessen nur: »Hmpf.«

Dann gönne ich es mir, für einen Atemzug die Augen zu schließen.

Ich wache auf, weil der kleine Hund angefangen hat, in Matzes alten Socken zu schnarchen. Es ist dunkel und offenbar ziemlich spät. Der Sturm scheint ein wenig nachgelassen zu haben, zumindest rüttelt es nicht mehr an den Fenstern. Ich muss auf Matzes Bett eingeschlafen sein. Vor dem fulminanten Ende des Films. Matze liegt neben mir, nur unzureichend mit einem Badehandtuch bedeckt. Er ist an die äußerste Kante der Matratze gerutscht. Wenn er sich auch nur einen Millimeter bewegt, wird er herunterrollen. Wohingegen ich ausreichend Bewegungsfreiheit habe. Das nennt man dann wohl einen Gentleman.

Ich drehe mich ein wenig zur Seite und betrachte jetzt, wo meine Augen sich an die Dunkelheit gewöhnt haben, meinen schlafenden Mitbewohner genauer.

Er liegt mit dem Gesicht zu mir gewandt und atmet ganz leise. Seine vollen Lippen sind entspannt und ein wenig geöffnet. Kussbereit, schießt es mir durch den Kopf, und ich ziehe meine Decke ein wenig höher. Ich würde ihn gerne küssen.

Draußen frischt der Sturm wieder auf, rüttelt unleidlich an den Fenstern, und ich kuschle mich behaglich in das Kissen. Allerdings schlafe ich nicht mehr. Einmal wach, denke ich über Matthias nach. Ich weiß, dass er ein Jahr jünger ist als ich, aber im matten Licht der Straßenlaterne sieht er sehr viel jünger aus.

Ich wüsste zu gerne, was er über mich denkt. Und warum er gestern Morgen einfach abgetaucht ist. Es kann wohl doch nicht daran liegen, dass er spontan festgestellt hat, dass er mich nicht leiden kann. Sonst hätte er mich wohl nicht eingeladen, den Abend mit ihm auf seinem Bett zu verbringen. Und mir meine Lieblingssüßigkeiten gekauft. Und mir von der größten Liebe in der Filmgeschichte erzählt.

Matze seufzt im Schlaf, und aus irgendeinem Grund werde ich plötzlich mutig. Ganz vorsichtig berühre ich mit meinen Fingern seine neben dem Kopf ausgestreckte Hand. Er bewegt sich nicht. Mein Zeigefinger fährt langsam über seine Handinnenfläche, und Matze lächelt im Schlaf.

Vielleicht weiß er tatsächlich nicht, wie er mit der Situation umgehen soll. Er ist manchmal von einer fast schon entwaffnenden Ehrlichkeit. Und vielleicht muss ich ihm gar nicht böse sein. Er konnte offenbar nicht anders. Ich glaube, ich mag ihn mehr, als ich selber weiß. Ich möchte ihm verzeihen, dass er einfach so abgehauen ist. Und genau das werde ich tun.

Am nächsten Morgen hat Ella wieder Sex auf der Waschmaschine. Ich finde, das muss aufhören. Alle finden das. Weil alle ins Bad wollen, aber nicht können. Dabei müssen morgens um sieben alle dringend ins Bad.

»Mann! Jetzt hört endlich auf!« Damian hämmert mit der Faust gegen die verschlossene Tür. Drinnen quietscht es vernehmlich. Ich stehe ganz hinten in der Schlange, dabei habe ich heute die Frühstücksschicht im Café und muss gleich los. Matze steht vor mir und guckt mich an. Sein Gesichtsausdruck ist nicht zu deuten.

»Was guckst du so?«, flüstere ich, während Damian den Kopf gegen die Badezimmertür sinken lässt.

»Das war sehr schön«, sagt Matze ebenso leise, und ein Lächeln huscht über sein Gesicht.

»Kein Fluchtreflex?«

Er zieht die Augenbrauen hoch und starrt mich einen Moment etwas perplex an. »Das war kein Fluchtreflex …«, setzt er an, wird aber durch die sich endlich öffnende Badezimmertür unterbrochen. Dabei hätte mich wirklich interessiert, was es denn nun war, wenn kein Fluchtreflex.

»'tschuldigung!« Ella springt in den Flur. »Ich wusste nicht, dass es schon so spät ist!« Sie zieht das Badehandtuch enger um sich, sprintet in ihr Zimmer und überlässt es ihrem Waschmaschinen-Freund, sich selbst vorzustellen. Das tut er, indem er ihr mit einem selbstgefälligen, breiten Grinsen folgt, während er das knittrige weiße Hemd in die Anzughose steckt.

»Bäh«, raunt Damian und blickt ihm hinterher. »Wenn sie sich mit solchen Idioten abgibt, braucht sie sich nicht zu wundern, dass keiner mehr will. Wo hat sie den denn her?«

»Sieht aus wie ein typischer Baraufriss«, sagt Matze und schubst Damian gegen die Schulter. »Jetzt beeil dich. Sonst komme ich zu spät. Und Marie auch.«

Damian zögert einen Moment. »Geh du vor, ich bleib heute zu Hause«, sagt er knapp, dreht sich abrupt um und verschwindet wieder in seinem Zimmer.

Verwundert sehen wir ihm hinterher. »Mit dem stimmt doch was nicht«, murmelt Matze.

»Wohl wahr«, stimme ich ihm zu und werde das Gefühl nicht los, dass es Adam, unsere Küchenhilfe, war, der Damian endgültig aus dem Konzept gebracht hat.

Der kleine Hund verbringt den Morgen wieder bei Frau Müller. Schlecht für Frau Müllers Allergie, gut für ihre Seele. Für den kleinen Hund sowieso. Sie will sogar die morgendliche Hunderunde durch den Park übernehmen. Zusammen mit Herrn Adelt.

»Glauben Sie, dass ihn noch jemand sucht?«, fragt sie angstvoll und reicht mir eine Tasse Kaffee. So viel Zeit muss sein.

»Die im Tierheim gehen nicht davon aus. Und die Polizei meldet sich auch nicht«, antworte ich und nehme einen Schluck. Alles, was Frau Müller kocht, ist köstlich. So auch ihr Kaffee. Dabei hat sie gar keine Kaffeemaschine, sondern filtert ihn noch per Hand. »Wir müssen heute unbedingt zu einem Tierarzt, um den Chip auslesen zu lassen. Falls er denn einen hat«, füge ich hinzu. »Und impfen und entwurmen muss ich ihn auch lassen.«

»Und wenn wir das mit diesem Chip auslesen einfach nicht machen? Und so tun, als wäre er schon immer hier und wir hätten nur seine Papiere verlegt?«, fragt Frau Müller und setzt das erste Mal, seitdem ich sie kenne, einen geradezu verwegenen Gesichtsausdruck auf. Erstaunt sehe ich sie an. So viel kriminelle Energie hätte ich ihr nun wirklich nicht zugetraut. »Wir müssen. Schauen Sie doch, wie sehr wir den kleinen Hund nach den paar Tagen schon mögen. Wenn er wirklich verloren gegangen ist, ist das für seinen Besitzer bestimmt eine Katastrophe«, sage ich energisch.

»Sie haben natürlich recht«, sagt Frau Müller und sieht tatsächlich ein wenig zerknirscht aus. »Aber der kleine Hund ist so eine angenehme Begleitung durch den Tag.« Sie nimmt einen Schluck Kaffee und blickt quasi durch mich hindurch, als wäre sie plötzlich tief in Gedanken versunken. »Es ist schon recht einsam den ganzen Tag. Und so kann ich mit dem kleinen Hund sprechen und nicht mit meiner Kaffeemaschine.« Sie versucht sich an einem Lächeln, und ich versuche zurückzulächeln. Da ist er wieder. Einer der Gründe, warum jeder Mensch ein Tier bei sich haben sollte. Mit einem Tier zusammen zu sein bedeutet, nicht allein zu sein.

»Ich war mal verheiratet.« Oh. Äh. Das nenne ich mal einen blitzartigen Themenwechsel. Frau Müller steht auf, lehnt sich gegen die Spüle und sieht mich plötzlich prüfend an. Was soll ich denn jetzt sagen? Herzlichen Glückwunsch?

»Öh«, sage ich deshalb. Nicht hilfreich, aber immerhin.

»Ich habe großes Glück gehabt. Bis mein Mann vor sieben Jahren gestorben ist.«

»Das tut mir leid«, murmle ich in meinen Kaffee. Vielleicht sollten wir solch ein Gespräch führen, wenn ich nicht direkt zur Arbeit muss.

»Die guten Männer sind nicht die, die laut brüllen, sich auf die Brust schlagen und den Rasen mähen. Die guten sind die leisen. Die ehrlichen. Die ungeachtet der Stürme, die um uns toben, dicht an unserer Seite stehen.« Zufrieden lächelt sie mir zu. »*Wir* konnten uns das ja früher nicht so aussuchen und mussten nehmen, was kam.«

Ich nicke. »Ich, äh, geh dann mal los. Mann suchen und arbeiten.«

Kapitel 24

Thekenphilosophie

Rolf seufzt. Er starrt seine sündhaft teure Marken-Kaffeemaschine an, als erwarte er, dass sie selbstständig mit der Zubereitung des Espressos beginnt.

»Hallo, Rolf. Zwei Espresso für Tisch sieben«, wiederhole ich. Heute ist wenig los. Trotzdem möchte Tisch sieben zwei Espresso. Da kann ich nun auch nichts dran ändern.

»Marie. Wir müssen lieben, wenn wir die Möglichkeit dazu haben. Und wir müssen es so tun, als wären wir noch nie verletzt worden. Also mit Haut und Haaren, ohne dass uns unsere Erinnerungen daran hindern, uns hinzugeben.«

»Äh. Ja. Das ist ein starkes Argument. Bekomme ich jetzt zwei Espresso?« Rolf hat manchmal tiefenphilosophische Anfälle. Dann liest er sonderbare Bücher und verwickelt seine Umwelt ungefragt in Diskussionen über Atommüll, Ethik in der Wirtschaft oder eben die Liebe.

»Ich könnte außerdem besser darüber nachdenken, wenn ich die sehnsüchtigen Blicke der beiden Damen im Rücken nicht mehr spüren würde. Sie wollen wirklich dringend einen Espresso.«

Mit Leidensmiene macht er sich ans Werk, und ich kann endlich die Ladung Koffein zu Tisch sieben schleppen. Danach hocke ich mich wieder an die Theke. Die wenigen Gäste sind gerade alle mit allem versorgt.

»Was ist denn los?«, erkundige ich mich vorsichtig. Rolf zuckt die Schultern und schnappt sich ebenfalls einen Hocker.

»Stell dir vor, du liebst jemanden. Aus tiefster Seele. Und er lässt dich fallen, weil deine Liebe, weil du, nicht in sein Lebenskonzept passen. So in den gesamten gesellschaftlichen Kontext.«

»Hast du Liebeskummer?«, frage ich erstaunt, doch Rolf schüttelt nur knapp den Kopf. Ich bin ein bisschen erleichtert, weil er mit einem sehr netten Gärtner aus Berlin-Mitte zusammen ist, der bei der Stadt arbeitet.

»Es geht doch nicht um mich. Alles fiktiv«, sagt er kopfschüttelnd und augenrollend, als hätte ich da auch selbst draufkommen können.

»Das ist dann schlimm«, sage ich.

»Das ist eine Katastrophe! Weil du als Mensch in deinem ganzen Sein abgelehnt wirst. Es ist grausam.« Er hat sich bei den letzten Worten ein wenig nach vorn gebeugt, und seine langen Haare fallen ihm über die Schulter, womit er augenblicklich ganz zerzauselt aussieht und ich ihm nicht mehr glaube, dass er das alles nur fiktiv meint. Da steckt doch mehr dahinter.

»Wir müssen lernen, uns den Menschen zu öffnen, unser wahres Ich angstfrei zu zeigen.« Er nickt bekräftigend, und ich drehe meine Bionade unschlüssig in den Händen. Wenn Rolf in dieser besonderen Stimmung ist, wirkt er manchmal ein wenig wie ein Anwärter auf den Heiligenschein. Aber er sagt in diesen Phasen oft sehr kluge Dinge. Ich habe ja irgendwie und irgendwann auch nicht mehr in Jörns Leben gepasst. Und ja, das hat mich tief in meinem Innersten fürchterlich verletzt.

Rolf sieht mich jetzt eindringlich an. »Gibt es jemanden, dem dein Herz gehört, Marie?« Er ist tatsächlich noch ein Stück näher gerückt.

»Ein bisschen«, sage ich leise, aber Rolf schüttelt den Kopf.

»Ein bisschen gibt es nicht«, sagt er indigniert. »Man kann sich nur voll und ganz darauf einlassen. Mit allem, was man hat.«

»Ich weiß aber nicht, ob das alles richtig ist. Es kommt so spontan und unerwartet. Und das mit Jörn ist ja auch noch nicht so lange her.«

Rolf winkt ab. »Jörn war ein Idiot. Tut mir leid, Schätzchen. Er hat sich irgendwann selbst verloren. Den hat der patriarchale Kapitalismus gefressen, und der wird ihn irgendwann ziemlich demoliert wieder ausspucken. Der war nix für dich. Du bist ein freier Geist. Du bist echt, Marie.« Ich glaube, Anerkennung in seinem Blick zu sehen, und für einen Moment bin ich richtig stolz. Wenn ich auch nicht ganz sicher bin, was Rolf eigentlich meint.

In diesem Moment kommt Adam durch die Tür und steuert den Tresen an.

»Sorry. Bin zu spät. Mein Fahrrad wurde geklaut«, sagt er leise und verschwindet augenblicklich in der Küche.

»Und den verstecken wir jetzt auch nicht mehr vor der Welt«, murmelt Rolf und rutscht von seinem Hocker.

»Adam!«, ruft er. Unsere Küchenhilfe steckt den Kopf aus der Schwingtür. Er hat tiefe Ringe unter den Augen und sich die Haare raspelkurz geschoren. Die große Tätowierung an seinem Hals klettert offenbar bis hinter sein linkes Ohr. Das hat man vorher gar nicht gesehen, ist aber ein echter Hingucker.

»Kannst du Kaffeetassen tragen?«, fragt Rolf knapp. Adam zieht die linke Augenbraue fast bis zum Haaransatz hoch.

»Ich möchte, dass du heute mit Marie im Service arbeitest«, sagt Rolf bestimmt.

»Warum?«, fragt Adam knapp zurück.

»Weil du ein cooler Typ bist und wir hier ein cooles Café sind. Außerdem hat Melanies Tochter schon wieder eine Mittelohrentzündung, und sie wird die restliche Woche ausfallen. Und heute ist es ruhig. Man lernt besser im Service, wenn es ruhig ist.«

»Okay«, sagt Adam nur und runzelt die Stirn, während er mit hängenden Armen herumsteht. »Schürze!«, raunt Rolf mir zu, und ich hüpfe zu der Anrichte, in der wir die rot-weißen Schürzen in fast jeder Größe aufbewahren. Adam ist allerdings sehr groß und durchtrainiert, und die Schürze sitzt deswegen ein wenig knapp. XXL führen wir nämlich nicht, aber bei ihm betont es durchaus interessant die Muskeln. Shabby Chic meets echte Kerle, sozusagen.

»Marie gibt dir einen Schnellkurs in exzellenter Gästebewirtung«, sagt Rolf und macht sich daran, seine Kaffeemaschine zu putzen.

»Okay. Dein Fokus liegt immer auf den Gästen. Lerne möglichst schnell die Tischnummern auswendig und behalte alle Tische im Auge, und wenn dich jemand nach einer Empfehlung fragt, sag einfach, was dir persönlich am besten schmeckt. Sei freundlich und einfach …«, ich gebe zu, dass ich an dieser Stelle kurz ins Stocken komme, »du selbst.«

Adam grinst schief. Ich grinse schief zurück. Er ist mit seinen offensichtlichen Tätowierungen, den Piercings in den Ohren und an der Augenbraue ziemlich schräg. Optisch. Innerlich ist er, glaube ich, sehr nett. Wenn er »er selbst« sein soll, kann da wohl hoffentlich nichts schiefgehen. Und wenn ich ihn heute in die hohe Kunst der Gästebewirtung einweihe, habe ich vielleicht Zeit, ihm wegen Damian auf den Zahn zu fühlen.

Die Tür geht auf, und der Schwung Mütter mit Babys flutet den Raum. »Das ist die La Leche Liga. Die sitzen immer auf der Fensterbank mit den Kissen. Geh hin, ignoriere es, falls sie ihre Brüste auspacken, wünsche ihnen einen guten Morgen und frag nach ihren Bestellungen«, raune ich und schubse Adam in Richtung der Mütter.

»Sie packen ihre Brüste aus?«, fragt er irritiert, und ich nicke bekräftigend.

»Manchmal. Wenn eines der Babys Hunger hat.«

»Das macht Sinn«, murmelt er und trabt in die Ecke der wartenden Mütter. Ich höre nicht genau, was er sagt, aber die Mütter lächeln ihn an. Das sind gute erste Kundinnen. Sie sind nämlich nett. Es gibt ja auch wirklich unnette Kunden.

Adam macht sich besser als erwartet. Rolf nickt immer wieder anerkennend mit dem Kopf und hat mir sogar zwei Cappuccino spendiert, während wir ihn heimlich beobachten.

»Siehst du, Marie. Habe ich es mir doch gedacht. Nur als Küchenhilfe hätten wir Adams ganzes Potenzial verschwendet. Der kann doch mehr als nur Kartoffeln schälen und sich von Lizzy heißes Wasser über die Hand gießen lassen«, sagt er zufrieden.

»Was war denn jetzt mit ihm?«, flüstere ich über die Theke.

»Ich kann nicht darüber sprechen«, gibt Rolf sich plötzlich zugeknöpft.

»Aber er hat es dir erzählt?«, hake ich nach. Rolf nickt, öffnet den Mund, schließt ihn aber wieder, weil unsere neue Star-Servicekraft sich der Theke nähert.

»Und? Bekomme ich ein Sternchen?«, fragt Adam, nachdem er eine hochkomplexe Kaffeebestellung aus dem Kopf aufgegeben hat. Woraufhin ich mich leicht peinlich berührt schleunigst wieder an die Arbeit mache.

Als ich die Treppe zu Frau Müller hocheile, treffe ich auf den kleinen Hund und Matze, die einträchtig auf den schmalen Stufen sitzen. Beide scheinen sich sehr zu freuen, mich zu sehen, und mir fällt ausgerechnet in diesem Moment auf, wie gut Matze mit den zerschlissenen Jeans, den Biker Boots und dem schwarzen Kapuzenpulli aussieht. Deswegen bin ich für einen Moment abgelenkt, bis Matze sagt: »Der kleine Hund hat Durchfall. Frau Müller war ein wenig aufgeregt. Sie musste aber jetzt zum Arzt und war noch aufgeregter, weil sie den kleinen Hund natürlich in diesem Zustand nicht allein lassen konnte. Also hat sie mich angerufen. Und wir haben alle zusammen jetzt einen Termin beim Tierarzt. Der ist direkt um die Ecke.«

»Durchfall?« Ich hocke mich neben den kleinen Hund und streichle ihm sanft über den Kopf.

»Laut Frau Müller stand er kurz vor dem Ableben. Ich konnte das jetzt so direkt nicht feststellen. Eigentlich geht es ihm ganz gut.«

»Und du bist extra von der Arbeit gekommen?«, frage ich und bin fast gewillt, ihm auch über den Kopf zu streicheln.

»Klar. Damian wollte ich nicht mit ihm losschicken. Ich wusste ja, dass du bald Feierabend hast, aber Frau Müller war wirklich knapp vor der Hysterie. Und Herr Adelt ist leider auch nicht da«, sagt er und lächelt schief.

Das ist so nett von ihm. Gemeinsam machen wir uns auf den Weg zum Tierarzt, der tatsächlich nur wenige Querstraßen entfernt ist. Der kleine Hund erscheint mir eigentlich ganz fit. Er schnüffelt fleißig am Wegesrand, sodass ich mir keine großen Sorgen mehr mache. Vielleicht waren die vergangenen Tage einfach zu stressig und er hat einen empfindlichen Magen.

Die Praxis befindet sich in einem Hinterhof und ist sehr klein. Klitzeklein, um genau zu sein. Die Tierärztin ist auch klein. Dafür sieht sie mit ihren langen blonden Haaren aber aus, als würde sie nebenbei modeln. Es gibt doch bestimmt auch kleine Models. Wir sind die einzigen Patienten, und ich hebe den kleinen Hund auf den Untersuchungstisch, während die gut aussehende Tierärztin Matze anbaggert. Das tut sie durchaus charmant. Und Matze bekommt gar nicht mit, dass er die Hormone der Veterinärin stimuliert hat.

»Und, was macht man denn so als Versicherungsstatistiker?«, fragt sie gerade und schüttelt äußerst professionell ihr Haar.

»Äh. Das hat mit Statistiken zu tun«, antwortet Matze und steckt die Hände in die Taschen seiner Jeans. Hilfesuchend sieht er mich an. Er scheint sich über das heftige Interesse an seinem Job zu wundern. Die Tierärztin scheint auch noch gar nicht mitbekommen zu haben, dass ich ebenfalls anwesend bin. Sie ist sozusagen geblendet von Matzes Männlichkeit. Ich muss zugeben, dass ich sie durchaus verstehen kann.

Zumal er sich gerade ein wenig irritiert über die schönen Lippen geleckt hat.

Der kleine Hund setzt sich derweil auf dem Untersuchungstisch abwartend hin und lehnt sich gegen meine Brust. Ihm ist gar nicht wohl bei der Sache.

»Also, weswegen wir hier sind …«, Matze ist ein wenig aus dem Konzept gebracht, fängt sich aber schnell wieder. »Der Hund hat Durchfall. Und Sie müssten mal nach dem Chip gucken. Er ist meiner Freundin zugelaufen.«

»Oh!« Die Tierärztin dreht sich abrupt zu mir herum. Ha! Und da entdeckt sie mich endlich! Der Begriff Freundin ist ja nun eigentlich sehr vielseitig interpretierbar. Matze hat sicherlich auch eine »normale« Freundin gemeint. Aber die Tierärztin hat *meine* Freundin verstanden. Sie wird sogar ein wenig rot, und Matze tritt neben mich und legt mir doch tatsächlich kurz den Arm um die Schulter. Etwas erstaunt blicke ich zu ihm auf. Aber er grinst mich nur an.

Kapitel 25

Alle für einen

Für einen Moment. Dann hört er schlagartig wieder auf, lässt mich los und kneift die vollen Lippen zusammen. Ich glaube, Matze erschreckt sich manchmal vor sich selbst. Das wäre ja irgendwie ein ganz süßer Charakterzug, wenn dieses Verhalten nicht ständig in Bezug auf mich zum Vorschein kommen würde.

Aber wenigstens die Tierärztin besinnt sich jetzt mal auf die wesentlichen Dinge und wendet sich dem kleinen Hund zu, der immer noch sitzt und guckt. Mittlerweile aber mit einem leicht verkniffenen Gesichtsausdruck. Dieser Hund kann tatsächlich verkniffen gucken. Eine völlig neue Erkenntnis.

»Hallo, du Hübscher«, sagt sie freundlich und lässt ihn erst mal ausgiebig an ihrer Hand schnüffeln. Bis jetzt hat die Veterinärin sich ja nicht unbedingt von ihrer besten Seite gezeigt, das holt sie nun aber in Eilgeschwindigkeit nach. Sie kann wirklich gut mit kleinen, heimatlosen und verkniffen guckenden Hunden umgehen und untersucht ihn sehr geschickt und äußerst vorsichtig.

»Er ist ihnen also zugelaufen«, murmelt sie konzentriert, als sie ihm in die Ohren schaut, während sie gleichzeitig ein Leckerli in sein Maul schiebt.

»Deswegen kenne ich seine Vorgeschichte nicht«, sage ich.

»Dann suchen wir mal nach dem Chip«, sagt die Tierärztin und macht sich daran, mit dem Lesegerät über den kleinen

Hund zu fahren, der augenblicklich und glasklar erkennt: Nun hat mein letztes Stündlein geschlagen!

Er gibt ein hohes Quiken von sich und versucht schlagartig die Flucht anzutreten. Doch Matze reagiert schneller als die Tierärztin und ich und packt ihn, um ihn vor dem sicheren Absturz vom Untersuchungstisch zu bewahren. Dann presst er ihn an sich und legt einen Arm um seinen Hals, um seinen Kopf sicher in der Ellenbeuge halten zu können.

Augenblicklich erkenne ich wieder die aufflammende Leidenschaft in den Augen der Tierärztin, und sie schüttelt wild ihr Haar, wie ein Pony, das eine Fliege verscheucht. Allmählich fühle ich mich extrem genervt. Sie kann ihn ja gerne angraben, wenn sie ihre Hormone nicht im Griff hat, aber doch nicht jetzt. Und hier. Während ich danebenstehe und der kleine Hund Todesängste aussteht. Das ist ziemlich unverschämt.

Ich brumme und will gerade etwas sagen, als ich feststelle, dass Matze mich anguckt. Womit der erneute Anmachversuch der Tierärztin völlig ins Leere läuft.

Matze sieht stolz aus. Weil er den kleinen Hund gerettet hat. Die Tierärztin bemerkt die Sinnlosigkeit ihres Vorhabens und begibt sich wieder auf die Suche nach dem Chip.

»Der hat leider keinen Chip«, sagt sie schließlich und nimmt das Lesegerät wieder runter, woraufhin der kleine Hund sich sofort entspannt. Matze auch. Und ich ebenfalls. »Ich gebe Ihnen etwas gegen den Durchfall mit, und wenn der abgeklungen ist, impfen wir und entwurmen sicherheitshalber auch mal.«

Schweigend gehen wir zurück nach Hause. Ich ärgere mich über mich selber, weil ich mittlerweile meine Verwirrung bei den tierärztlichen Anbaggerversuchen als völlig unangemessene Eifersucht identifiziert habe, und Matze denkt wohl noch ein wenig darüber nach, was die schöne Tierärztin eigentlich von ihm wollte. Er ist in Bezug auf dieses zwischenmenschlich und biologisch so wichtige Thema der Partnerwahl echt nicht die hellste Kerze auf dem Kuchen.

Als wir nach Hause kommen und von den Magen-Darm-Problemen unseres Findelhundes berichten, geht Ella schnurstracks in die Küche und kocht Huhn und Reis. Was ich durchaus amüsant finde, denn es war ja schließlich sie, die solch ein Verhalten noch vor wenigen Wochen extrem seltsam fand. Nun, das bestärkt mich noch in meinem tiefen Glauben, dass Hunde Menschen verzaubern können. Und wir merken es noch nicht einmal. Allerdings reicht das Amüsement nicht lange, denn die restliche Gesamtsituation ist weit weniger erfreulich. Während ich immer noch schweigsam und ein wenig eifersüchtig bin, tippt Matze nachdenklich auf seinem Laptop herum. Und Damian sitzt stockbesoffen mit seinem bestimmt fünften Gin Tonic auf dem Küchensofa und starrt die Decke an. Wir anderen sind durch Blickkontakt übereingekommen, ihn erst mal zu ignorieren, und so kraulen, arbeiten und kochen wir um ihn herum.

Irgendwann erhebt Damian sich, wankt zum Kühlschrank und beabsichtigt offenbar, sich den sechsten (genau wissen wir es nicht, weil er ja den Vormittag über allein war) Gin Tonic zu mixen. Matze seufzt leise, klappt den Laptop zu und steht ebenfalls auf.

»Hör mal. Ich finde, es reicht. Trink ein Wasser.« Er nimmt Damian das Glas aus der Hand, spült es aus und lässt Wasser hineinlaufen. Einigermaßen entsetzt sieht Damian erst ihn, dann das Wasserglas an.

»Was geht dich das an?«, fragt er ätzend und wedelt mit einer Hand vor sich herum, wohl um das lästige Wasser, das immer noch vor ihm schwebt, aus seinem Gesichtsfeld zu bekommen.

»Eine Menge«, sagt Matze mit dunkler Stimme. »Wir leben hier zusammen, und ich werde nicht zusehen, wie du dich ins Koma säufst.«

»Das geht dich nichts an!«

»Es geht mich etwas an!« Matzes Stimme hat an Volumen zugenommen. Ich schnappe mir den kleinen Hund und bringe ihn in mein Schlafzimmer. Er kann schlechte Stimmung nicht so gut vertragen und guckt schon ganz ängstlich. Wo er doch heute schon von dem bösen Chip-Lesegerät bedroht wurde.

Als ich zurückkomme, hat auch Ella sich eingemischt. »Es geht uns alle etwas an.« Sie hat sich direkt neben Matze gestellt, und die beiden bilden plötzlich eine Antialkoholiker-Front. Es scheint Wirkung zu zeigen. Zumindest sagt Damian erst mal gar nichts mehr und schwankt nur leicht hin und her.

»Wir wollen dir doch nur helfen«, sage ich und stelle mich neben ihn, damit wir nicht alle wie eine Mauer vor ihm aufragen.

»Das kann man aber nicht«, murmelt er und lehnt sich abrupt gegen den Kühlschrank, weil er sonst wohl umgefallen wäre.

»Vielleicht sollten wir einen Arzt rufen«, sagt Ella leise.

»Blödsinn«, nuschelt Damian. »Es ist meine Aufgabe im Leben, alle zu enttäuschen. Euch auch! Ist mein Job.«

Mit diesen Worten stößt er sich vom Kühlschrank ab und wankt zur Tür. Dort bleibt er kurz stehen, sagt: »Tut mir leid« und verschwindet um die Ecke.

»Interessante Entwicklung in deiner WG«, sagt Meike, mit der ich mich gegen Abend auf eine Hunderunde durch den Park verabredet habe. Dick eingemummt in sämtliche verfügbaren Winterklamotten hocken wir auf einer Parkbank und beobachten Charlston und den kleinen Hund. Sie spielen. Wobei der kleine Hund die Regeln aufstellt und deren Einhaltung auch mit vollem Körpereinsatz überwacht. (*MEIN* Ball, *MEIN* Stock, *MEINE* Luft, *MEIN* Rasen. Du darfst mal gucken. Vielleicht.)

»Was sollen wir denn machen?«, frage ich.

»Mit Damian könnt ihr, glaube ich, erst mal nichts machen. Solange er nicht bereit ist, sich selbst mit seinem Problem zu befassen, seid ihr relativ chancenlos.«

Ich strecke meine Beine in den Schneeboots aus und lehne mich an. »Und was mache ich mit dem kleinen Hund?«, frage ich weiter. In den vergangenen Wochen ist in meinem Leben mehr passiert als in all den Jahren davor. Zumindest fühlt es sich so an.

»Behalten«, sagt Meike und betrachtet den kleinen Kerl verliebt. Gerade bringt er nämlich Charlston, dem Hasenherz, bei, dass er sich dem Ball anderer Hunde nicht nähern darf. Gucken ja, in die Nähe kommen ist streng verboten. Charlston versteht das sofort. Großartige Kommunikation.

»Du hast jetzt aber wirklich alles getan, um ihn seinem rechtmäßigen Besitzer zurückzubringen. Wenn der nicht sucht, gehört er dir. Basta.«

»Ja, aber was mache ich mit meinem Mietvertrag?«, frage ich besorgt. Ich grüble schon seit Tagen darüber nach. Seit dem Moment, als mir klar wurde, dass der kleine Hund wirklich bei mir bleiben könnte.

»Ich denke, alle im Haus haben Tiere?« Meike wirft mir einen kurzen Seitenblick zu, der besagt: Du bist so ein schrecklicher Spießer und hältst dich ständig an alle Regeln. Du bist langweilig.

»Alles illegal.«

Meike verdreht die Augen. Sie parkt auch ständig ohne Parkschein, überzieht die Ausleihzeit bei der Bücherei, und ich glaube sogar, dass sie recht kreativ beim Ausfüllen der jährlichen Steuererklärung ist.

»Dann musst du halt ausziehen«, sagt sie ernst.

»Haha«, sage ich entrüstet. Wir schweigen eine Weile und beobachten die Hunde.

»Und was ist mit Matze?«, fragt sie mich im nächsten Moment, und ich spüre ihren lauernden Blick.

»Hmpf«, antworte ich. Da ich das ja nun selbst nicht weiß, beschließe ich, mich zugeknöpft zu geben.

»Ja. Mach dir nur weiter Gedanken über Mietvertragsklauseln. Wozu auch guten Sex haben?«

»Schlampige Schlampe«, sage ich und haue ihr fest aufs Knie, woraufhin sie nur grinst.

»Es liegt ja gar nicht an mir. Es liegt an ihm. Er ist komisch.«

»Vielleicht solltet ihr mal drüber sprechen?«, fragt sie spitz. In der Tat ist Meike ein echter »Du, lass uns da mal drüber sprechen«-Typ, wohingegen ich mehr zum klassischen »Ach du Scheiße, ich hau ab!« tendiere.

»Also mit Verlaub … ich befürchte eine tiefer gehende Gefühlsentwicklung in Richtung des großen Mathematikers«, sagt Meike im nächsten Moment. »Deine Augen bekommen so ein leicht irres Leuchten, wenn du von ihm sprichst.«

»Das bildest du dir nur ein«, sage ich schwach, bin mir aber ziemlich sicher, dass sie recht hat.

Kapitel 26

Mr. Blumenstrauß

ICH BIN NICHT VERLIEBT. Da bin ich mir eigentlich ziemlich sicher. Es ist mir aber unangenehm, dass Meike mich darauf gebracht hat, dass ich verliebt sein *KÖNNTE*. Obwohl es natürlich zu dem plötzlichen und unerwarteten (und gänzlich unangemessenen!!!) Eifersuchtsgefühl passen würde. In den kommenden Tagen beobachte ich mich deshalb genau. Matze kann ich nicht beobachten, der ist auf Dienstreise in der Schweiz. Meine Mitbewohner stören mich nicht bei meiner Selbststudie, sie verhalten sich total unauffällig. Damian tut so, als hätte er sich in Luft aufgelöst, und Ella schläft viel, weil sie viel arbeitet. Das hat sie auch Silvester gemacht. Und Damian hockte den ganzen Abend in seinem Zimmer. Und Matze war auf der Flucht auf irgendeiner Party. Völlig tote Hose.

Ich sitze vor meinem Computer und fühle mich trotz meines angestrengten Gefühlslebens großartig. Was daran liegt, dass mein Postfach überquillt. Mein letzter Artikel hat nämlich sage und schreibe achtundneunzig Kommentare erhalten und wurde fast zweitausendmal gelesen. Dabei habe ich nur über den Hundebändiger, der aus dem Nichts kam, geschrieben, nämlich den kleinen Hund. Ich habe ihn genau beobachtet, festgestellt, wie er es schafft, dass Charlston ihn so gut versteht, und daraus einen Artikel gemacht. Der kleine Hund ist eine

Führungspersönlichkeit, und meine Leser sind begeistert. Er ist eine gelungene Mischung aus Cesar Millan und Martin Rütter und sieht dabei noch besser aus als alle beide zusammen. Ich muss gestehen, dass diese positive Resonanz mich doch mit erheblich guter Laune ausgestattet hat, und so beantworte ich gerade beschwingt ein paar ausgesprochen schmeichelhafte Mails, als es an der Tür klingelt.

Vor mir steht ein Blumenstrauß. Und hinter dem Blumenstrauß steht ein Mann. Der Mann scheint ein wenig aufgeregt zu sein, denn er hibbelt hin und her, weswegen die Blumen bedächtig mit ihren Köpfen nicken. Irgendwie ein lustiges Bild.

»Die sind für Ella«, flüstert der Mann durch die Blumen.

»Äh. Toll«, sage ich. »Soll ich sie wecken?« So einen Strauß bekommt man vermutlich nur einmal im Leben, und ich finde, bei einem solch monumentalen Anlass sollte man wach sein und zugegen sein.

»Nee. Mir ist klar, dass sie schläft. Aber vielleicht könntest du die Blumen in eine Vase vor ihr Zimmer stellen? Oder neben die Kaffeemaschine? Damit sie sie auch sieht«, spricht der Mann hinter den Blumen.

Der Strauß hat die Dimension eines mittleren Grizzlybären. Die Gefahr, ihn zu übersehen, schätze ich doch eher als gering ein.

»Ist denn eine Karte dabei?«, frage ich, und der nervöse Mann nickt eifrig, was ich nur erkenne, weil die Blumen heftig auf und ab wippen. Dann drückt er mir den Strauß in den Arm, woraufhin ich leicht in die Knie gehe, haucht »Danke!« und rennt weg. Anders kann ich es nicht sagen. Er sprintet im Galopp die Treppe hinunter, als hätte ich gedroht, ihn zu verfluchen oder ihm den kleinen Hund an die Kehle zu hetzen. Die Blumen und ich wanken in die Küche, wo ich nach einer geeigneten Vase fahnde. Ich werde nicht fündig, denn alle Vasen sind eindeutig zu klein, und so stelle ich den Prachtstrauß schließlich in einen Wischeimer.

Als Ella zwei Stunden später aufsteht und in die Küche geschlurft kommt, fragt sie beiläufig, während sie sich einen Kaffee nimmt: »Was ist das denn für ein Urwald?«

Ich habe vorsorglich mein Büro am Küchentisch aufgeschlagen, damit die Blumen auch nicht ansatzweise der Gefahr ausgesetzt sind, übersehen zu werden, und antworte: »Die sind für dich!« Nun erwartet man ja beim Anblick eines solchen Straußes doch irgendwie Freude beim Gegenüber. Aber Ella wird richtiggehend starr und presst die Kaffeetasse gegen ihre Brust.

»Argh«, sagt sie und macht einen Schritt nach hinten.

»Da ist eine Karte«, sage ich hilfreich und deute in die Untiefen des riesigen Straußes. Ella wirft mir einen argwöhnischen Blick zu, stellt den Kaffeebecher beiseite und fischt die Karte mit spitzen Fingern hervor. Sie liest und seufzt so abgrundtief, dass sie sich verschluckt und erst mal husten muss.

»Ein irrer Stalker?«, frage ich angsterfüllt, während ich ihr auf den Rücken klopfe. Hätte ich mal den Hund auf den Blumenmann gehetzt, doch Ella schüttelt den Kopf.

»Nee, ein total netter Kerl.«

Ah. An ihrer bisherigen Reaktion war das jetzt nicht erkennbar. »Wo genau ist dann jetzt das Problem?«, frage ich vorsichtig.

Sie zuckt die Achseln. »Weiß ich nicht«, sagt sie, verschwindet ins Bad und danach sonst wohin. Hier werden immer alle wortkarg und hauen ab, wenn es ans Eingemachte geht. Bei dieser Reaktion frage ich mal lieber nicht weiter, aber eigentlich möchte ich sie schütteln, um zu erfahren, was da bitte los ist in ihrem Leben.

Zurück bleiben ich und der phänomenale Blumenstrauß, den ich kurzerhand mit in mein Zimmer nehme. Alles andere wäre absolute Verschwendung. Ich widme mich wieder meinen erbaulichen Mails und Kommentaren. Allerdings bekomme ich nach einer halben Stunde Atemnot, und meine Augen fangen an zu tränen, als hätte ich einen internen Staudamm, der leckgeschlagen ist. Ich hole mir eine Packung Taschentücher und versuche dieses Naturphänomen vorerst zu ignorieren. Vielleicht bekomme ich eine Erkältung. Als ich aber nach weiteren dreißig Minuten heule wie bei der Sterbeszene von Bambis Mutter, muss ich der Realität ins verquollene Auge blicken: Hier stimmt was nicht.

Nur was, bleibt leider unklar. Der kleine Hund blickt verwundert von seinem Lager auf, als ich kurzerhand zum Fenster eile und den Kopf in die frische Luft halte. Das hilft ein wenig, und augenblicklich schießt mir ein Gedanke ins tränenumnebelte Hirn: Könnte das eine spontan beginnende Hundehaarallergie sein?

Ich ringe kurz nach Luft, reibe mir die Augen und werde dann hektisch. Das darf auf keinen Fall sein! Um nichts in der Welt könnte ich den kleinen Hund wieder abgeben. An wen auch? Frau Müller kann ihn ja selbst nur mit Taucherbrille beherbergen, und auch das wird die Hundehaare nicht davon abhalten, sich ungehindert in ihrer Wohnung auszubreiten. Und Herr Adelt teilt sein Heim mit einer arroganten Siamkatze, die den kleinen Hund mit einem Prankenhieb erlegen würde.

Der kleine Hund sieht mich unschuldig an und kratzt sich elegant mit dem langen Hinterbein am Ohr.

»Was hast du denn hier für einen Diesel versprüht?« Damian steht plötzlich in der Tür. Nüchtern und in einem schicken dunklen Anzug. Er sieht ganz normal aus. Gut, um genau zu sein. Von seinem Alkoholexzess und der depressiven Phase ist in diesem Moment nichts zu erkennen.

»Mir tränen die Augen!«, rufe ich vom Fenster aus.

»Mir auch. Welche Allergenbombe ist hier explodiert?« Er steht weiterhin an der Tür und scheint sich nicht reinzutrauen.

»Vielleicht habe ich plötzlich eine Hundehaarallergie?« Ich fasse mein Entsetzen mal in Worte, und Damian beginnt zu lachen. Manchmal kann er das ganz gut, und es steht ihm. Er lacht ungeniert weiter und deutet mit dem Zeigefinger auf den Blumenstrauß.

»Lilien«, sagt er dann. »An Lilienduft sind bestimmt schon Menschen elendig gestorben.« Mit langen Schritten durchquert er das Zimmer, schnappt sich den Wischeimer und stellt ihn auf den Balkon.

Sicherlich ist es nur Einbildung, weil ja die fiesen Lilien-Allergene immer noch durch mein Zimmer wabern, aber ich fühle fast augenblicklich, wie der Tränenfluss versiegt und ich wieder durchatmen kann.

»Danke!«, sage ich inbrünstig.

»Danke«, sagt er ebenfalls etwas überraschend.

»Wofür?« Ich wage es, meinen Frischluftposten am Fenster zu verlassen. Damian zögert einen Moment.

»Für deine Freundschaft«, sagt er dann leise und verschwindet, bevor ich dazu komme, darauf zu reagieren.

Langsam gehe ich zurück an meinen Arbeitsplatz. Die Luft ist tatsächlich wieder rein. Ich klicke mich zurück in mein Postfach, kann mich aber nicht auf die vielen Mails konzentrieren. Damians Worte gehen mir nicht aus dem Kopf. Nicht nur ich, wir alle fühlen uns angesichts seiner Depression – und nur das kann es sein, was ihn so quält – machtlos. Aber vielleicht hilft es ihm tatsächlich schon ein wenig, dass wir einfach da sind. Und ihn nicht ignorieren. So ist er wenigstens nicht allein.

Damian geht offenbar zur Arbeit, und er schleppt sein gesamtes Computer Equipment mit, weswegen ich davon ausgehe, dass er wieder eine dieser immens wichtigen und weltbewegenden Präsentationen hat.

Ich würde gerne weiterarbeiten, werde aber erst durch mein intensives Nachdenken über Damian und dann durch aufgeregtes Türklingeln daran gehindert. Ich will gerade genervt aufstöhnen, ein wenig rummaulen und dann den Laptop zuknallen, als mich eine wichtige Erkenntnis ereilt: Früher, also damals mit Jörn, war mein Leben überschaubar und ungestört. Ich konnte zwar tun und lassen, was und wann ich es wollte, aber ich war eben auch ziemlich allein. Heutzutage ist mein Leben völlig unkalkulierbar, aber ich teile es wenigstens mit anderen Menschen, eine ganz neue und sehr schöne Erfahrung.

Der Mensch vor der Tür, der um Einlass schellt, kann davon natürlich nichts ahnen, deswegen klingelt er ungeachtet dieser wichtigen Erkenntnisse noch mal, jetzt Sturm, also eile ich zur Tür.

Kapitel 27

Schein und Sein

Herr Adelt steht davor. Mit Puschen, Feinrippunterhemd, Strickjacke und düsterer Miene.

»Wir haben ein ernstes Problem«, sagt er fast tonlos, was wirklich ungewöhnlich für ihn ist, und ich trete zur Seite, um ihn hereinzulassen. Ernste Probleme sollten nie im Hausflur besprochen werden.

»Der Hausbesitzer hat Wind von unseren zooähnlichen Zuständen hier bekommen. Er hat die Hausmeisterin beauftragt, diesbezüglich Nachforschungen anzustellen.«

»Und woher wissen Sie das?«, frage ich und schließe die Tür hinter ihm.

»Na, ich habe einen ganz guten Draht zu ihr und bemühe mich schon seit Jahren, ihr das Gefühl zu geben, eine Verbündete unter all den schrecklichen Mietern zu sein. Ich nutze sie sozusagen zum Wohle aller als Informationsquelle.«

»Ah«, sage ich und staune. Was sich hier alles so abspielt, ohne dass ich es mitbekomme. Ich lade Herrn Adelt auf einen Kaffee ein, und wir setzen uns auf die Küchencouch, und er beginnt zu erzählen.

»Sie hat mich also schon ein wenig ausgehorcht, und ich habe den Unschuldigen gespielt. Und noch nie etwas über Haustiere im Haus gehört. Oder welche gesehen. Oder gar gerochen. Marie, Sie müssen jetzt immer sehr aufpassen, wenn Sie mit dem kleinen Hund nach draußen gehen! Vielleicht stecken Sie ihn in eine Sporttasche?«

»Äh.« Ich gebe kurz vor nachzudenken, dabei würde der kleine Hund in einer Sporttasche umgehend einen Herzschlag erleiden. »Nein. Der kann nicht in Sporttaschen transportiert werden. Und was machen wir jetzt?«

»Kleintiere darf der Vermieter nicht verbieten. Die Wellensittiche und Chinchillas sind also sicher. Die Katzen und der kleine Hund können aber sehr wohl verboten werden. Um genau zu sein, sind sie es schon.«

Ich trinke einen Schluck Kaffee und starre die Wand an. Die Mietvertragsklausel ist absolut eindeutig. Jegliche Tierhaltung ist verboten. Ich kann diesen Paragrafen schon fast auswendig und rückwärts singen, so oft habe ich ihn durchgelesen.

»Vielleicht sollten wir mit dem Vermieter sprechen. Wenn alle im Haus Tiere haben, hat doch eigentlich keiner ein Problem. Warum schließt er denn Haustierhaltung so kategorisch aus? Hat Ihre Informantin Sie darüber in Kenntnis gesetzt?«, frage ich Herrn Adelt, der daraufhin die Stirn in Denkerfalten legt.

»Ja. Lange Geschichte. Er hatte mal einen Mieter, dem hat er einen Hund genehmigt, und der hat dann immer gebellt, und alle im Haus haben eine Mietminderung geltend gemacht. Und dann ging das vor Gericht, und alles war furchtbar kompliziert.«

»Kennen Sie unseren Vermieter persönlich?«, frage ich.

»Ich habe ihn mal gesehen. Ein älterer Herr. Eigentlich ganz nett und sozial sehr engagiert. Er spendet viel Geld für die Tafel und andere soziale Einrichtungen. Wäre da nicht diese Haustierphobie.« Er seufzt so schwer, dass ihm fast der Knopf von der Strickjacke springt, und ich schließe mich diesem tiefen Seufzer hingebungsvoll an. Eine ganze Weile sitzen wir in schweigender Eintracht auf dem Sofa, dann springt mich ein Geistesblitz an. Ein etwas wagemutiger allerdings. Und Wagemut gehört ja nun eigentlich nicht zu meinen hervorstechendsten Charaktereigenschaften, deswegen bin ich erst mal ausgesprochen skeptisch. Trotzdem fasse ich ernsthaft ins Auge, intensiver über ihn nachzudenken. Also über den Geistesblitz.

Das sage ich aber Herrn Adelt lieber noch nicht. Doch nach weiteren fünf schweigenden Minuten verabschiedet er sich, und ich drehe mit dem kleinen Hund eine Runde durch den Park.

Als ich zurückkomme, ist Matze wieder zu Hause. Mein Herzschlag legt sogleich an Tempo zu. Matze steht im Flur vor der geöffneten Tür des Abstellraums.

»Hallo, Marie«, sagt er zur Begrüßung. »Warum fristet dieser Blumenstrauß ein Leben in Dunkelheit?«, fragt er, und ich frage mich, ob seine Stimme es bisher schon mal geschafft hat, mir eine Gänsehaut zu verursachen. Er sieht mich mit seinen schönen braunen Augen an und zieht eine Augenbraue hoch, woraufhin ich mich knallhart zusammenreißen muss. Sonst könnte es sein, dass ich mich ihm kommentarlos an den Hals werfe.

»Weil er stinkt«, sage ich fest und stelle mich neben ihn. Die weißen Lilien leuchten im schummrigen Licht mit den lachsfarbenen Rosen um die Wette.

»Aber er sieht gut aus«, sagt Matze, und ich habe das Gefühl, dass er ein paar Millimeter näher gerückt ist. Was ungünstig ist. Weil ich mich ja gerade so fürchterlich zusammenreiße.

»Mehr Schein als Sein«, sage ich. »Schönheit ist bei Weitem nicht alles.« Ich sehe Matze an. Er steht im Profil zu mir, weil er ja immer noch den Blumenstrauß bestaunt. Seine Gesichtszüge sind ziemlich markant, und das sieht sehr gut aus. Ich räuspere mich und trete einen kleinen Schritt zur Seite. Offenbar werde ich hier gerade das hilflose Opfer meiner hysterischen Hormone. Und dann dreht Matze ganz leicht den Kopf und sieht mich an. Ich glaube, mein Gesicht glüht mittlerweile in einer klassischen Signalfarbe, und abrupt drehe ich mich weg.

Ich bin verliebt. Schluss. Punkt. Basta.

Und wäre ich auch ein klein wenig mutiger, könnte ich Matze ein eindeutiges Zeichen geben. Ich bin aber nicht mutig. Ich bin hasenherziger als Charlston. Ich traue mich einfach nicht.

»Willst du einen Kaffee?«, frage ich, um meine Feigheit zu überspielen und irgendwie aus dieser Situation hier rauszukommen.

»Äh. Klar«, murmelt er und folgt mir.

Die profane Tätigkeit des Kaffeekochens lässt mein Gesicht abkühlen und beruhigt meinen Herzschlag, und als wir endlich auf dem Sofa sitzen, jeder mit einer Tasse in der Hand, fühle ich mich einer normalen, platonischen Kommunikation durchaus wieder gewachsen.

Also erzähle ich Matze von Herrn Adelts Besuch und der schlechten Nachricht, die er mitgebracht hat.

»Auweia«, ist sein einziger Kommentar, und dann machen wir uns gemeinsam an die Ausarbeitung möglicher Pläne, um das drohende Unheil für unseren vierbeinigen Mitbewohner abzuwenden.

Matze klingt dabei so praktisch und unemotional, und plötzlich bin ich mir ganz sicher, dass er einfach nicht auf mich steht. So im klassischen Sinne. Er mag mich, klar. Ungefähr so, wie man Erdbeereis mit Sahne mag. Oder wie man einen Strand in der Abendsonne mag. Es ist auch wirklich nicht schlecht, das Erdbeereis oder der Strand zu sein, aber ich wäre gerne mehr. Ich möchte, dass Matze ebenso verliebt in mich ist wie ich in ihn. Aber das scheint er nicht zu sein. Sonst würde er ja irgendwie in irgendeiner Art und Weise erkennbares Interesse bekunden. Optisch, verbal, mir wäre da eigentlich alles recht. So aber wird das nichts.

Diese Erkenntnis schmerzt mich, aber ich lasse mir nichts anmerken. Stattdessen bin ich mindestens genauso cool und lässig wie er und glühe zum Glück auch nicht mehr wie die Spitze einer Zigarette.

Irgendwann kommt auch Damian wieder nach Hause. Hochgradig schlecht gelaunt. Er poltert durch die Wohnung. Und irgendwann auch zu uns in die Küche.

»Wieso stehen die ollen Blumen jetzt im Abstellraum?«, ranzt er mich an.

»Wieso nicht?«, frage ich zurück.

»Hmpf«, raunzt Damian und poltert weiter zum Kühlschrank. Vermutlich, um sich an unseren schwindenden Gin-Vorräten zu bedienen.

»Ob er mich gesehen hat?«, fragt Matze leise, und ich zucke mit den Schultern.

»Klar habe ich dich gesehen. Hallo, Matze!«, knurrt Damian aus den Tiefen des Kühlschranks hervor.

»Schlecht drauf?«, fragt Matze.

»Nein. Nie. Ich bin voller positiver Lebensenergie und strotze vor Kraft.« Damian ist fündig geworden und hat eine Flasche Gin in der Hand. Die ist voll, jemand muss die Vorräte aufgefüllt haben. Vermutlich Damian. Von uns käme keiner auf diesen verwegenen Gedanken.

Matze und ich beobachten Damian, der jetzt am Küchentresen lehnt und ein wenig verstört aussieht. Offenbar hat er sich die Haare gerauft. Und seine Krawatte verloren. Und aus unerfindlichen Gründen hat er einen Kugelschreiberstrich auf der Stirn.

»Meine Reise in die Schweiz war prima. Aber dein Termin scheint nicht so angenehm gewesen zu sein, was?«, fragt Matze vorsichtig, und Damian schnauft.

»Drei Wochen Arbeit mit einer Handbewegung abgetan. Und weißt du was? Die Kunden werden es trotzdem machen. Nur halt mit einer anderen Agentur. Einer Agentur, die ihren Mitarbeitern einfach gar nichts bezahlt, weil sie es für eine Ehre halten, bei ihnen arbeiten zu dürfen. Die können das Ganze dann einfach extrem günstig anbieten. Und das Konzept klauen sie uns. So ist das immer. Und ich bin der Depp. Laut meinem Chef. Lag ja schließlich alles nur an meiner Präsentation.«

Matze und ich sind ergriffen von diesem bisher ausführlichsten Bericht über Damians geheimnisvollen Job. Ich habe nämlich wirklich keine Ahnung, was er da genau macht. Ich weiß aber, wie viel er für diesen Auftrag gearbeitet hat. Und für all die anderen. Ich habe seine Präsentation gesehen, als er mal abends in der Küche gearbeitet hat. Da habe ich mich mit einem Tee zu ihm auf das Küchensofa gesetzt, und seitdem halte ich alles, war er tut, für genial. Tolle Farben, tolle Slogans, tolle Nutzeroberfläche. Dagegen wirkt mein Blog wie ein blasser Nacktlurch.

»Faktisch betrachtet bin ich genauso ein Hochleistungspraktikant wie alle anderen zwanzig Mitarbeiter in dieser Agentur. Ich habe nur einen schmissigeren Titel. Gute Nacht.« Mit diesen Worten verschwindet er mit der kompletten Flasche Gin in der Hand in sein Zimmer.

»Kann man schon ins Bett gehen?«, frage ich irritiert und gucke auf die Uhr. Es ist halb neun.

»Jep«, sagt Matze und erhebt sich, wünscht mir ebenfalls eine gute Nacht und verschwindet.

»Wildes Großstadtleben hier. Nichts als Party und hemmungsloser Sex auf dem Küchensofa«, sage ich zu dem kleinen Hund, der just in dem Moment um die Ecke guckt und mit dem linken Ohr wackelt.

Am nächsten Morgen steht Ella in Ringelsöckchen und Blumennachthemd vor dem Abstellraum und starrt hinein. Ich schlendere gerade mit meinem zweiten Kaffee um die Ecke und bleibe erschrocken stehen.

»Du bist schon auf?«

Sie zuckt die Achseln. »Konnte nicht mehr schlafen.«

»Wie blöd.« Ich stelle mich neben sie und reiche ihr meinen Kaffee. Ich teile gerne.

»Was mache ich jetzt?«, fragt Ella und sieht mich flehentlich an.

»Wie? Mit den Blumen?«, frage ich verdutzt.

»Nein. Mit dem Blumenlieferanten.« Sie verdreht kurz die Augen ob meiner frühmorgendlichen Begriffsstutzigkeit.

»Essen gehen?«, frage ich weiter.

»Marie. Der ist nett. Und der mag mich.« Aus ihr spricht echte Verzweiflung. Ganz im Ernst: Mein Intellekt reicht nicht aus, um hier den Kern des Problems zu erfassen. »Ich würde doch jetzt sagen, dass das schon mal eine positive Ausgangsposition ist«, antworte ich deswegen langsam.

»Nee«, sagt sie fest. »Der meint das ernst. Und jetzt sag nicht, dass das ja das ist, was ich wollte. Das stimmt zwar, aber wenn es dann so ist, macht mir das Angst.«

»Ah«, sage ich, weil mir wirklich nichts Besseres einfällt. Der Tag ist noch jung und schon jetzt sehr sonderbar. Ich hoffe mal auf eine positive Entwicklung der verbleibenden fünfzehn Stunden.

»Ich bin ein bisschen gestört«, sagt Ella, seufzt und gibt mir meinen Kaffee zurück.

»Wär ich jetzt gar nicht draufgekommen«, sage ich und muss grinsen. Gut. Mein Unverständnis liegt also nicht an mangelndem Intellekt meinerseits.

»Ich bin es einfach nicht gewohnt, dass jemand echtes Interesse an mir hat. Mein Therapeut sagt, dass ich mir deshalb auch immer den gleichen Typ Mann aussuche. Einen, der sich verlässlich so verhält, wie ich es erwarte. Unverbindlich und ungefährlich für meinen Schutzpanzer.«

»Wieso ist das so?«, frage ich und erstaune mich damit selbst. Jetzt habe ich es tatsächlich geschafft, einfach nachzufragen. Ella sieht auch ganz erstaunt aus, schließlich ist sie von mir eher nordische Zurückhaltung gewohnt.

»Du meinst, warum ich … so komisch bin?«, hakt sie nach, und ich nicke.

»Naja, weißt du, ich hatte keine besonders schöne Kindheit. Meine Eltern haben beide viel getrunken und mich ziemlich vernachlässigt. Sie haben mich nie geschlagen oder solche Dinge, aber ich war halt immer allein und auf mich selbst angewiesen. Deswegen bin ich auch mit sechzehn ausgezogen und habe mein Leben allein in die Hand genommen. Von meinen Eltern war nicht viel zu erwarten. Ist es bis heute nicht. Aber irgendwie hat mich das geprägt und sehr vorsichtig gemacht. Ständig habe ich Angst, zu viele Gefühle zu investieren und dann verletzt zu werden.«

»Ella«, sage ich und lege meiner Freundin einen Arm um die Schulter, während wir weiter den Blumenstrauß anstarren. »Es wäre doch sinnvoll, dann jetzt mal was anders zu machen als sonst.«

Kapitel 28

Bloß nicht aufgeben

Ich bin heute im Café im Energiesparmodus unterwegs. Es ist recht wenig los, und Adam macht sich hervorragend im Service, deswegen fülle ich endlich mal alle Zuckerstreuer auf und poliere die Löffel. Gerade trägt er den dritten Espresso macchiato an Tisch sieben, an dem eine Frau mit lila Haaren sitzt. Eigentümlicherweise sind ihre Doc Martens pink und ihr Lippenstift rot, aber wenn das Auge den ersten Schrecken überwunden hat, ist es gar nicht mehr so schlimm. Außerdem flirtet sie mit Adam, der das überhaupt nicht schnallt.

»Die steht auf dich«, erkläre ich Adam schließlich leise, als er das nächste Mal an der Theke vorbeikommt.

»Aber ich steh nicht auf Frauen«, antwortet er ebenso leise und kramt hinter mir im Schrank nach weiteren Servietten.

»Ach!« Ich halte inne und drehe mich zu ihm um.

»Hast du einen Freund?«, frage ich, weil ich wirklich neugierig bin. Leider war das die falsche Frage. Man könnte auch sagen: ein Griff ins Klo. Adams Gesicht verdunkelt sich schlagartig und er dreht sich einfach wortlos von mir weg. Dieser Tag ist nicht gewillt, mein Freund zu werden.

Gegen Nachmittag holt Meike mich mit den Hunden ab, und wir gehen in den Park. Dort treffen wir tatsächlich Mareike und Emely. Seitdem der kleine Hund da ist, ist Charlston nämlich gesellschaftsfähig, und Mareike hat beschlossen, ihn ein wenig zu mögen. Es ist mittlerweile schon richtig warm, und überall blühen die ersten Frühlingsblumen. Emely schläft vorbildlich in ihrem Kinderwagen.

»Es ist jetzt also ganz klar, dass Matze nicht in mich verliebt ist. Ich bin einschlägig vorgebildet und würde ein Verhalten in dieser Richtung erkennen. Aber da ist nichts«, erkläre ich den beiden, nachdem wir Mädels uns auf einer Parkbank niedergelassen haben. Der kleine Hund sorgt für Recht und Ordnung und verbietet Charlston, andere Parkbesucher zu belästigen.

»Und bei dir?«, fragt Meike.

»Ich bin verliebt«, sage ich, bevor ich auch nur den Hauch einer Chance habe, vorher darüber nachzudenken. Mein Gehirn scheint gerade kein Mitspracherecht zu haben. Ungünstig. Ich seufze tief.

»Hm«, machen die beiden unisono, und Meike setzt ihre Denkermiene auf. Dabei legt sie die Stirn in Falten und tippt sich mit dem linken Zeigefinger beständig gegen die Nase. Das macht sie immer, wenn sie sich der innerlichen Analyse eines komplexen Problems annimmt.

»Vielleicht sendet er keine klaren Zeichen, weil er von akuter Schüchternheit geplagt ist?«, fragt sie schließlich, als der Denkprozess abgeschlossen ist.

»Oder vielleicht war unser Sex einfach nur ein Versehen«, sage ich düster, wobei mir beim Gedanken daran, dass ich ein Versehen gewesen sein könnte, ganz schlecht wird.

»Es wäre sehr schade, wenn da nichts mehr passieren würde«, sagt Mareike und kramt eine Tafel Schokolade aus ihrer großen kombinierten Wickel- und Handtasche. Dankbar breche ich mir ein großes Stück ab, um es umgehend zu vertilgen. »Schade« wäre nicht unbedingt der Begriff, den ich gewählt hätte. »Beschissen« trifft es eher.

»Er ist so nett«, fügt Meike total überflüssig hinzu. »Und er sieht halt wirklich gut aus. Nicht so wie Damian, aber auch gut.«

»Du bist wirklich eine oberflächliche Kuh«, grunze ich mit vollem Mund.

»Und unkompliziert«, sagt sie noch, als hätte sie mich nicht gehört. »Die Welt braucht unkomplizierte Männer.«

Mareike zwinkert mir zu.

»Mensch, Marie«, sagt Meike, nun ebenfalls den Mund voller Schokolade. »Ich bin mir total sicher, dass Matze ebenfalls verliebt ist. Der kann das nur nicht so zeigen. Der hat da ein Defizit. Du darfst jetzt nicht aufgeben. Ist es denn so unvorstellbar, dass er einfach nur schüchtern ist? Ein bisschen krankhaft schüchtern, das gebe ich ja zu. Anders kann man sich sein Verhalten einfach nicht erklären«, erklärt Meike inbrünstig und nimmt mir den letzten kleinen verbliebenen Schokoladenrest aus der Hand.

Der kleine Hund bringt Charlston auf dem Rückweg noch schnell bei, dass er keinesfalls vor ihm zu gehen hat, und die Mädels und ich verabschieden uns. Im Hausflur treffe ich Frau Müller. Heute mit Lockenwicklern im Haar. Sie freut sich sehr, uns zu sehen, und knuddelt den kleinen Hund ausgiebig.

»Wollen Sie ihm nicht endlich einen Namen geben?«, fragt sich mich aus der Hocke heraus. Ich zucke die Achseln. »Mir ist noch nichts Griffiges eingefallen.«

Kaum bin ich zu Hause und habe meine Schuhe ausgezogen, klingelt es an der Tür. Der kleine Hund wirft mir einen entnervten Blick zu und geht in die Küche, während ich die Tür wieder öffne. Davor steht der Blumenstrauß-Mann, wieder im Zustand der totalen Nervosität. Aber diesmal hat er nur eine einzelne Rose in der Hand. Und einen Briefumschlag.

»Hallo«, sagt er höflich, und ich beäuge die Rose. Ob die auch so stinkt oder einfach nur gut aussieht?

»Ella dürfte schon bei der Arbeit sein«, sage ich, und er nickt.

»Aber da will ich die Sachen nicht vorbeibringen. Wir befinden uns in der klassischen Phase des aktiven Umwerbens. Direkter Kontakt ist in dieser Phase nicht vorgesehen.«

Ich glaube, er hat einen an der Waffel. Womit er gut zu uns passen würde. Vielleicht sollte ich ihn hereinbitten und ihm die Abstellkammer vermieten?

»Das war nur ein Spaß«, sagt er im nächsten Moment zu meiner Erleichterung. »Mein Name ist Michael Bense.« Er reicht mir seine freie Hand, die ich artig schüttle.

»Marie Lewald.«

»Ich arbeite als Sachbearbeiter bei einer Krankenkasse. Ich habe keine psychische Störung, sondern bin einfach nur sehr verliebt in Ella. Und da Ella so viele Dates hat, muss ich mich von der Masse abheben und es total anders machen. Verstehst du?«

Ich nicke. Das ist ja irgendwie ganz cool und durchaus nachvollziehbar.

»Das hier sind Karten für die Oper. Ich würde Ella nächsten Donnerstag gegen sechs abholen. Sie könnte vielleicht ihre Schicht tauschen, das macht sie ja manchmal, und sie hat mir erzählt, dass sie gerne mal in die Oper gehen möchte.« Michael zupft jetzt mit seiner freien Hand ein paar imaginäre Fussel von seinem tadellos sitzenden Cordjackett.

»Du bist also verliebt in Ella«, stelle ich fest, und Michael strahlt plötzlich über das ganze Gesicht, was ihn noch sympathischer macht.

»Ella ist so besonders, so anders. Leider auch ganz schön ängstlich. Vielleicht lässt sie sich durch Beharrlichkeit und die Demonstration meiner guten Absichten zu einem weiteren Date verleiten. Das wäre wirklich großartig. Sie glaubt mir nämlich nicht, dass ich es ernst meine. Tue ich aber. Gibst du ihr die Sachen?«

»War es Liebe auf den ersten Blick?«, frage ich weiter. Meine Neugierde ist unanständig, und ich bin von mir selbst überrascht, aber ich bin ja sozusagen selbst mittendrin im Thema.

Er schüttelt den Kopf. »Wir haben uns schon ein paarmal gesehen. Über eine gemeinsame Freundin. Kennen tun wir uns deswegen eigentlich sogar schon recht lange. Ich habe nur so lange gebraucht, sie um ein echtes Date zu bitten.«

Ich nehme Rose und Umschlag entgegen und verspreche, alles in ihr Zimmer zu legen.

Kaum habe ich die Wohnungstür geschlossen, wird der sonderbare Tag noch sonderbarer. Dabei war mir gar nicht klar, dass eine Steigerung überhaupt noch möglich ist. Matze steht plötzlich im Flur. Wie aus dem Erdboden gewachsen. Und guckt mich *nicht* an.

»Ich habe gekocht«, sagt er zur Flurwand. »Milchreis.«

»Ich liebe Milchreis!«, sage ich voller Inbrunst, und plötzlich lächelt Matze mich an, dass mir ganz warm ums Herz wird.

Kapitel 29

Zusammenbrüche

Wir essen sehr lange Milchreis mit Kirschen. Meine absolute Leib- und Magenspeise. Matze hat sogar etwas Eischnee unter den Reis gehoben, was das Ganze unglaublich fluffig macht. Auch das hat er sicherlich von seiner hochtalentierten Mutter gelernt. Während des Essens versuche ich sein Verhalten zu analysieren. Er benimmt sich nicht gerade wie ein paarungswilliger Großstädter zur Brunftzeit. Er ist nett, freundlich und durchaus charmant, scheint aber keine weiteren Absichten in Richtung sportliche Betätigung auf dem Sofa zu haben. Um ihn direkt zu fragen, bin ich natürlich zu feige. Bevor ich eine Antwort bekomme, die ich nicht hören möchte, begnüge ich mich lieber mit dem wunderbaren Essen und einem netten Abend.

Am nächsten Mittag treffe ich Ella in der Küche. Sie hockt auf der Küchentheke und lässt die Ringelsöckchen baumeln (sie scheint einen schier unerschöpflichen Vorrat davon zu haben).

»Ich gehe in die Oper«, sagt sie statt einer Begrüßung.

»Ich weiß«, antworte ich. »Finde ich gut.«

»Ich bin schon ein mutiges Mädchen«, seufzt sie.

»Ich finde Michael sehr nett.«

Sie seufzt noch mehr und nickt. »Ich auch.«

Und dann gehen wir unserer Wege. Ella will shoppen, und

ich muss endlich wieder an meinen Schreibtisch, wo drei ungeschriebene Blogbeiträge auf mich warten.

»Barfen ist …« Weiter komme ich leider nicht. Irgendetwas in der Wohnung hat gerumpelt. Ich klappe meinen Laptop zu und stehe auf. Es rumpelt wieder. Wobei das Rumpeln jetzt eher nach einem Klirren klingt. So, als ob jemand in unserer Küche mit Geschirr schmeißt. Der kleine Hund sucht sicherheitshalber schon mal seinen persönlichen Panic Room in meinem Kleiderschrank auf. Ich hingegen lasse alles stehen und liegen und renne durch den Flur in die Küche. Auf den ersten Blick entdecke ich nichts. Auf den zweiten sehe ich Damian, der vor dem Kühlschrank auf dem Fußboden hockt.

»Was ist passiert?«, frage ich, knie mich vor ihn und berühre ihn sanft an der Schulter. Er ist betrunken. So viel steht mal fest. Es ist vier Uhr nachmittags. Erschrocken über diese Tatsache ziehe ich meine Hand wieder zurück. Er blickt zu mir auf, und ich sehe, dass er leichenblass im Gesicht ist. Abgesehen davon stinkt er nach Alkohol, als ob er in Gin gebadet hätte. Erst jetzt entdecke ich die vielen Scherben um ihn herum auf dem Boden.

»Mist. Bleib da sitzen«, sage ich und renne zur Heizung, neben der wir den Besen und das Kehrblech aufbewahren. Zum Glück habe ich Schuhe an, sonst wäre ich mitten in die Scherben gelaufen. Damian macht Anstalten sich aufzurappeln, und ich sage lauter: »Damian! Sitzen bleiben!« Verwirrt sieht er mich an. Seine schönen blauen Augen sind ganz trüb.

Ich fege eilig um ihn herum die Scherben zusammen und verstehe jetzt, dass er versucht haben muss, sich an dem kleinen Küchenregal festzuhalten, das auf Hüfthöhe an der Wand befestigt ist. War. Jetzt liegt es hinter Damian, und mindestens zwanzig unserer Gläser haben sich auf den alten Fliesen pulverisiert.

»Ich wollte nur was trinken«, nuschelt er, sodass ich mir wirklich Mühe geben muss, ihn zu verstehen.

»Getrunken hast du nun wirklich genug. Was machst du hier?« Er sieht mich groß an.

»Warum bist du nicht auf der Arbeit?«, frage ich weiter.

»Wasser. Wollte ich trinken.«

Ich greife mir eines unserer letzten Gläser, fülle es bis zur Oberkante mit Wasser und gebe es Damian, der sich erst mal die Hälfte über den Anzug kippt. Er zittert, und ich halte seine Hände mit meinen, um ihm zu helfen. Gemeinsam schaffen wir es, ein wenig Wasser in ihn hineinzubekommen.

»Besser?«, frage ich. Damian nickt und sieht für einen kurzen Moment völlig verloren aus. Ich streiche ihm vorsichtig die Haare aus dem Gesicht.

»Was ist denn los?«, frage ich leise, und er blickt auf.

»Kein guter Tag«, murmelt er dann. Wenn ich keinen guten Tag habe, esse ich Schokolade und gucke DVD. Ich trinke nicht vor Sonnenuntergang so viel Gin, dass ich nicht mehr stehen kann.

»Ich bin ein furchtbarer Mensch«, sagt er leise. »Ich vermisse …«

Er nuschelt so sehr, dass ich seine letzten Worte nicht verstehe, also gebe ich erst mal ein unverbindliches »Hmmm« von mir. Damian legt den Kopf auf die angezogenen Knie wie ein kleiner Junge. Der selbstsichere Alleskönner ist weg. Ertränkt im Gin. Er seufzt tief, und ich setze mich neben ihn und streichle ihm sanft die Schulter. Wir sitzen so lange schweigend auf dem Boden herum, bis die Wohnungstür vernehmlich ins Schloss fällt und Matze um die Ecke gewandert kommt.

»Was macht ihr denn da?«, fragt er verwundert, während er schwungvoll seinen Rucksack, der so überhaupt nicht zu seinem dunklen Anzug passt, auf das Küchensofa pfeffert.

Damian antwortet nicht. Ich glaube, er ist eingeschlafen.

»Damian ist stockbesoffen«, sage ich, und Matze ist mit zwei schnellen Schritten bei uns, geht in die Hocke und stubst Damian unsanft in die Seite. Der brummt nur ob dieser groben Behandlung. Matze sieht mich an und hebt eine Augenbraue. »Seit wann hockt er hier?«

»Seit einer halben Stunde. Erst hat er das Regal abgeräumt, und seitdem musste ich zwischendurch dreimal gucken, ob er noch atmet«, fasse ich zusammen.

»Wir sollten ihn ins Bett bringen. Gut, dass ich so früh zu Hause bin. Dabei bin ich eigentlich nur deshalb schon hier, weil ich Frau Müller versprochen habe, ihre Vorhänge aufzuhängen. Menschen in ihrem Alter sollten nicht auf Leitern klettern.« Er hält kurz inne und betrachtet Damian genauer. Dann sieht er mich an. »Menschen in ihrem Alter glauben aber leider auch, dass der Untergang der Welt bevorsteht, wenn ein Fenster länger als acht Stunden ohne Vorhang ist. Wir sollten ihn wirklich irgendwie ins Bett bringen.« Er packt Damian fest an den Armen. »He, Damian! Aufwachen!« Ruckartig hebt unser besoffener Mitbewohner den Kopf und blinzelt Matze irritiert an.

»Du gehst jetzt ins Bett. Sonst können wir nicht an den Kühlschrank.«

Damian sieht das anders. Wenn es nach ihm ginge, würde er wohl gerne einfach noch weiter hier herumsitzen. Deswegen schüttelt er den Kopf. Ob als Verneinung oder um wieder einen halbwegs klaren Kopf zu bekommen, bleibt unklar.

»Doch«, sagt Matze freundlich. »Da ist es jetzt auch viel gemütlicher.«

Damian scheint darüber nachzudenken, bleibt aber stur. Wieder schüttelt er den Kopf.

Es ist nur Matzes nicht unerheblicher Körpergröße geschuldet, dass wir es tatsächlich schaffen, Damian in sein Bett zu bugsieren. Und wenn das nicht schon alles sonderbar genug ist, habe ich das Gefühl, dass Matze mich die ganze Zeit über komisch ansieht. Dabei sollte er lieber mal Damian komisch ansehen.

»Was war denn hier los? War Hulk am Werk?« Ella steht in der Küche und starrt auf das fehlende Regal. Die Scherben der Gläser türmen sich in einem Eimer daneben. Sie ist schon fertig aufgebrezelt, um zur Arbeit zu gehen, und trägt schwindelerregend hohe Stiefel und eine knackenge Jeans. Alles frisch geshoppt.

»Das war Damian«, sage ich, und Ella sieht mich groß an. Sie hat die Augen Rote-Teppich-mäßig geschminkt, womit sie wirklich spektakulär aussieht. Wenn sie zur Arbeit geht, sieht sie wirklich nicht so aus, als ob sie morgens mit Ringelsöckchen an den Füßen aus dem Bett kriechen und rummuffeln würde.

»Wieso reißt Damian Regale von der Wand?«

»Weil er sturzbesoffen versucht hat, sich daran festzuhalten.«

Ella runzelt die Stirn. »Marie. Ich habe echt das Gefühl, dass Damian ein sehr ernsthaftes Alkoholproblem hat«, sagt sie leise. »Und vermutlich nicht nur das …«

Ella geht in die Bar, und ich habe auch noch ein Date. Ein berufliches. Mit Meike und Charlston.

»Ich kann das nicht.« Meike starrt entsetzt in ihre Küchenspüle. Charlston ist weit weniger entsetzt und hockt sabbernd neben ihr. Aufmunternd versucht er durch rhythmisches Anstarren sein Frauchen dazu zu bewegen, endlich den Kuh-Bausatz weiter auszupacken.

»Meike. Wir haben Stunden damit verbracht, genau auszurechnen, was Charlston an Mineralien und Nährstoffen benötigt. Jetzt gib ihm das Zeug«, sage ich, mittlerweile leicht genervt.

»Das Zeug war mal eine Kuh«, sagt sie kläglich und starrt auf die blutige Masse in der Spüle.

»Dein Burger war auch mal eine Kuh«, werfe ich ein.

»Das ist dann aber nicht mehr zu erkennen. Aber in meiner Spüle liegt ein totes Tier. In Einzelteilen«, stellt sie fest und schüttelt sich.

Ich gebe zu, dass Barfen wirklich nichts für Weicheier ist. Dabei wird nämlich das Futtertier in seine Einzelteile zerlegt und in handlichen Paketen tiefgefroren. Das Dilemma beginnt beim Auftauen. Das ist »Hundefütterung 2.0«. Früher hat man die Frolic-Tüte aufgemacht, und fertig war es. Heutzutage gibt es ganze Seminare zum Thema »Artgerechte Hundefütterung«, und man kann verdammt viel falsch machen.

»Weißt du was, Marie? Barf doch deinen eigenen Hund. Und warum gibt es dafür sogar ein eigenes Wort? Wer hat sich das ausgedacht?«

»Charlston sabbert schon«, werfe ich mit einem Seitenblick auf den leise fiependen Rüden zu ihren Füßen ein. Der kleine Hund verträgt kein rohes Fleisch. Ich habe es ausprobiert und die ganze Nacht mit ihm im Park verbracht.

»Los jetzt. Ich habe meinen Lesern versprochen, über die Ergebnisse des Barfens zu berichten. Das Ergebnis beim kleinen Hund war nicht öffentlichkeitstauglich.«

Mit einem angewiderten Grunzen greift Meike in die Spüle und hebt den blutigen Fleischklumpen in Charlstons Futternapf. Es stinkt gewaltig, was Charlston veranlasst, hektisch hin und her zu springen. Für ihn muss das sehr verheißungsvoll duften. Mit ausgestrecktem Arm knallt Meike den vollen Futternapf vor ihm auf den Boden. Charlston hat mittlerweile begriffen, dass er erst fressen darf, wenn er Ruhe ausstrahlt, deswegen rammt er seinen Hintern auf den Boden und starrt sie regungslos an. Sie nickt, und er stürzt sich auf den Napf. Er schnuppert. Und schnuppert. Und niest. Und dreht sich um und verlässt die Küche.

»Unsere Hunde sind einfach überhaupt nicht so, wie Hunde sein sollten«, seufzt Meike und entsorgt das tote Tier im Mülleimer. Aber in meinem Leben ist ja nie irgendjemand so, wie er sein soll. Insofern passt das schon.

Kapitel 30

Aufgeflogen

Wir haben Damians kompletten Absturz, bei dem er den Großteil unserer Gläser mitgerissen hat, nicht mehr thematisiert. Ich wusste einfach nicht, wie, und Damian hat so getan, als ob nichts wäre. Das kann er extrem gut. Matze hingegen hat wenigstens drei Anläufe gestartet, aber recht schnell begriffen, dass Damian über dieses Thema nicht sprechen wird. Ella ignoriert Damian seitdem, will aber jedes Mal, wenn wir allein sind, über Alkoholismus und seine Folgen sprechen. Außerdem googelt sie ständig die Anonymen Alkoholiker. Ich hoffe irgendwie, dass dieser Absturz nur ein übler Ausrutscher war. Damian trinkt im Moment einfach wirklich sehr viel.

Wenn ich nicht weiterweiß, frage ich Rolf.

»Was kann man denn da machen?«, raune ich ihm zu, nachdem ich die ganze Situation ungeschönt und in Farbe geschildert habe. Rolf, der gerade einen formvollendeten Latte macchiato zubereitet, schüttelt energisch den Kopf und bedeutet mir, die Klappe zu halten. Ich warte also, während er nachdenkt, und serviere derweil noch fünf Cola und einen Apfelkuchen. Von Adam gebacken. Ein kulinarischer Hit.

Als ich wieder an die Theke zurückkehre, ist der Latte fertig, und Rolf hat zu Ende gedacht.

»Nichts«, sagt er nüchtern. Was ich jetzt für eine recht magere Ausbeute halte, gemessen an der Länge der Denkzeit.

»Aber wir können doch nicht einfach zusehen, wie er sich ins Koma trinkt«, sage ich entsetzt.

»Ich glaube, euer Damian lebt ein Leben, das ihm nicht passt. Aber er muss etwas ändern wollen. Oder komplett zusammenbrechen und dann zwangsläufig etwas ändern müssen.«

Ich stehe mit dem Latte in der Hand da und sehe Rolf an. Das ist ja nun keine wirkliche Option.

»Thematisiere es. Sag ihm, dass du glaubst, er sei alkoholkrank. Und biete deine Hilfe an. Wie auch immer. Mach ihm einen Termin bei den Anonymen Alkoholikern. Aber sei darauf gefasst, dass er sauer reagieren könnte. Das erscheint dir wenig, aber es ist viel«, fährt Rolf fort.

»Du sprichst aus Erfahrung«, sage ich leise, und er nickt mit einem schiefen Grinsen.

»Das haben wir alles schon gemacht. Er will nicht darüber sprechen und tut so, als ob nichts wäre. Ella hat die Anonymen Alkoholiker schon ausgiebig gegoogelt. Vielleicht sollten wir ihm die Adresse und den Termin des nächsten Treffens aufschreiben und aufs Kopfkissen legen.«

Aus dem Augenwinkel sehe ich drei neue Gäste, die erwartungsfroh in meine Richtung blicken. Rolf stört das nicht. Er winkt ihnen fröhlich zu und fragt mich: »Und sonst? Wie sieht es sonst so in deinem Leben aus, Marie?«

Ich zucke die Achseln. »Matze steht nicht auf mich, dabei hast du behauptet, er würde mit mir flirten. Er mag mich so wie andere Leute Erdbeereis. Und ich habe etwas ausgesprochen Bekloppptes vor. Um unsere Haustiere zu retten. Oder besser deren Zuhause. Ich muss verrückt geworden sein.«

Rolf sieht mich an, zieht elegant eine Augenbraue in die Höhe und sagt: »Ja. Der Gedanke hat mich auch schon ereilt. Und jetzt lauf zu unseren Kunden und bring ihnen Essen und

Trinken, auf dass sie uns treu und ergeben für die nächsten hundert Jahre ein sicheres Einkommen bescheren!«

Ich tue, wie mir geheißen, und kümmere mich um das leibliche Wohl unserer Gäste.

Als ich nach Hause komme, steht Herr Adelt im Flur und ringt die Hände.

»Wir sind aufgeflogen!« Er atmet schwer und sieht mich panisch an. Alles an ihm ist in Unordnung. Das Hemd hängt aus der Hose, die Haare stehen in wilden Büscheln ab, und ich glaube, er hat ein Reiskorn an der Wange kleben.

»Ganz ruhig«, sage ich beschwichtigend und hebe die Hände. »Atmen Sie.«

Er nimmt gehorsam ein paar tiefe Atemzüge. Auch Frau Müller kommt auf den Flur geschossen. Offenbar hat sie Herrn Adelts panische Stimme vernommen.

»Was ist denn hier los?«, fragt sie und wischt Herrn Adelt kompetent das Reiskorn von der Wange, der das noch nicht einmal mitbekommt, sondern seinen Bericht fortsetzt: »Magdalena ist aus der Wohnung geschlüpft und durch den Hausflur gestreift. Dabei hat sie die Hausmeisterin getroffen.«

»Ach du grüne Neune!«, sage ich.

»Scheiße!«, sagt Frau Müller, woraufhin Herr Adelt und ich sie erschüttert ansehen. Sie zuckt hilflos die Achseln. »Man muss die Dinge beim Namen nennen. Für alles andere bin ich zu alt.«

»Jetzt bekommen wir alle eine Abmahnung und müssen umziehen. Oder unsere Tiere abgeben.« Herr Adelt steht leicht gebeugt vor uns und starrt auf den Boden. »Und das alles wegen mir! Ich habe nicht aufgepasst!«

»Kaffee?«, fragt Frau Müller völlig unvermittelt und tätschelt dabei Herrn Adelt die gramgebeugte Schulter.

Kaffee scheint aber tatsächlich das Mittel der Wahl zu sein, denn jetzt müssen wir ernsthaft und zügig einen Notfallplan erarbeiten. Wie gut, dass ich da schon etwas vorbereitet habe. Wie in den vergangenen Tagen bekomme ich schon weiche Knie, wenn ich nur daran denke. Aber es hilft nichts, wir müssen etwas unternehmen.

Wir klingeln noch schnell bei den Wellensittichen, den Chinchillas und den anderen Katzen und treffen uns dann allesamt in der guten Stube von Frau Müller. Wir wollen die Lage besprechen. Also, ich will das. Und Frau Müller. Alle anderen ergehen sich erstmal ausgiebig in diversen Weltuntergangsszenarien. Hohe Mietpreise, kaum freie Wohnungen, alles kompliziert und schwierig, unser Leben ist quasi vorbei und wir landen samt Viehzeug unter einer Brücke. Das vielleicht sogar gemeinsam, womit wir zumindest nicht allein wären. Irgendwann gebe ich es auf, meine besorgten Mitmieter irgendwie zu beruhigen, und beschaffe mir stattdessen Stift und Papier. Dann beginne ich zu schreiben. Nun haben wir ja eh nichts mehr zu verlieren. Da kann ich meinen ursprünglichen Plan auch gleich in die Tat umsetzen.

Ich notiere fein säuberlich die Namen aller Mieter, die Wohnungen, in denen sie wohnen, und ihre Haustiere mit Gattung und Namen. Dann füge ich ausreichend viele Unterschriftenzeilen hinter diese Daten ein und lege das fertige Schriftstück auf den Tisch.

»Folgender Plan«, unterbreche ich die besorgten Versammelten. »Jeder unterschreibt bei jedem, dass er mit der nachbarschaftlichen Tierhaltung einverstanden ist und von jeglichem Recht auf Klage bei Belästigung absieht. Des Weiteren versichern wir, dass unsere Tiere das Haus und die Wohnung in keiner Weise beschädigen oder verschmutzen. Und wir erklären, dass die Haltung von Tieren gesund ist. Und normal. Und wir weder ausziehen noch unsere Tiere abschaffen möchten. Das lassen wir dann noch von allen anderen, die gerade nicht hier sind, gegenzeichnen, und dann gehe ich damit zu unserem Vermieter.«

Für einen Moment herrscht ergriffenes Schweigen. Alle Blicke ruhen auf mir. Es fehlen noch die Fanfaren und das Konfetti, stattdessen greifen alle zum Kugelschreiber und unterschreiben. Herr Adelt nimmt das hoffentlich weltverändernde Schriftstück an sich, um es auch von den anderen Hausbewohnern unterschreiben zu lassen, und zwei Stunden später mache ich mich auf den Weg zu unserem Vermieter.

Ich stehe hochgradig nervös im muffigen Flur eines uralten, wunderschönen Hauses, auf einem Teppich, der bestimmt schon hier lag, als das erste Automobil erfunden wurde. Die Sekretärin ist auch gefühlte Hundert, aber sehr nett, und sie hat mir einen Kaffee gebracht. Echten Filterkaffee aus einer antiken Tasse mit Blümchen drauf, die mich an Ellas Socken erinnern. Leider gibt es nur einen ziemlich antik aussehenden Holzstuhl, auf den ich mich keinesfalls setzen möchte. In Museen steht an solchen Möbeln immer der Hinweis »Bitte nicht berühren«. Also bleibe ich lieber mit der Tasse in der Hand stehen.

»Herr Hartmann hat jetzt Zeit für Sie«, flötet die Dame in Rock und Bluse und mit einer Lesebrille auf der Nasenspitze, die eine Originalrequisite aus den Fünfzigern zu sein scheint.

Herr Hartmann passt alterstechnisch ausgesprochen gut in sein Büro und ist ziemlich Respekt einflößend. Er begrüßt mich aber durchaus herzlich und mit diversen mir unbekannten altertümlichen Ritualen, die bestimmt allesamt im Knigge stehen, und die damit enden, dass er mich zu einem Besucherstuhl vor seinem Schreibtisch geleitet.

»Danke, dass Sie Zeit für mich haben«, sage ich und nippe verlegen an meinem Kaffee. Ich weiß gar nicht, wie ich anfangen soll. Jetzt, wo ich tatsächlich hier sitze, geht mir der Hintern ausgesprochen heftig auf Grundeis.

»Für meine Mieter habe ich doch immer Zeit.« Er lächelt mich an, und sein Gesicht legt sich in Abermillionen Falten. Er meint das sehr ernst, und das gibt mir Mut.

»Wir leben sehr gerne in Ihrem schönen Haus und sind sehr froh über die neue Briefkastenanlage, die Sie haben einbauen lassen.« Probieren wir es doch mit einem freundlichen Vorgeplänkel. Die Hausmeisterin scheint zumindest noch nicht hier gewesen zu sein. Er weiß noch nichts von unserem Zoo in seinem schönen Haus.

»Herr Hartmann. Haustiere haben einen ausgesprochen positiven Effekt auf Menschen. Sie zu streicheln senkt den Blutdruck, stärkt das Immunsystem und macht manchmal einfach nur glücklich.« Ich bin dann mal von der Klippe gesprungen. Mein Vermieter hat das ebenfalls bemerkt, denn sein Gesichtsausdruck verschließt sich.

»Ich bin Fachfrau für diese Themen, denn ich führe sehr erfolgreich einen Haustierblog. Das ist ein Magazin im Internet. Und ich habe viele Leserinnen und Leser, die meine Artikel mit großem Interesse verfolgen«, sage ich. Er hat gar keinen Computer auf seinem Schreibtisch stehen. Da liegen nur eine Unterschriftenmappe und ein Taschenrechner.

»Haben Sie ein Haustier?«, frage ich und sehe ihn ernst an.

»Eine Siamkatze«, antwortet er freundlicherweise und nestelt sich nun eine randlose Brille auf die Nase. Er hat den Kurs, auf dem ich mich befinde, natürlich glasklar erkannt und will mich nun wohl besser im Auge behalten.

»Bei uns lebt zum Beispiel Herr Adelt. Er lebt allein. Also, wie Ihnen Ihre Hausmeisterin sicherlich noch heute berichten wird, nicht ganz allein. Bei ihm lebt Magdalena. Womit er nicht allein ist.« Starker Anfang, schwacher Mittelteil. Ich habe vor Nervosität Herzrasen.

»Frau Lewald. Worauf wollen Sie hinaus?«, fragt unser Vermieter ernst und mustert mich jetzt doch ein wenig kritisch durch die Brillengläser hinweg.

»Fast alle im Haus haben Tiere.« Ich bemühe mich, nicht so kleinlaut zu klingen, wie ich mich fühle. »Kleine, die man gar nicht verbieten kann, und etwas größere, wo es natürlich schon schwieriger wird.«

Er atmet tief durch. Ich auch. Das machen wir beide ein paarmal, dann bin ich mutig genug und sage: »Also, Magdalena ist eine Katze.«

»Ich gestatte eigentlich keine Haustiere«, sagt er sofort und zieht die Augenbrauen hoch. Es ist dieses »Eigentlich«, das mir ein wenig Auftrieb gibt.

»Das wissen wir. Und das respektieren wir.« Brachiale Lüge, würde ich mal sagen. Trotzdem fahre ich fort. Nun gibt es kein Zurück mehr. »Und wir haben uns zusammengesetzt und mal etwas vorbereitet.«

Ich reiche ihm die Unterschriftensammlung, und er studiert das Blatt ausgiebig und konzentriert. Dann schweigt er, guckt mich an, liest noch mal und verlegt sich dann auf intensives Anstarren.

»Ich denke darüber nach«, sagt er schließlich, nachdem ich schon dachte, er schmeißt mich raus. Auch das hätte er sicherlich nach altertümlichen Ritualen vollzogen. Als mich seine Worte endlich in Gänze erreichen, schlägt mein Herz ein paarmal hektisch in meiner Brust.

»Wir sind ausgesprochen verantwortungsvolle Tierbesitzer«,

sage ich schnell. »Und ich kann das beurteilen. Ich bin aufgrund meine Tätigkeit Fachfrau für dieses Thema.«

Wieder guckt er mich durchdringend an. »Ich melde mich bei Ihnen.« Und damit ist das Gespräch beendet.

Ich hinterlasse der Sekretärin meine Handynummer, und sie verspricht mir, dass Herr Hartmann sich melden wird. Zeitnah. Was auch immer das in der geheimen Sprache der Geschäftsleute bedeuten mag. Keine zehn Minuten später stehe ich wieder vor dem Haus und kratze mich am Kopf, unschlüssig, ob das jetzt gut oder schlecht war.

Kapitel 31

Kommunikation ist alles

Aber Herr Hartmann hält tatsächlich Wort und meldet sich am nächsten Morgen, was selbst für meine Begriffe zeitnah ist. Mein Herz rast mal wieder, als ich die Nummer auf dem Display meines Handys erkenne.

»Ich habe das Für und Wider intensiv abgewogen und bin zu dem Schluss gekommen, dass ich Ihr Schriftstück akzeptieren werde«, sagt er ohne Umschweife.

»Oh«, sage ich und muss mich spontan auf das Küchensofa setzen.

»Ich habe diesen rigorosen Passus damals, als ich solche Probleme mit einem Hundehalter hatte, in alle Mietverträge aufgenommen, und seitdem hat einfach nie wieder jemand danach gefragt.«

»Krass«, sage ich schwach.

»Wie bitte?«

»Ich meinte: Großartig! Vielen herzlichen Dank!«

»Ich werde Ihr Schriftstück im Wortlaut übernehmen und noch einmal zur Unterschrift an Sie alle schicken. Für meine Akten. Damit es ganz offiziell ist.«

»Prima. Ganz wunderbar.«

»Einen schönen Tag noch, Frau Lewald.«

»Ihnen auch! Alles Gute!«, flöte ich, und das Gespräch ist beendet.

Ich würde mal sagen, wer sich klar ausdrückt, läuft Gefahr, verstanden zu werden. Ich bin erst fassungslos, dass es wirklich so einfach war, dann jauchze ich auf, hüpfe vom Sofa und kreische noch ein wenig herum, bis der kleine Hund gucken kommt, ob ich noch alle Tassen im Schrank habe.

Und dann mache ich mich auf, die frohe Kunde zu meinen Mitmietern zu tragen.

»Einfach so?«, fragt Herr Adelt mich zum hundertsten Mal.

»Einfach so!«, rufe ich und tanze um seinen Couchtisch, während Magdalena auf der Fensterbank hockt und mich verächtlich mustert. »Kommunikation ist ein Zaubermittel!«, rufe ich.

»Wir stehen tief in deiner Schuld!«, sagt Herr Adelt und grinst mich so breit an, wie ich es noch nie bei ihm gesehen habe. Außerdem ist er spontan zum Du übergegangen.

»Quatsch!«, singe ich und tanze weiter zu Frau Meyer. Die öffnet gleich einen Sekt und eilt los, um alle anderen Mitmieter zum Feiern unseres Erfolges zu nötigen. Ich feiere ein wenig mit, lasse mir die Schulter tätscheln, mich hochleben, und wir beschließen noch, eine baldige Innenhofparty zu schmeißen. Dann tanze ich zurück in unsere Wohnung, wo ich Ella treffe, die in Abendkleid, pinkfarbener Stola zu knallrotem Lippenstift und Ringelsöckchen unschlüssig im Flur herumsteht.

»Sieg!«, rufe ich und hüpfe um sie herum. »Das Viehzeug darf bleiben!«

»Großartig!« Sie freut sich spontan mit, und wir hüpfen beide ein wenig herum. Bis der kleine Hund einen strafenden Blick um die Ecke wirft. Sinnfreies Herumhüpfen ist nicht so sein Ding.

»Wir müssen aufpassen«, sagt Ella und blickt dem kleinen Hund, der wieder seinen Schlafplatz unter meinem Schreibtisch ansteuert, argwöhnisch hinterher. »Sonst verbietet er uns bald alles, was Spaß macht. Tief in seinem Hundeherzen ist er ein echter Spießer. Wie sehe ich aus?« Elegant hebt sie die Arme und dreht sich einmal um sich selbst.

»Wunderschön!«, antworte ich ehrlich. »Bis auf die Socken.« Heute Abend geht sie in die Oper. Und obwohl sie mehrmals beteuert hat, dass dieses große Ereignis sie kalt lässt, spüre ich ihre Vorfreude. Deswegen beschließe ich, meine neu gewonnenen Erkenntnisse der direkten Kommunikation direkt anzuwenden: »Hör mal. Du musst den Michael heute Abend mindestens küssen. Zum Ausprobieren. Der scheint nämlich ganz fürchterlich normal zu sein, und das ist gut für dich.«

Sie guckt mich schief an, nickt dann aber. Allerdings mit der Situation unangemessen leidvoller Miene.

»Und wenn ich mich verlieben sollte?«, fragt sie. Leider habe ich darauf keine passende Antwort.

»Wäre das nicht toll?«, frage ich stattdessen zurück.

»Es wäre schrecklich«, sagt sie und zieht eine Augenbraue hoch.

»Wie jetzt genau?«

Ella schließt sinnierend die Augen und faltet die Hände vor ihrem Abendkleid.

»Es ist einfach sicherer, sich mit Arschlöchern zu treffen, nicht wahr?«, frage ich. Mich ereilt nämlich erneut eine Erkenntnis: Arschlöcher sind unverbindlich. Das Erkenntnis-Ding geht hier ja im Minutentakt. Erschreckend.

Sie öffnet die Augen wieder und runzelt die Stirn.

»Eventuell ist das nicht ganz falsch«, sagt sie dann und verzieht das Gesicht. »Ich muss darüber nachdenken.«

»Hör auf, darüber nachzudenken. Geh mit ihm aus. Basta!«, sage ich fest.

»Basta?« Sie sieht mich an und grinst schief. Dann dreht sie sich auf dem Absatz ihrer Ringelsocken um und geht in ihr Zimmer.

Ich würde meine neuen Erkenntnisse auch gerne an Matze ausprobieren, aber der ist nicht da. Dabei bin ich beflügelt durch meinen Erfolg gerade sehr mitteilsam und würde die Gunst der Stunde tatsächlich nutzen, um Matze ganz ehrlich zu sagen, dass ich ihn mag. In Ermangelung seiner Person verfasse ich stattdessen zwei Blogartikel über hündisches Verhalten (das fällt mir jetzt erstaunlich leicht, ich muss ja nur den kleinen Hund anschauen) und die komplizierte Haltung von Landschildkröten (mein Informant zu diesem Thema ist ein Freund von Matze, der hier mal abends mit uns Pizza gemacht und mich mit seinem immensen Wissensschatz zum Thema »Landschildkröten« beeindruckt hat) und befasse mich gerade mit dem Testen eines neuen Hundegeschirrs, das mir der Hersteller zugeschickt hat, als mein Handy klingelt.

»Hilfe!« Rolf ist am Telefon.

»Wie jetzt?«, frage ich bange.

»Melanie und Franziska fallen beide aus! Beide!«, wiederholt er, falls ich ihn nicht richtig verstanden haben sollte, was bei seinem melodramatischen Gesprächsauftakt allerdings nahezu ausgeschlossen ist.

»Oh!«, bekunde ich mein Mitleid.

»Ich habe heute Abend die Vernissage! Von diesem irren Künstler aus Lissabon!«

»Ah!« Mir dämmert, wie sich der weitere Gesprächsverlauf entwickeln könnte.

»Kannst du einspringen?« Bingo!

»Klar«, sage ich. »Wann soll ich denn da sein?«

»Jetzt«, kommt die prompte Antwort. »Und hast du eine weiße Bluse und eine mintgrüne Hose?«

»Wieso? Sag nicht, dass das heute Abend Arbeitskleidung ist?«

»Wohl. Der Künstler ist etwas seltsam und verlangt eine Kellneruniform. Unsere Schürzen passen farblich nicht in sein Konzept. Kommst du gleich?«

»Ich gehe noch schnell mit Herrn Hund und komme dann.« Ich lege auf und springe in meine Klamotten. Also die hunderundentauglichen, nicht die mintgrünen. Dann stürme ich mit dem etwas verdutzt aus dem Fell schauenden kleinen Hund in den Park, der allerdings partout noch kein wichtiges Geschäft erledigen möchte. Es ist ihm zu früh. Er ist da immer sehr genau. Kein großes Geschäft vor achtzehn Uhr.

»Mach hin, Hund«, raune ich ihm zu, doch er schnüffelt nur ausgiebig an einem Mülleimer.

Nach zehn Minuten gebe ich ihn bei Frau Müller ab, die sogleich in Windeseile ihre Schutzkleidung anlegt und freudestrahlend eine Komplettbetreuung de luxe für die gesamte Nacht zusagt. Ein Hoch auf meine wunderbare Nachbarin!

Ich schlüpfe in die gewünschte Arbeitskleidung (ich stehe ja auf mintgrüne Hosen, wie allerdings meine Kollegen das Problem lösen werden, ist mir schleierhaft. Mintgrüne Hosen gehören nicht zu den Basics eines jeden Kleiderschranks) und renne zum Café. Mit der Abkürzung durch den Park brauche ich im schnellen Eilschritt niemals länger als zehn Minuten, heute sogar noch weniger. Offenbar beflügelt mich mein Erfolg.

Ich laufe direkt über den Innenhof, weil der Haupteingang vom Café wegen der Veranstaltung heute Abend noch geschlossen ist.

»Hallo! Ich bin da!« Im Café stehen alle meine Kollegen und

Rolf herum. Keinem von ihnen steht Mintgrün. Und sie sind alle genervt. Was an dem komplett mintgrün gekleideten Mann liegen könnte, der sonderbare Laute von sich gibt und hysterisch herumspringt.

Rolf wirft mir einen Blick zu, der vermutlich auch tödlich sein könnte. Ich will es nicht drauf ankommen lassen und ziehe mich stattdessen in die Küche zurück, wo Lizzy die Häppchen für die Gäste vorbereitet.

»Was ist denn da los?«, frage ich sie und hocke mich auf den Küchentresen. Helfen kann ich nicht. Hilfe erträgt Lizzy nur von Adam.

»Der Typ in Mintgrün hat einen an der Waffel. Angeblich hat er ja schon ganz großartige Ausstellungen gehabt und ist ein anerkannter Künstler. Wenn du mich fragst, hat er anerkannt einen Schuss in der Birne.«

Sie bastelt Lachs auf kleine Brote und garniert das Ganze mit Schnittlauch. Ich frage mich insgeheim, ob sie dabei irgendeine Art von Kleber benutzt. Bei mir würde alles auseinanderfallen. Bei ihr sieht es aber richtig gut aus. »Außerdem: Wie wichtig kann er sein, wenn er hier ausstellt, hä?«

Ich zucke die Achseln, mopse mir eine Lachsschnitte und nehme mir fest vor, Matze nachher ein paar von diesen wohlschmeckenden Köstlichkeiten einzupacken. Er liebt Lachs in allen Variationen.

Adam kommt um die Ecke. Er greift sich ebenfalls ein Schnittchen und hockt sich neben mich. Lizzy mustert uns strafend und zieht dann die Platte mit den Schnitten aus unserer Reichweite, damit wir nahrungslos auf diesen sonderbaren Abend warten müssen. Irgendwann streckt Rolf den Kopf in die Küche.

»Ihr müsst jetzt kommen.« Offenbar befürchtet er das Schlimmste.

Kapitel 32

Drei Männer für Marie

Der Künstler heißt Holger Kabelski und kommt gar nicht aus Lissabon, sondern aus Neukölln. International soll er sehr anerkannt sein, nur die Berliner haben offenbar noch nicht begriffen, was für ein Ausnahmekünstler er ist. Aber Berliner sind ja sowieso komisch. Zumindest drückt er sich so aus, als endlich alle Gäste da sind und er seine Bilder enthüllt, die alle mit Bettlaken verhangen waren. Ich hatte verstörende Kunst in schrillen Farben erwartet. Aber Holgers Bilder sind sehr hübsch. Mit Katzen und Hunden drauf, und alles ist mintgrün. Verstörend ist nur der Künstler, der ständig hin und her springt und die Leute über den Haufen hüpft.

»Hyperaktiv«, attestiert Adam, zum dritten Mal künstlerisch angerempelt. Ich habe sogar schon zweimal fast die Lachsschnittchen fallen lassen, weil der Herr in Mintgrün mich an der Schulter erwischt hat. Das Café ist rappelvoll, und die Menschen finden die Hunde und Katzen ganz zauberhaft.

Der Künstler ist ein wenig pikiert, weil es wohl hinter den süßen Tierbildern eine tiefe, künstlerische Aussage gibt, die keiner der Anwesenden versteht, aber ich finde es schlussendlich egal, warum die Bilder den Leuten gefallen. Allerdings ist das der Grund, warum der Künstler um zehn leicht indigniert ins Bett geht, während seine Gäste bis fast halb zwei weiterfeiern und Schnittchen essen.

Lizzy ist allerdings direkt nach Fertigstellung der Schnittchen verschwunden. Sie steht überhaupt nicht auf Kunst. Und zwei Aushilfen sind auch schon gegangen, weil sie am nächsten Morgen ihre Kinder in die Schule schicken müssen. Rolf schläft irgendwann hinter dem Tresen ein, woraufhin wir auch ihn nach Hause schicken. Nur Adam und ich sind immer noch fit, und so bleibt es an uns hängen, den Laden wieder aufzuräumen. Schließlich öffnet das Café morgen früh ganz normal wieder, und momentan sieht es noch aus, als wäre eine Horde wilder Büffel über Tische und Stühle gegangen.

Ich sammle den ganzen umherliegenden Müll in eine große Tüte und kann mir ein herzhaftes Gähnen nun doch nicht mehr verkneifen.

»Geh auch nach Hause«, sagt Adam, der elegant mit einem Besen um mich herumfegt. »Ich mach das schon. Ist ja nicht mehr viel.«

Das ist gelogen. Es ist noch sehr viel.

»Nee«, sage ich deshalb halbherzig und mache weiter.

»Doch, Marie. Es ist schon spät, geh ins Bett. Ich mach das.« Adam nimmt mir die Tüte aus der Hand und macht eine scheuchende Handbewegung Richtung Tür. Also, wenn er darauf besteht.

»Okay, danke!« Ich schnappe mir meine Jacke und die Tasche und laufe los. Kurz überlege ich, den langen Weg an der Straße entlang zu nehmen, aber nach einem kurzen Blick auf meine Uhr entscheide ich mich doch für die Abkürzung durch den Park. Ist ja schließlich genauso wie vorhin. Nur in Dunkel. Kein Grund, sich Sorgen zu machen. Ich bin zwar eigentlich ein ziemlicher Angsthase, aber die Sehnsucht nach meinem Bett ist stärker als die tief sitzende Furcht vor dunklen Parks.

Ich überquere zwei völlig ausgestorbene Straßen. Nirgends

ist mehr Licht hinter den Fenstern, die Menschen schlafen. Meine Sneakers sind absolut lautlos auf dem Pflaster, und so husche ich in den Eingang des kleinen Parks.

Nach fünf Schritten ist es so dunkel, dass ich die Hand vor Augen nicht mehr sehe. Nach sieben frage ich mich, ob das eine so gute Idee gewesen ist.

Nach neun Schritten überfällt mich plötzlich ein leichter Grusel. Ob ich umkehren sollte? Unschlüssig bleibe ich stehen, was aber das Gruselgefühl noch verstärkt, woraufhin ich mit doppelter Geschwindigkeit weiterlaufe. Hinter mir knackt etwas, und schlagartig springt mein Magen in die Höhe, womit er meine Mandeln besucht.

Ein weiteres Geräusch lässt mich zusammenzucken. Es dauert ein paar Sekunden, bis ich realisiere, dass das Grunzen kein tollwütiges Schwein ist, das mich ermorden möchte, sondern aus meine Tasche kommt. Erleichtert fummle ich im Gehen mein Telefon mit dem neuen Klingelton heraus.

»Ja?«, keuche ich atemlos, weil ich ja so schnell laufe.

»Adam hier.«

Ich sage nichts, schnaufe aber wie die Harzer Schmalspurbahn auf ihrem Weg zum Brocken.

»Marie? Alles okay?«, fragt Adam.

»Alles toll«, japse ich, angestrengt bemüht, neben den Worten auch noch genug Sauerstoff in meine Lungen zu transportieren.

»Du hast deinen Schlüssel vergessen«, sagt Adam, und ich würde gerne stehen bleiben, kann aber nicht. Ich muss durch diesen Park durch, komme, was wolle. Umdrehen ist nicht vorgesehen. Dann muss ich eben meine Mitbewohner aus dem Bett klingeln. Mir doch egal. Alles egal. Ich will nur nach Hause. Bevor ich ausgeraubt und verschleppt werde. Oder beides. Oder noch anderes.

»Marie. Was ist los?«, fragt Adam ernst, und jetzt bleibe ich doch stehen, weil ich wirklich keine Luft mehr bekomme.

»Ich bin im Park, und es ist so dunkel«, hauche ich ins Telefon.

»Du läufst durch den Park? Bist du blöd?« Es klingt, als hätte er wichtige Hintergrundinformationen über besagten Park. Vielleicht wird hier jede Nacht jemand ausgeraubt und gemeuchelt, und ich weiß es bloß nicht.

»Ich hätte dich nach Hause bringen sollen. Was bin ich für ein Hornochse! Wo genau bist du?«, fragt Adam aufgebracht.

»Im Park«, wiederhole ich mich etwas hilflos. Es ist ein recht großer Park mit vielen alten Bäumen. »Dritte Eiche von links, würde ich sagen.«

Hinter mir knackt es wieder. Es klingt jetzt definitiv so, als würde sich jemand an mich heranschleichen.

»Bleib, wo du bist. Mach dich unsichtbar. Ich bin in sechs Minuten da«, sagt Adam und legt auf, woraufhin es erneut grunzt. »Matze«, steht auf dem Display.

»Hallo.« Flüsternd nehme ich den Anruf entgegen.

»Wo bist du?«, fragt Matze unverblümt.

»Ich war im Café arbeiten. Jetzt bin ich im Park«, antworte ich wahrheitsgemäß. »Und es könnte sein, dass sich gerade jemand von hinten an mich heranschleicht«, wispere ich weiter und stehe wie eine Salzsäule neben einer großen Eiche.

»Marie«, ich höre Hektik im Hintergrund. »Wenn sich dir jemand nähert, musst du schreien. Laut werden. Brüllen. Verstanden? Ich bin in sechs Minuten da! Bleib am Telefon und rede weiter!« Ich höre Damian leise fluchen. Offenbar hat Matze ihn an den Füßen aus dem Bett gezerrt, denn irgendetwas rumst vernehmlich.

»Wir kommen«, keucht Matze, und ich höre jetzt laute

Schritte. Sie rennen vermutlich gerade die Treppe hinunter. Irgendetwas piept.

Ich lausche dem Tumult am Handy und blicke mich vorsichtig um. Meine Augen haben sich mittlerweile an die Dunkelheit gewöhnt, und ich sehe auf den ersten Blick nichts Ungewöhnliches. Zumindest keinen Kettensägenmörder, der es auf mich abgesehen hat. Aber die sind ja auf den ersten Blick auch immer unauffällig.

Dafür sind gerade drei Männer zu meiner Rettung unterwegs, die allesamt nur sechs Minuten brauchen wollen.

Ich bleibe erst mal einfach stehen und lausche Matzes Atem, Damians Flüchen und dem Rascheln hinter mir. Das Rascheln entpuppt sich als Kaninchen, das auf den Weg hoppelt, entsetzt von meinem Anblick einen hektischen Haken schlägt und wieder im Gebüsch verschwindet.

»Wir sind unterwegs«, höre ich Matze atemlos ins Telefon keuchen. Vielleicht habe ich mit der Annahme meines baldigen Ablebens ein wenig die Pferde scheu gemacht. Vielleicht war es ja wirklich nur das Kaninchen, das mich unwissend verfolgt hat. Außerdem habe ich schon Meikes Kommentar im Ohr, wenn ich ihr diese Geschichte erzähle. Sie glaubt nämlich, dass es absolut schändlich ist, Männern das Gefühl zu geben, dass wir Rettung benötigen. Ich kann ja sonst auch fast alles allein. Aber in diesem Fall ist es doch tatsächlich sehr angenehm zu wissen, dass Rettung naht. Ob nun notwendig oder nicht. Vor einem Jahr wäre ich für meine Rettung noch ganz allein zuständig gewesen. Jörn hätte gewiss keine Zeit gehabt. Schlagartig entspanne ich mich. Schon toll. Gleich drei Männer sind auf dem Weg zu mir.

Die Entspannung reicht für ungefähr drei Atemzüge. Bis ich im fahlen Schein des Mondes eine Gestalt mitten auf dem Weg stehen sehe.

Kapitel 33

Marie der Männerschreck

Die Gestalt ist groß und männlich und regungslos. Wie eingefroren steht sie da und starrt mich an. Leider ist es doch sehr dunkel, und so kann ich keine Einzelheiten erkennen. Jetzt bloß nicht das Opfer geben. Ella würde brüllen. Und auch Matze hat gesagt, ich soll laut sein. Also bin ich laut:

»Was wollen Sie?«, schnauze ich so beherzt, dass meine Stimmbänder zucken. Der Typ sagt nix. Womit dies der Moment ist, in dem mir klar wird, dass es tatsächlich brenzlig ist. Ich bleibe dennoch erst mal stehen. Hunde jagen ja auch nur, wenn die Beute flieht. Es ist bestimmt nicht so einfach, jemanden zu überfallen, wenn dieser Jemand dir wütend entgegenstarrt. Ich stelle mich breitbeinig hin und mache mich groß. Nennt sich im Hundereich Drohgeste. (Allerdings bin ich hier eher der Chihuahua und der Typ der Pitbull.)

Er macht tatsächlich einen Schritt auf mich zu, und ich brülle ihn an: »Verpiss dich!«, woraufhin er etwas sagt, was ich nicht verstehe, weil ich weiterbrülle. Ganz schlimme Sachen und Worte, von denen ich nicht wusste, dass ich sie überhaupt in meinem aktiven Wortschatz hatte. Der Typ sagt wieder etwas, aber im nächsten Moment kommt Bewegung in die Sache. Von der einen Seite her brettert Matze an mir vorbei, Damian packt mich und zieht mich zur Seite, und dann taucht auch noch der sogar in der Dunkelheit ziemlich bedrohlich wirkende Adam auf. Der Pitbull muss glauben, plötzlich im Vorhof der Hölle gelandet zu sein. Sein sofortiger Rückzug ist vorbildlich, leider hat Adam ihn umgehend am Wickel. Im wahrsten Sinne des Wortes. Er zappelt noch ein wenig, hält dann aber still. Damian hält mich immer noch fest, und Matze schnauzt den in Adams Armen baumelnden Kerl an, dass der Mond droht, vom Himmel zu fallen.

»Ach du Scheiße«, murmelt Damian neben mir und atmet so komisch ein, dass ich ihm einen Seitenblick zuwerfe. Leider kann ich meine Aufmerksamkeit nicht wirklich gerecht teilen und muss sofort wieder zu den beiden Musketieren gucken.

»Was fällt dir ein, unschuldige Frauen zu belästigen!«, pfeift Matze den Kerl in Adams Arm zusammen, doch der jammert nur leise. Ich glaube, er will auch was sagen, aber keiner hört ihm zu. Damian neben mir gibt ebenfalls ein paar sonderbare Geräusche von sich. Nur Adam steht mit seiner Beute wie eine Eins in der Gegend herum.

»Sie hat mich wie eine Irre angebrüllt«, sagt der Mann in seinem Schwitzkasten in diesem Moment, worauf Adam und Matze sich ein wenig zu ihm hinunterbeugen.

»Erst stand sie breitbeinig vor mir, und dann hat sie gebrüllt wie eine Bekloppte! Da geh ich doch nicht vorbei. Vielleicht ist sie bewaffnet.«

Adam und Matze sehen mich an.

»Ja. Ich habe gebrüllt. Ich bin ja schließlich kein Opfer«, sage ich würdevoll und verschränke die Arme. Wenn man sich den mutmaßlichen Meuchelmörder genauer ansieht, wirkt er auch gar nicht mehr wie ein Pitbull. Diese optische Fehleinschätzung muss wohl am fahlen Mondlicht gelegen haben. Er sieht jetzt aus wie ein leicht angeschickerter Maschinenbau-Student mit latenter Todesangst. Kann man ihm nicht verdenken.

»In diesem Fall bitten wir, die Unannehmlichkeit zu entschuldigen«, sagt Adam galant und gibt ihn frei. Der Mann schüttelt sich, murmelt: »Wohl zu viel Bahn gefahren«, richtet sich die Haare und geht mit einem Sicherheitsabstand von mehreren Metern an mir vorbei.

»Marie, der Männerschreck.« Matze lacht dreckig, kommt zu mir und nimmt mich in den Arm. Einfach so und sehr lässig, während er immer noch nur seine Schlaf-Jogginghose trägt. Er ist angenehm warm, und ich werde plötzlich ganz glückstaumelig. Was auch am überstandenen Schrecken liegen könnte.

»Ich habe auf dich gewartet, weil ich mit dir reden wollte. Um eins habe ich mir noch gesagt, dass du das Recht hast, bis morgens um acht um die Häuser zu ziehen. Um halb zwei fand ich, dass das für dich eher ungewöhnlich ist, und dann habe ich angerufen. Denk bloß nicht, dass ich dich kontrollieren wollte.«

»Passt schon«, murmle ich gegen sein Schlüsselbein. Gott, er riecht umwerfend. Nach Matze, nach seinem Duschgel, nach Mann.

Als er gerade ganz sanft seine großen Hände auf meinen Kopf legt, fällt mir auf, dass etwas nicht stimmt. Es ist so still. Ich hebe den Kopf und drehe mich suchend um.

Adam und Damian stehen sich gegenüber. Es ist leider zu dunkel, um ihre Gesichter zu sehen. Körpersprachlich betrachtet, würde ich jedoch sagen, Armageddon steht kurz bevor.

»Oh verdammt!«, entfährt es mir.

»Was ist denn mit den beiden los?«, fragt Matze.

Ich erzähle ihm leise und schnell von der Szene im Café und der, gelinde gesagt, etwas angespannten Stimmung zwischen Adam und Damian.

»Das hab ich nicht gewusst. Ich dachte, er könnte im Ernstfall hilfreich sein. Soll ich lieber dazwischengehen, bevor was passiert?«, flüstert er.

»Was könnte denn passieren?«, flüstere ich zurück.

»Keine Ahnung. Vielleicht prügeln die sich?«

Ich muss zugeben, dass diese Vermutung nicht ganz so weit hergeholt ist. Adams Körperhaltung ist fürchterlich angespannt. Und er ist fürchterlich stark. Das haben wir alle gesehen, als er den perplexen Maschinenbauer in den Schwitzkasten genommen hat.

»Und? Haust du jetzt wieder ab?«, brüllt Adam im nächsten Moment so laut, dass mindestens halb Berlin jetzt wach ist. Damian schweigt, aber ich kann seinen hektischen Atem bis zu mir hören.

»Na los! Verpiss dich wieder!« Adams Stimme überschlägt sich fast, und ich werfe nervös einen Blick durch den Park, ob nicht irgendwo schon bewaffnete SEK-Beamte Stellung bezogen haben. Für die späte Stunde haben wir ziemlichen Rabatz gemacht. Was auch immer zwischen den beiden ist, es muss wohl dringend geklärt werden. Allerdings ohne Anbrüllen. Oder Handgreiflichkeiten. Matze sieht das wohl ähnlich, denn er macht vorsichtig ein paar Schritte auf die beiden zu.

»Wollen wir nicht alle nach Hause gehen? Da ist es warm, und ihr könnt in Ruhe über alles sprechen«, sagt er leise und schiebt sich zwischen die beiden.

»Damian spricht nicht über diese Dinge«, sagt Adam, und die Härte in seiner Stimme erschreckt mich. Damian schnappt nur wortlos nach Luft.

»Wir gehen jetzt nach Hause. Alle. Und dann mache ich uns einen Kaffee. Und dann redet ihr über alles«, sage ich und stelle mich neben Matze. »Und wenn es zu einem Handgemenge in unserer Küche kommen sollte, werde ich den kleinen Hund auf euch hetzen«, wage ich einen deeskalierenden Scherz, der allerdings niemandem auch nur den Ansatz eines Lächelns abringt.

»Ja. Das ist gut«, sagt plötzlich ganz unerwartet Damian doch noch etwas.

»Kommst du mit?«, fragt er dann Adam mit rauer Stimme und fügt ein ganz leises »Bitte« hinzu. Adam zögert und nickt dann verhalten, was ihn offensichtlich einige Überwindung kostet.

Gemeinsam laufen wir nach Hause. Damian voraus. Matze und ich in der Mitte und hinter uns Adam.

Während wir gehen, berührt Matze mehrmals meine Hand, bis ich seine Finger schließlich einfange und festhalte. Er wirft mir einen kurzen Blick zu, und sofort schaltet mein Herz einen Gang höher.

Kapitel 34

Couchgeflüster

Als unsere sonderbare Prozession endlich in der Küche angekommen ist, ist es halb drei Uhr nachts, und Matze kocht erst mal Kaffee. Ich bin ein wenig überrascht, dass Damian nicht gleich an den Kühlschrank eilt, um sich ein hochprozentiges Kaltgetränk zu mixen. Stattdessen nimmt er tatsächlich auch einen Kaffee, genau wie Adam.

»Sollen wir euch allein lassen?«, fragt Matze unsicher und nippt an seiner Tasse, doch Adam schüttelt energisch den Kopf. »Ich bin nur hier, weil Marie so nett gefragt hat. Ich mag Marie sehr.«

Alle drei Männer nicken gleichzeitig mit dem Kopf. Es ist doch schön, wenn man entdeckt, dass man gemocht wird. Und das von gleich drei so bunten Männern.

Eine ganze Weile schweigen wir. Damian starrt an die Wand, Matze auf die Uhr, Adam hat die Augen geschlossen, und ich bin unschlüssig, was ich tun soll. Muss ich was sagen? Eine Gesprächsrunde eröffnen? Und wenn ja, mit wem? Doch Adam kommt mir zuvor. Er sagt mitten in die Stille, sehr akzentuiert: »Damian lügt.«

»Oh. Äh. Wie meinst du das?«, greift Matze den Ball vorsichtig auf, nicht ohne mir einen verzweifelten Blick zuzuwerfen.

»Sein ganzes Leben ist eine Lüge. Damian hasst seinen Job, und er ist schwul. Und keiner weiß es. Außer mir. Alle halten ihn für das, was er vorgibt zu sein. Aber das ist er nicht.« Adams Stimme verhallt in der Küche, und ich hätte dann jetzt doch wirklich gerne einen Schnaps. Oder so. Denn so ganz langsam dämmert mir, was hier eigentlich los ist.

»Ah«, sage ich, damit überhaupt irgendjemand etwas sagt.

»Und wo ist das Problem?«, fragt Matze vorsichtig, als würde er sich auf Glas bewegen. »Schwul zu sein ist ja nun nicht schlimm. Und ich glaube, wir alle mögen unseren Job manchmal nicht.«

»Schwul zu sein ist normal«, stimme ich ihm zu. »Total egal, ob jemand homo oder hetero oder dingsbums ist.«

»Oh. Damian sieht das anders«, sagt Adam kalt und bohrt seine eisblauen Augen in dessen Gesicht. Damian ist blass wie die Wand hinter ihm und sieht mit einem Mal fürchterlich müde aus. Und zehn Jahre älter. Und dann fängt er an zu weinen.

Das gibt mir einen Stich ins Herz. Was um alles in der Welt muss in seiner Seele los sein? Ich stehe auf und setze mich neben ihn. Dann nehme ich ganz vorsichtig seine Hand, was er auch geschehen lässt. Adam öffnet wieder den Mund, vielleicht um noch irgendwelche Geheimnisse zu offenbaren, die Damian der Welt nun mal nicht zeigen möchte, und so sage ich schärfer als beabsichtigt: »Es reicht jetzt erst mal! Gib ihm wenigstens die Chance, auch mal was zu sagen.«

Adam klappt den Mund wieder zu und reibt sich mit den Händen übers Gesicht. Eine durchgehend hilflose Geste.

»Weißt du, Marie, ich liebe ihn«, sagt Adam im nächsten Moment, und Damians Schultern zucken jetzt, so sehr weint er neben mir.

»Marie«, sagt Matze plötzlich. »Ich glaube, ich liebe dich auch.« Mein Herz lässt spontan mal drei Schläge in Folge aus und holt die dann im Galopp wieder auf.

Was ist denn jetzt hier los?!

»Ich wusste das«, sagt Damian plötzlich mit rauer Stimme. Er hat aufgehört zu weinen. Matzes Offenbarung hat der ganzen Angelegenheit eine völlig neue Wendung gegeben.

»Rolf auch«, sagt Adam und sieht mich jetzt mit seinen hellen Augen an.

»Wer ist Rolf?«, fragt Matze mit belegter Stimme.

»Unser Chef. Der hat das sofort gesehen. Der weiß solche Dinge«, sagt Adam.

»Ich war mir nicht so sicher, ob du mich wirklich magst«, sage ich hilflos und wundere mich, wie wir das wichtige Thema »Adam und Damian« so plötzlich verlassen konnten. Aber alle scheinen damit zufrieden zu sein.

»Ich hatte einfach Angst. Manchmal war ich mir ganz sicher, dass du mich auch magst, und dann wieder nicht. Ich habe mich nicht getraut. Also bin ich dir lieber aus dem Weg gegangen. Ich bin da ein wenig komisch.« Matzes Worte rühren mich jetzt auch zu Tränen. Adam und Damian gucken gemeinschaftlich von Matze zu mir.

»Aber ich glaube, dass es wichtig ist, über diese Dinge zu sprechen«, sagt Matze leise. »Wir sind ja nun alle erwachsen«, fügt er hinzu.

»Ich konnte aber nicht darüber sprechen«, sagt Damian plötzlich. »Ich hatte gar keine Worte mehr. Nachdem ich mit Adam Schluss gemacht habe, war ich wie tot. Ich wollte so gerne mit ihm reden, aber ich hatte ihn so verletzt. Es war ein Fehler. Nach so einer Geschichte gibt es keine Chance auf Heilung. Ich habe die Liebe meines Lebens verlassen.« Hilflos hebt er die Hände.

Ich setze mich jetzt zu Matze auf das Sofa. Seine Hand wandert zu meinem Knie und bleibt dort liegen. Mein Herz schlägt wie verrückt, aber wir scheinen beide zu wissen, dass jetzt nicht der richtige Moment ist. Zuerst müssen wir die Sache zwischen

Damian und Adam klären. Die beiden sind so voller Schmerz, dass ich es fast körperlich spüren kann.

»Also, bekommen wir jetzt die ganze Geschichte? Ich verstehe nur Bahnhof«, sagt Matze. Für ein paar Sekunden herrscht Schweigen. Dann fängt Adam an zu erzählen.

»Man wird nicht schwul, man ist es. Aber manche Menschen trauen sich einfach nicht, dazu zu stehen. Die bauen sich dann ein Heteroleben auf und werden krank, weil sie gegen sich selbst leben. So wie Damian. Er war einfach zu feige, es seiner Familie zu sagen, und hat mich verlassen.«

Ich spüre Matzes beruhigende Wärme neben mir.

»Das ist ja keine spontane Entscheidung. Das wägt man über Monate ab, und irgendwann begreift man, dass man, ganz egal welche Entscheidung man trifft, jemandem Schmerzen zufügen wird«, sagt Damian leise.

»Ach, hör doch auf. Du hättest unsere Liebe doch eh nie öffentlich gemacht.«

»Ich habe dir doch gesagt, dass ich mehr Zeit brauche«, fährt Damian ihn an. »Meine Familie kennt das nicht. Das sind alles Banker und Ärzte und Anwälte. In diesen Kreisen ist man nicht schwul. Punkt. Mein Vater erzählt jedes Jahr an Weihnachten seine neuesten schwulenfeindlichen Witze, und alle finden das saukomisch. Wenn ich mich da hinstelle und denen sage, dass ihr Loser-Sohn mit dem komischen Job auch noch schwul ist, schmeißen die mich raus. Homophobie wird in meiner Familie seit Generationen gepflegt. Alles, was nicht ›normal‹ ist, wird nicht akzeptiert.«

»Wozu brauchst du sie dann?«, fragt Adam kalt.

Es scheint, als würde jegliches Leben aus Damian weichen. Er sackt regelrecht zusammen.

»Ich habe dir doch gesagt, dass ich Zeit brauche«, sagt er irgendwann leise.

»Es gibt nur ganz oder gar nicht. Da hilft auch keine Zeit«, sagt Adam, steht auf und geht. Perplex starren wir ihm hinterher.

Mich durchschießt ein Adrenalinstoß, und ich springe vom Sofa und renne ihm hinterher.

Kapitel 35

Herz öffnen, statt Kopf zerbrechen

Ich erwische ihn noch knapp vor der Wohnungstür und packe ihn am Arm.

»Das ist unfair!«, zische ich.

»Nein. Unfair ist es, nach drei Jahren Beziehung eine SMS zu bekommen, in der dir mitgeteilt wird, dass die Beziehung vorbei ist.«

Unter meiner Hand spüre ich, wie Adam zittert. Und verdammt, da hat er recht.

»Adam. Auch wenn es keine Chance mehr für eure Liebe geben sollte, was ich nicht weiß, ist das jetzt und hier wenigstens die Chance, Dinge zu klären. Dinge, die du sonst vielleicht dein restliches Leben mit dir herumschleppst. Bitte. Geh jetzt nicht. Wenn du es irgendwie aushältst, lass uns zurückgehen und weitersprechen.«

»Ich liebe ihn immer noch«, flüstert Adam, und ich drücke ihm die zitternde Hand.

Tatsächlich folgt er mir. Matze sitzt mittlerweile neben Damian und hat ihm den Arm um die Schulter gelegt. Ich glaube, das hier ist der verrückteste Abend meines Lebens. Ich manövriere Adam neben mich auf das Sofa, womit es dort wirklich eng wird. Für drei große Männer und mich ist es nun mal nicht ausgelegt, aber das scheint niemanden zu stören.

»Ich weiß, dass ich feige bin. Aber ich bin anders als du. Du bist so viel freier als ich«, sagt Damian am äußersten Sofarand, als hätte Adams Fluchtversuch nie stattgefunden.

»Deine Grenzen sind nur im Kopf. Such dir endlich einen Job, in dem du glücklich bist. Und wenn deine Familie dich hasst, weil du schwul bist, dann ist es so. Entweder sie lieben dich so, wie du bist, oder eben nicht«, sagt Adam scharf.

Beschwichtigend hebt Matze die Hände. »Das ist vielleicht nicht ganz so einfach.«

Wir sitzen noch exakt zwei Stunden zusammen. Zwei Stunden, in denen Damian tatsächlich nur Wasser trinkt. Zwei Stunden, in denen wir alle (okay, bis auf Matze) zwischendurch ein wenig heulen.

Und es ist auch Matze, der unsere Versammlung auflöst mit den Worten: »Ich hasse das Wort Homophobie. Es ist nämlich keine Phobie. Man hat keine Angst. Man ist ein Arschloch. Das hat Morgan Freeman gesagt. Ich halte ihn für einen klugen Mann.«

Und dann sagt er noch: »Es ist vielleicht etwas unpassend, aber meine Mutter hat in anscheinend unlösbaren Situationen immer gesagt: Herz öffnen, statt Kopf zerbrechen. In diesem Sinne: Gute Nacht.«

Mit dieser unfassbaren Dosis Lebensweisheit verteilen wir uns in die Betten. Damian in seins, Adam in meins und ich in Matzes.

Was gar nicht so einfach ist. Also sich einfach in Matzes Bett zu legen. Erst mal schwirrt mir das Hirn von all den Dingen, die heute Nacht passiert sind, und dann ist da ja noch Matzes herzzerreißendes Geständnis. Seine Worte gehen mir nicht aus dem Kopf. Sie schwirren dort umher, flattern weiter, umrunden den Magen, sodass der komisch zuckt, und landen schließlich in meinem Herzen, das wie verrückt in meiner Brust herumwummert. Ich müsste hundemüde sein, bin aber so wach wie eine Hummel auf Speed. Matze hat sich auf die Bettkante gesetzt. Sein Radiowecker zeigt vier Uhr fünfzig. Wir sollten jetzt wirklich ganz dringend schlafen.

»Ich bin Mathematiker«, sagt er schließlich und fährt sich mir der Hand durch die Haare. Er sieht immer noch ziemlich fit aus. Keine Ahnung, wo er die ganze Energie hernimmt. Vielleicht steckt er sonst nachts die Finger in die Steckdose.

»Das weiß ich«, antworte ich und setze mich neben ihn. Ganz dicht.

»Mathematiker sind nicht für ihre überbordende Emotionalität bekannt. Wir sind eher die, die beobachten und analysieren.« Er nimmt meine Hand. »Ich habe beobachtet und analysiert und bin täglich zu verschiedenen Schlüssen gekommen. Sie mag mich. Sehr, weniger, gar nicht.«

»Matze«, sage ich erschüttert. »Ich war doch immer ganz normal. Aber warum bist du denn bitte nach unserer ersten Nacht einfach abgehauen? Da war ich ja noch nicht mal da, um irgendwelche Signale zu senden.«

Matze schüttelt den Kopf. »Du warst einfach überhaupt nicht da. Was ist das bitte für ein Signal?«

»Ich war mit dem Hund draußen!«, sage ich, und Matze zuckt die Schultern.

»Das wusste ich ja nicht. Und danach warst du irgendwie komisch. Ich war mir nicht sicher, ob die Nacht für dich nicht vielleicht ein Versehen war.«

»Ich war komisch, weil du komisch warst. Schließlich bist du einfach abgehauen.«

»Du warst zuerst verschwunden«, sagt Matze und grinst leicht. Mir wird klar, wie bescheuert wir uns beide verhalten haben.

»Es hätte geholfen, darüber zu sprechen«, sage ich schließlich.

»Ich bin Mathematiker. Ich spreche nicht, ich rechne. Allerdings kann ich dir hier nur aus vollem Herzen zustimmen.«

Ich schlüpfe noch schnell ins Bad, putze mir die Zähne und überlege dann, welches denn nun das richtige Outfit wäre, um in fremder Männer Betten zu nächtigen. Die Entscheidung fällt mir dann doch recht leicht, weil ja Adam schon in meinem Bett liegt und ich ihn nicht stören will. Also krieche ich schließlich in Blümchenshorts und T-Shirt in Matzes schmales Bett. Es ist verdammt wenig Platz, und so legt Matze sich ganz an den Rand auf die Seite und ich kuschle mich mit dem Rücken an ihn. Wir müssen Platz sparen, und dann kann man nicht auf dem Rücken liegen. Schon gar nicht mit einem Sicherheitsabstand von mehreren Zentimetern. Trotzdem ist das ziemlich nah. Matze weiß nicht, wohin mit seinem Arm. Er müsste ihn irgendwo auf mir ablegen, traut sich aber wohl nicht. Ich greife hinter mich, nehme seine Hand und lege sie kurz entschlossen auf meine Hüfte. Jetzt bin ich quasi eingehüllt von seinem großen Körper. Ich spüre seinen Atem in meinem Nacken, und seine Wärme erreicht jede Faser meines Körpers. Ich hätte es nicht gedacht, aber das Ganze ist unerwartet entspannend. Okay. Eher das Gegenteil. Anregend. Aber sehr angenehm.

Matzes Atem beschleunigt sich ein klein wenig. Vermutlich geht es ihm genauso wie mir, aber seine Hand auf meiner Hüfte bewegt sich keinen Millimeter. Ich denke kurz darüber nach, einfach die Augen zuzumachen, aber das geht nicht.

»Matze«, flüstere ich.

»Hm?«

»Möchtest du jetzt schlafen?«, flüstere ich wieder.

Als er nicht antwortet, rücke ich ein wenig näher und schließe endlich die Augen.

Ich werde wach, weil jemand mir sanft die Haare hinter das Ohr streicht. Es dauert ein paar Sekunden, bis mir klar wird, dass dieser Jemand Matze ist.

»Guten Morgen«, murmelt er, als er mitbekommt, dass ich wach bin.

»Gnhrahg«, grunze ich. Meine Stimme schläft wohl noch. Ich versuche es noch einmal: »Wie spät ist es?«

»Zehn.«

»Zehn?« Ich drehe mich ruckartig zu ihm herum. Er liegt nach wie vor auf der Seite, den Kopf in die Hand gestützt, und hebt bei meiner abrupten Bewegung eine Augenbraue.

»Musst du nicht zur Arbeit?«

Er schüttelt den Kopf. »Ich habe so viele Überstunden, die muss ich eh abbummeln. Ich habe angerufen, dass ich heute mal nicht komme.«

»Aber ich muss los, den kleinen Hund abholen.« Ich springe aus dem Bett und schlüpfe in meine im Zimmer verteilten Klamotten. Matze guckt mich groß an. Ich sehe die Irritation in seinem Blick und setze mich kurzerhand wieder auf die Bettkante.

»Der kleine Hund hat ja schon ein paarmal bei Frau Müller übernachtet. Und jedes Mal habe ich ihn gegen acht wieder abgeholt, pünktlich zu seiner üblichen Morgenrunde. Wenn ich jetzt nicht auftauche, macht sie sich bestimmt Sorgen. Vielleicht hat sie auch einen wichtigen Termin.«

Augenblicklich entspannt Matze sich.

»Dachtest du, ich gehe wieder stiften?«, frage ich, und er lacht.

»Ich hätte es bei einem solch überstürzten Aufbruch eventuell in Erwägung gezogen.«

Kapitel 36

Ende gut, alles gut?!

Als ich nach unten zu Frau Müller laufe, schlafen noch alle, und es ist ganz still in der Wohnung. Als ich zwanzig Minuten später mit dem kleinen Hund im Schlepptau wieder hochkomme, platzt unsere Küche aus allen Nähten.

Alle sind da. Auch Michael. Der mit einer Brötchentüte etwas verloren neben dem Kühlschrank steht, und zwar interessiert, aber ein wenig verwirrt von dem wilden Treiben um ihn herum aus der Wäsche guckt.

Ella sitzt neben der Kaffeemaschine auf der Arbeitsfläche und starrt sie konzentriert an. Offenbar versucht sie sie durch hypnotisches Angucken zu einer schnelleren Kaffeeproduktion zu bewegen.

Matze deckt den Tisch. Zumindest glaube ich, dass das sein ursprüngliches Ansinnen gewesen ist. Momentan trägt er fünf Teller durch die Gegend, stellt sie ab, nimmt sie hoch und rennt weiter. Sobald er Geschirr in der Hand hat, ist er ja oft ein wenig desorganisiert. Trotzdem sieht er dabei unglaublich gut aus.

Adam und Damian sitzen regungslos auf dem Küchensofa und sehen aus, als hätten sie heute Nacht gemeinsam den Kilimandscharo erklommen.

»Morgen!«, grüße ich schwungvoll in die Runde. Einstimmiges Gemurmel ist die Antwort. Matze kommt mit dem

Schwung Teller auf mich zu, stoppt direkt vor mir, sieht mich prüfend an, zögert eine Sekunde und küsst mich dann mit seinen magischen Lippen, und ein Raunen geht durch den Raum, zumindest bilde ich mir das ein. Ungerührt fährt Matze dann fort, die Teller unkoordiniert durch die Gegend zu tragen, bis Adam sich seiner erbarmt, sie ihm abnimmt und beginnt den Tisch zu decken.

»Morgen, Marie. Hätte ich gewusst, dass hier so viele Menschen leben, hätte ich mehr Brötchen mitgebracht«, ruft Michael vom Kühlschrank her zu mir rüber. Ich winke ab. »Eigentlich sind wir nur vier. Aber heute nicht. Heute ist wohl ein besonderer Tag.«

Ich sehe Damian an, der zwar tiefe Ringe unter den Augen hat, aber auf subtile Art wieder so etwas wie Leben versprüht. Dass Adam noch da ist, lässt mich hoffen. Wir verteilen uns auf alle möglichen Sitzgelegenheiten und teilen die Brötchen unter uns auf.

Es herrscht eine sonderbare Stimmung in unserer Küche. Michael plaudert mit Matze, und ich kraule den kleinen Hund, während alle anderen Anwesenden ungefähr so entspannt sind wie ein Hochspannungsmast im Orkan. Ella fängt sogar irgendwann an, auf ihren Nägeln rumzukauen, während sie heimlich Michael beobachtet. Damian und Adam schweigen eisern.

Irgendwann fragt Ella über den Tisch hinweg: »Muss der Hund nicht dringend raus?«

War der zwar schon, aber ich nicke trotzdem. Dies war ein Ella-typischer Hilferuf, den ich keinesfalls ignorieren darf, und so machen wir uns auf den Weg in den Park.

Der kleine Hund zeigt sich hocherfreut über eine zusätzliche Hunderunde und läuft mit energischem Schritt vor uns her. Ella bleibt dicht an meiner linken Seite und schafft es, die ersten zehn Minuten schweigsam entgeistert auszusehen.

»Er ist einfach so mit Brötchen aufgetaucht«, sagt sie schließlich und hebt hilflos die Schultern.

»Das ist ja ein Ding!«, sage ich und muss lachen. »Wie war es in der Oper?«

»Großartig! Fürchterliches Gekreische, aber echter Champagner und Menschen in tollen Kleidern. Michael ist wirklich nett. Ich werde ein weiteres Date in Erwägung ziehen. So. Aber nun mal Butter bei die Fische.« Sie bleibt abrupt stehen. »Wer ist der Typ neben Damian? Kann der sprechen? Ist der gefährlich? Und warum um alles in der Welt küsst Matze dich? Bitte beantworte all meine Fragen in chronologischer Reihenfolge.«

»Der Typ ist Damians Ex-Freund. Er ist sehr nett und absolut ungefährlich«, antworte ich.

»Damian ist schwul?« Ella sieht mich mit hochgezogenen Augenbrauen an. »Und dieser Adam auch?«

»Das ist dann die logische Konsequenz«, antworte ich und hake mich bei ihr unter, damit ich sie weiterziehen kann.

»Herber Verlust für die weibliche Welt. Rein optisch. Für eine Beziehung ist Damian allerdings wohl eher nicht geeignet. Zu verrückt. Adam muss ein echt cooler Typ sein, wenn er das geschafft hat.«

Sie lässt sich mitziehen, und wir laufen weiter. Ich überlege kurz, ob ich ihr die ganze Geschichte von Damian und Adam erzählen soll, finde dann aber, dass das schon sehr privat ist und die beiden das selbst tun müssen.

»Und Matze und ich sind jetzt, glaube ich, zusammen«, sage ich leichthin und knipse die Leine vom Halsband des kleinen Hundes, damit er ein wenig rennen kann.

Ella grinst. »Dachte ich mir. Finde ich gut. Er stand also doch die ganze Zeit auf dich.«

»Ja. Aber er hat ständig irgendwelche Zeichen von mir gedeutet und war sich nicht sicher. Und ich wusste gar nicht, dass ich Zeichen sende. Kompliziert.«

»Während ich geschlafen habe, habt ihr eine neue Weltordnung etabliert. Was alles so in einer Nacht passiert …«

Epilog

Ich stehe vor dem Kühlschrank, auf dem mit schwarzem Edding unsere WG-Regeln geschrieben sind. Direkt auf der weißen Kühlschranktür. Womit der Kühlschrank und die Regeln für immer und ewig miteinander verbunden sind.

WG-Regeln von Ella, Marie, Damian und Matze

- Sexuelle Aktivitäten ausschließlich im eigenen Zimmer.
- Sex auf der Waschmaschine ist grundsätzlich verboten, kann aber vorab schriftlich von allen WG-Bewohnern genehmigt werden.
- Sollte jemand Ellas Erdbeerjoghurts essen, muss er entweder gleichwertigen Ersatz beschaffen oder wird aus dem Fenster geschmissen.
- Keine stinkenden Blumen in der Wohnung!
- Jeder ist einmal in der Woche mit Putzen dran. Wer, wann, wo und wie ist dem konkreten Putzplan zu entnehmen. Wer nicht putzt, muss eine Putzfrau bezahlen oder wird aus dem Fenster geschmissen.
- Wenn Ella möchte, dass alle grünen Smoothie trinken, trinken alle grünen Smoothie. Kommentarlos.

»Morgen.« Adam kommt in die Küche geschlurft und nimmt sich einen Kaffee. »Hältst du stille Zwiesprache mit dem Kühlschrank?«, fragt er und setzt sich zu dem kleinen Hund auf das Sofa.

»Ich meditiere über den WG-Regeln«, antworte ich und setze mich dazu.

»Eine fehlt noch: Herz öffnen, statt Kopf zerbrechen. Von Matzes Mutter. Erinnerst du dich?«, fragt Adam und versucht den Schlaf aus seinen Augen zu blinzeln.

»Oh ja! Das war ja irgendwie enorm hilfreich.« Ich springe auf und schreibe den Satz direkt oben drüber, womit wir jetzt leider keinen Platz mehr für weitere Regeln haben, oder einen neuen Kühlschrank kaufen müssen.

»Und?«, frage ich und lasse mich neben ihm nieder.

»Und?«, fragt er zurück.

»Wie sieht es nun aus? Lass dir nicht jedes Wort aus der Nase ziehen«, sage ich streng.

»Er scheint es beherzigt zu haben.« Adam deutet auf den Kühlschrank, und ich denke, er meint die neue erste Regel.

»Zumindest hat er gekündigt. Und heute ein Vorstellungsgespräch für einen neuen Job. Weniger Geld, weniger Stress, weniger Prestige-Irre in der Branche.« Zufrieden krault er den kleinen Hund. Der seit drei Tagen »Edward«, kurz »Eddy« heißt. Ich habe zusammen mit Frau Müller eine Liste mit gut klingenden Hundenamen erstellt. Edward war eigentlich nur noch so auf die Liste gerutscht, weil ich am Abend vorher »Edward mit den Scherenhänden« gesehen hatte. Dann habe ich dem kleinen Hund alle Namen laut vorgelesen, und bei Edward ist er schier im Dreieck gesprungen. Das war dann also ein klarer Fall.

»Adam. Du kannst nicht weiter in der Abstellkammer wohnen«, sage ich. Das tut er nämlich. Seit acht Wochen. Weil er und Damian irgendwie zusammen sind, aber eben nur irgendwie, und irgendwie beinhaltet nicht das Teilen des Bettes. So sieht Adam das. Deswegen nächtigt er in dem fensterlosen Loch. Er will weder in Ellas noch in meinem Zimmer schlafen, obwohl beide Betten des Öfteren nachts leer stehen. Er ist ein unfassbar sturer Kerl, weswegen er sich auch tatsächlich noch einmal auf Damian eingelassen hat.

Damian hat seinen Eltern erzählt, dass er eine Beziehung mit einem Mann führt und ein ziemlich ernstes Alkoholproblem hat, woraufhin er spontan enterbt und verstoßen wurde. Trotzdem hat seine Mutter ihn letzte Woche hier besucht. Bei Adams Anblick saß sie erst mal zwei Stunden hochgradig verstört auf dem Küchensofa und ließ sich von Ella mit Kuchen füttern. Danach wurde es aber besser, und sie hat sich angeregt mit Adam über den Klimawandel und Kita-Gebühren unterhalten. Wir gehen deshalb davon aus, dass Damians Verstoßung nicht auf Lebenszeit ist.

Ich lasse Eddy und Adam in der Küche zurück und gehe endlich an die Arbeit. Ich habe einiges aufzuholen. Die vergangenen Wochen waren extrem ereignisreich, was sich ausgesprochen negativ auf meine wöchentliche Post-Leistung ausgewirkt hat.

Gegen Abend treffen wir uns alle im Hof. Tatsächlich alle. Die gesamte Hausgemeinschaft versammelt sich dort. Den genauen Grund dieser Feier kenne ich nicht. Das letzte Mal haben wir unseren fulminanten Sieg über den »Anti-Haustier-Paragrafen« gefeiert. Eventuell steht heute der Mond günstig oder Aldi hat tolle Tofuwürstchen im Angebot. In diesem Sommer haben wir viel gefeiert. Ich finde das ganz prima und wünsche mir, dass es auf ewig so bleiben wird. Wird es aber nicht. Weil das Leben sich ständig ändert. Oft aber zum Guten. Frau Müller hat sich einen Labradoodle gekauft. Eine ausgesprochen lustige Mischung aus einem großen Pudel und einem Labrador, die angeblich hypoallergen ist. Und tatsächlich lebt sie mit Goldie ohne jegliche Schutzmaßnahme zusammen.

»Bin da!« Matze stürzt in mein Zimmer, küsst mich und rennt wieder raus. Ich werfe einen Blick auf die Uhr und höre durch die geöffnete Balkontür die ersten Nachbarn unten Tische und Bänke rücken. Exakt sieben Minuten später steht er frisch geduscht mit noch nassen Haaren in Shorts und Flip-Flops wieder vor mir.

»Wollen wir runter?«, fragt er mich und nimmt Eddy auf den Arm, um ihn herzhaft zu kraulen.

»Was guckst du so?«, fragt er irritiert, weil ich ihn anstarre. »Bin ich zu spät?«

Ich schüttle den Kopf. Matze war noch nie zu spät. Weil er der zuverlässigste Mensch ist, den ich kenne. Und er ist so weise. Auf eine sonderbare Mathematiker-Nerd-Art. Und ich liebe es, wenn seine Haare nass sind.

»Matze. Ich liebe dich«, sage ich.

Er grinst. »Trifft sich gut. Ich dich auch.«

Anmerkung und Danksagung der Autorin

Ich danke erst mal dem gesamten LYX-Team für den schönen Titel »Drei Männer, Küche, Bad«! Als der Titel feststand, war das Buch mitten in der Entstehung, und ich dachte mir, dass ich den dritten Mann sicherlich noch irgendwo auftreiben werde. Dem war aber nicht so. Marie wollte nicht noch einen Kerl, und ich habe mich ihrem Wunsch gefügt. Der dritte Mann könnte also Adam sein. Oder Rolf. Oder einfach der kleine Hund.

Übrigens: Der Trend geht tatsächlich eindeutig zum Küchensofa! Während der Entstehung dieses Buches habe ich es ausprobiert und bin dabei geblieben. Sofas in Küchen sind großartig.

Intensive Internet-Recherchen haben ergeben: Es gibt so kurz vor Weihnachten wahrscheinlich keine Primeln. Es ist allerdings nicht ausgeschlossen, dass es doch irgendwo welche geben könnte … Aber in diesem Fall war es mir ein dringendes Bedürfnis, dass Matze Frau Müller eine Primel überreicht. Falls jemand darüber gestolpert sein sollte, sorry!

Wer es Ella nachmachen möchte, nimmt bitte für die Butterproduktion richtig gute Bio-Sahne. Damit funktioniert es am besten.

Die meisten Tierrettungsorganisationen sind absolut seriös, denen würde es sehr wohl auffallen, wenn einer ihrer Schützlinge einfach so verschwindet. Die im Buch gehörte also leider ganz offensichtlich zu der nachlässigen Sorte. Schließlich musste der kleine Hund ja irgendwo herkommen. (Vielleicht ist er aber auch vom Himmel gefallen. Das ist natürlich nicht ganz auszuschließen.)

Danke, liebe Claudia! Für den Geek und das Plotten und die vielen Geschichten, die wir uns so lange ausdenken, bis wir schielen.

Danke, Birte. AWG!

Danke, Jonathan! Für Glitzer, Glonky, Shiny, Glossy!

Danke an meine wunderbare Lektorin Dr. Katja Bendels. Es ist mir jedes Mal eine Freude, mit Ihnen gemeinsam in die Textarbeit zu springen.

Danke, Natasha M. Graf, Annika Rolf und Andrea Verhalen. Ihr habt mir wirklich weitergeholfen. Und danke an Calanthe Trs Falen, die mich bei Pferdefragen beraten hätte. Falls welche entstanden wären. Ein Pferd hätte aber nun definitiv nicht in Maries Wohnung gepasst, deswegen gab es diesbezüglich keinen weiteren Informationsbedarf.

Ich bedanke mich bei Herrn Hund, der willig als Vorlage für den kleinen Hund Pate gestanden hat.

Und natürlich bedanke ich mich bei meinem wunderbaren Gatten. Du bist mein Matze, Simon, Vincent und Gerome. Und das alles in einem.

Leseprobe

TINA BRÖMME
Maybe you?
Entscheide sich, wer kann!

95 % aller Entscheidungen haben nichts mit rationalem Denken zu tun.

»Schwarz!«

»Weiß!«

»Schwarz!«

»Weiß!«

»Wenn sie Weiß anzieht, denken alle, sie gehört zum Personal.«

»Und wenn sie Schwarz trägt, glauben alle, sie will auf eine Beerdigung.«

»Rosa?«, schlage ich leise vor.

»Nein!« Darin sind sich die beiden Teufel auf meinen Schultern einig.

Natürlich sitzen keine Teufel auf meinen Schultern, das weiß ich auch. Es ist nämlich viel schlimmer: Sie sitzen in meinem Kopf und klammern sich jeder an einem Innenohr fest, damit ich sie auch gut hören kann.

Aber wenn ich mich im großen Spiegel meines Kleiderschranks betrachte, sehe ich sie ganz genau, wie sie da so auf meinen Schultern rumzappeln und mir diesen Scheißmorgen noch mehr vermiesen. Zudem hat der eine Teufel den eher spießigen als lässigen Dreitagebart meines Vaters, der andere irritierenderweise die kupferroten, langen Locken meiner Mutter.

Seufz! Es ist drei Uhr fünfundvierzig. Am Sonntagmorgen. Nein, ich habe nicht die Nacht durchgezecht. Auch nicht durchgetanzt. Nein, durchgeliebt gleich gar nicht. Ich muss mich fertig machen, um zur Arbeit zu gehen. Ist das schon an normalen Wochentagen zu normalen Uhrzeiten Strafe genug, ist es heute echt Folter. Und es ist auch noch meine eigene Idee. Wie blöd kann man eigentlich sein?

In zwei Tagen ist mein halbjähriges Praktikum beendet. Auch wenn Steffi nicht nur meine Chefin, sondern auch meine beste Freundin ist, heißt das nicht automatisch, dass sie mich übernehmen wird. Ich muss mir den Arbeitsvertrag hart erkämpfen. Schwerer vermutlich als jemand, mit dem sie nicht befreundet ist. Etwas Spektakuläres ist nötig, um sie endgültig davon zu überzeugen, dass es total richtig ist, ja, geradezu unumgänglich, mich weiterzubeschäftigen. Auch wenn ich manchmal unpünktlich bin. Oder gelegentlich siebzehn Anläufe brauche, um mir eine treffende Überschrift auszudenken. Oder sich der Kantinenstau bis weit vor die Eingangstür zieht, weil ich mich nicht zwischen Pellkartoffeln und Kartoffelbrei entscheiden kann. Glücklicherweise hatte ich eine spektakuläre Idee, die mir meinen Arbeitsplatz bis zur Rente sichern wird. Bis zur Rente mit zweiundsiebzig. In exakt sechsundvierzig Jahren. So lange habe ich also noch Zeit, mir einzureden, dass der Job der richtige für mich ist.

Wenn ich nicht jetzt schon scheitere, weil ich mal wieder nicht weiß, was ich anziehen soll. Eigentlich wollte ich mir gestern Abend ja Klamotten rauslegen. Aber dann habe ich länger als geplant mit Joshua gechattet. Und Kira hat mir eine Dreiviertelstunde von ihrer neuesten Online-Eroberung erzählt (ein Anwalt! Aus New York! Mit Aussicht auf den Titel ›sexiest man alive‹! Und eigenem Learjet!). Dann war mir klar geworden, dass ich die Interviewfragen noch nicht vorbereitet hatte. Und ich die Filmpreisverleihung im Fernsehen nicht versäumen durfte, deren Kenntnis wesentlicher Bestandteil meiner spektakulären Idee ist. Und mit Küche aufräumen war ich auch noch dran gewesen. Aus Panik zu verschlafen hatte ich mich nach zähem und zeitraubendem Ringen endlich entschieden, früh – sprich kurz vor Mitternacht – ins Bett zu gehen, und vergessen, die Klamotten rauszulegen. Was mir jetzt den Hals brechen wird.

Drei Uhr zweiundfünfzig. Spätestens um vier muss ich los. Sonst wird meine spektakuläre Idee spektakulär im Sande verlaufen. Meine Finger tanzen nervös von der Blumenprinthose über die metallisch glänzende Jeans bis zu dem langen, weiten Rock in Himmelblau, den ich mir letzte Woche nur gekauft habe, weil er so unwiderstehlich reduziert war. Von hundertneunundsiebzig auf neunundneunzig Euro. Und der jetzt schon den Verwesungsgeruch einer typischen Schrankleiche verströmt. Denn ich habe nichts, was ich dazu kombinieren kann. Außerdem habe ich mir seit meiner Rückkehr aus Neuseeland geschworen, nie wieder etwas zu kaufen, was ich nicht wirklich brauche. Weil man ja eigentlich so wenig zum Leben braucht. Ein Jahr lang aus drei Koffern zu leben, das hat völlig gereicht. Aber: dieses Blau – genau wie der Himmel über dem Pazifik. Herrje, ich bin nun mal weder Prinzipienreiterin noch Durchhaltekönigin. Ich bin nur ein einsames Mädchen mit einem Herzen voller Sehnsucht und …

»Schluss jetzt«, unterbreche ich mich selbst. Ich atme tief durch und halte mir die rechte Hand vor die Augen. Muss halt die Entscheidungsstrategie ›Zufallsgott‹ herhalten. Ich strecke die linke Hand aus und packe den erstbesten Bügel, der mir in die Quere kommt. Der himmelblaue Rock. Mist. Drei Uhr siebenundfünfzig. Okay. Ich grabbele aus dem oberen Fach einen dunkelblauen Rolli, denn immerhin ist meinem noch schlafumspülten Hirn klar, dass es um die Uhrzeit draußen ganz schön frostig sein muss. Auch wenn wir Mitte April haben. Während ich mich abmühe, eine wollweiße Strumpfhose so weit hochzuziehen, dass der Zwickel nicht mehr auf Kniehöhe hängt, greife ich schon nach den Bikerboots. Für Ballerinas zum Rock ist es definitiv zu kalt. Drei Uhr neunundfünfzig. Na bitte, wer sagt's denn. Ich verbiete mir den letzten Blick in den Spiegel, greife nach meiner Lederjacke, der Tasche mit der Videokamera und sause los.

Erst als ich unten das Fahrrad sehe, wird mir klar, dass die Wahl des Rocks eine fundamentale Fehlentscheidung ist. So wie sein Kauf. Aber jetzt ist es zu spät. Bis zur U-Bahn wird es schon irgendwie gehen. Ich klemme die Stoffmassen zwischen meine Oberschenkel, versuche mit möglichst zusammengekniffenen Beinen aufs Fahrrad zu klettern und radle los. Handy? Ja. Interviewfragen? Yes. Portemonnaie? Bestimmt.

Im morgendlichen Nebel, den noch kein einziger Sonnenstrahl durchschneidet, erreiche ich den U-Bahnhof. Ich schließe das Rad ab, renne die Stufen hinunter und blicke auf einen menschenleeren Bahnsteig. Vier Uhr vier. Nächster Zug in neunzehn Minuten, offenbart die Anzeige. Mein Herz setzt aus. Der Todesstoß! Warum habe ich nicht daran gedacht, dass die U-Bahn um diese Zeit nur alle zwanzig Minuten fährt? Bis ich am Bayerischen Hof ankomme, kann ich nur noch die Putzkolonne interviewen, die hinter den Promis ausfegt. Ich sehe schon meinen Titel für das Video: »Was bleibt von der Filmpreisverleihung? Ein Haufen Müll! – *TVOne* klettert für Sie in die Abfalltonnen.«

»Oh, eine Haarspange, vielleicht von Dora Tschirna«, hätte es dann geheißen. Oder: »Der Lippenstiftabdruck auf dem Champagnerglas da ist bestimmt von Caro Ferhurth. Und was haben wir denn da? Eine angebissene Semmel – garantiert von Matthias Scheigwöfer.«

Ich taumele aus der U-Bahn-Station heraus, raffe meinen Prinzessinnenrock und trete in die Pedale. Die Tasche mit der Videokameraausrüstung schneidet fies in die Halsbeuge, erste Schweißtropfen durchweichen meinen Rollkragenpullover.

Ich brettere über eine rote Ampel. Gut, dass noch nichts los ist. Durch die Fußgängerzone laufen grölend ein paar verloren gegangene Fußballfans, und an einer Straßenbahnhaltestelle schreit sich ein Pärchen lallend an. Ganz schön laut für so einen frühen Sonntagmorgen.

Endlich kommt der Bayerische Hof in Sicht! Davor stehen jede Menge Taxis. Ich bin also rechtzeitig dran.

Noch mal beschleunige ich, fahre rasant um die letzte Kurve und bremse abrupt, weil ein Lkw meine Spur versperrt. Den Lenker reiße ich erst nach rechts, dann nach links, entscheide mich für den Radweg und spüre plötzlich mein Fahrrad weiterfahren, während ich selbst nach hinten gezogen werde. Etwas ratscht, der Hinterreifen legt sich quer, und der Lenker nähert sich in rasendem Tempo dem Asphalt, was ich verblüfft wie in Zeitlupe beobachte. Eingreifen? Unmöglich! Mein Ellenbogen nimmt bereits Erstkontakt mit einem geparkten Pkw auf, ich kippe, und das Fahrrad scheppert gegen das Auto, das meinen Sturz in letzter Sekunde gerade so abbremst. Langsam rutsche ich weiter hinunter, bewegungsunfähig, denn der im Hinterrad festgeklemmte Rock will mein Bein nicht freigeben, und mein Arm ist eine innige Symbiose mit dem Wagen eingegangen. Irgendwann komme ich unten an. Autsch! Ein heißer Schmerzstrahl durchfährt meinen Oberarm. Wie eine halb zertretene Kakerlake liege ich unter meinem Fahrrad und betrachte erstaunt den Unterboden des Autos neben mir. Wäre mal wieder eine Reinigung fällig. Scheiße, und eine neue Lackierung der Beifahrertür, wird mir klar. Schwarze Striemen auf Neongrün machen sich nicht sooo gut. Vor allem nicht bei einem Porsche! Ich strample das Fahrrad weg und schaffe es irgendwie, mich aufzusetzen. Keuchend. Zähneklappernd. Der Rock ist eingerissen und mit Kettenschmiere schwarz verfärbt. Ich blicke mich Hilfe suchend um. Keiner zu sehen. Obwohl ich das Anspringen einiger Motoren höre. Mist! Die Taxis fahren los! Ich rapple mich hoch, erdrossle mich beinah mit dem Gurt meiner Videokameratasche, die sich im Lenker verfangen hat, und sehe Menschen auf den Treppenstufen vor dem Bayerischen Hof stehen. Ich lehne – na ja, werfe – mein Fahrrad an die erstbeste Laterne, ignoriere die Schmerzen, die meine ganze linke Seite durchtosen, und renne humpelnd und fluchend über die Straße. Nachher schreibe ich dem Porschefahrer einen Zettel mit meiner Telefonnummer. Auf jeden Fall! Jetzt muss es schnell gehen! Ich zerre die Kamera heraus, schalte sie ein, stecke das Mikrofon auf und gehe in Positur. Und dann kommen sie.

Vor Kälte und Schmerzen zittern mir die Hände, aber ich versuche ein freundliches Lächeln aufzusetzen und richte meine Kamera auf Meike Hakatsch, die ziemlich derangiert aussieht.

»Hallo, Frau Hakatsch, ich bin Annika Frey von *TVOne*. Wie war die Preisverleihung?«

Meike Hakatsch zieht ihren breiten Mund über mehrere Breitengrade und kichert.

»Superschön!«, sagt sie und stolpert die letzte Treppenstufe hinunter.

Ich strecke gerade noch meinen Arm aus, um sie aufzufangen.

»Wie war es, den Preis in Händen zu halten?«, frage ich weiter, nachdem sie wieder gerade steht. Ich habe mich aufrichtig gefreut, dass sie den Darstellerpreis für die beste Nebenrolle bekommen hat.

»Superschön.« Meike küsst mich irgendwo zwischen Wange und Kameragehäuse und wankt auf ein Taxi zu.

Sehr … ähm, aussagekräftig. Aber da kommt schon, wow, tatsächlich: Phil Weiger.

»Herr Weiger, Phil!«, rufe ich aufgeregt. »Wie war's?«

»Cool.« Er streckt der Kamera die Zunge raus. Und ab geht's ins Taxi.

Mist. Vielleicht ist meine Idee doch nicht so toll gewesen, die Stars statt am Abend *vor* der Preisverleihung abzufangen, sie erst am Morgen *danach* zu interviewen. Da *TVOne* Medienpartner der Filmpreisverleihung ist, haben unsere Starmoderatoren gestern Abend am roten Teppich natürlich schon das ein oder andere Exklusivinterview bekommen. Die waren allerdings erwartungsgemäß so ergiebig wie eine ausgezuzelte Weißwurst. Ich dagegen habe gehofft, die Preisträger wären nach der Party so aufgekratzt und bedüddelt, dass sie mir ihre kleinen Geheimnisse über die große Nacht bereitwillig anvertrauen würden. Schließlich ist das Tratschen nach einer Party immer der schönste Teil. Wahrscheinlich habe ich die Rolle bester Freundinnen respektive Freunde unterbewertet. Mit mir will keiner tratschen. Dabei bin ich eine großartige beste Freundin. (Solange mich niemand um Entscheidungshilfe bittet.)

Für ein paar Minuten bleibt es ruhig. Ob schon alle fort sind? Endlich schwingt die Tür wieder auf. Malik Ünal tritt nach draußen – mit einer dunkelhaarigen Schönheit im Arm, deren Dekolleté bis zum Bauchnabel reicht. Er hat den Preis als bester Newcomer bekommen. Steffi schwärmt total für ihn. Sie findet ihn cool, clever und clooneyesk schön. Für mich heißt das nur: C-Promi.

»Herr Ünal«, rufe ich. »Waren Sie überrascht, als …«

»Mach die Kamera aus, Frollein«, meckert er. »Sonst tut's gleich klatschen, aber kein Beifall!« Erschrocken lasse ich die Kamera sinken. Was ist das denn für ein Proll? Kein Wunder, dass der immer nur asoziale Türken spielt. Mit erhobenem Stinkefinger geht er weiter und schiebt die Beauty auf ein parkendes Auto zu. Einen Porsche 911. Neongrün. Einen, mit einem Lackschaden an der Beifahrertür. Ups … Da wird das nichts mehr mit dem Zettelchen an der Windschutzscheibe.

»Nimm's nich' persönlich«, flötet eine Frauenstimme neben mir. »Wenn du wills', erzähl ich dir alles! Auch vom Malik.«

»Okay«, stammle ich beinah so verschüchtert wie von der Ünal-Attacke. »Legen Sie los, Frau Altbauer.« Ich drücke auf ›record‹ und nicke hinter meinem Objektiv freundlich zu jedem ihrer ausschweifenden Sätze. Nur einmal werde ich abgelenkt. Heftig abgelenkt. Als nämlich ein türkischer Fluch über die Straße zu mir herüberweht. Aus den Augenwinkeln erkenne ich, wie Malik Ünal gegen mein Fahrrad tritt. An dessen Lenkstange er wohl eindeutig Farbpartikel seines Porsche erkannt hat. Es scheppert. »Scheiß Radrowdys«, schreit er auf Deutsch. Ich beschließe, mit der U-Bahn in die Redaktion zu fahren.

In der Hoffnung auf eine Eingebung lasse ich mein Material zum gefühlt vierhundertsiebenundachtzigsten Mal ablaufen. Sicher liegt es nur an den Schmerzen in meinem Arm, dass mir nichts einfällt.

Mein Kopf sinkt auf die Schreibtischplatte, die von zwei Monitoren überragt wird.

»Ach je«, höre ich Steffis ebenso vertraute wie sarkastische Stimme hinter mir. »Einfach müde oder unter der Last der Entscheidungen zusammengebrochen?«

Ich grummle selbst mir Unverständliches und klicke auf das Gelaber von Christiane Altbauer.

»Na, und ich sag dir, der Dings, äh, der Dings, wie der auf dem Parkett mit der, äh, du weißt schon, die bei *Let's Dance* mitgemacht hat, also wie die zwei … Das war fast scho' unanständig.«

Steffi bricht in schallendes Gelächter aus. »Sensationell! Echt! Da werden ja Geheimnisse ans Licht der Welt gepresst … Gratulation, da hat sich das frühe Aufstehen ja voll gelohnt. Gut, dass ich extra deswegen reingekommen bin und die Biker-Tour mit dem flotten Frankie abgesagt habe.«

Ich stütze meinen Kopf mit den Händen ab. »Danke, Spott kann ich selbst.«

»Ach was. Zeig mal, was du noch so hast.«

Ich klicke die kurze Sequenz mit Malik Ünal an. Steffi krallt sich an meiner Schreibtischplatte fest. Sie kriecht fast in den Bildschirm hinein. Nicht mal sein arrogantes Getue kann sie schocken. Höchstens »die-Schlampe-da« (Zitat Steffi) neben ihm.

»Dieser Malik Ünal ist einfach lecker«, sagt sie. »Ein echter deutscher George Clooney. Der hat doch total die gleichen Augen.«

»Ein türkischer George Clooney, du alte Kolonialistin«, erwidere ich. »Und ein asozialer noch dazu. Nicht meine Kragenweite!«

»Gegen so einen kleinen, blassen Neuseeländer mit ohne Haare kommt er natürlich nicht an«, lästert Steffi.

Mein Puls beschleunigt sich. Obwohl ich mir seit siebeneinhalb Jahren – so lange kennen wir uns schon – vornehme, nicht auf ihre Sticheleien zu reagieren, rolle ich sofort die Anti-Steffi-Demoplakate aus.

»Der ist nicht klein. Und er hat Haare – sie sind nur abrasiert«, blaffe ich.

Sie grinst von einem Ohr zum andern. »Und egal ist er dir auch.«

»Ja!« Kann sie nicht endlich gehen und sich ihren doppelten Espresso mit einem Hauch Latte und widerlicher Steviasüße organisieren? Den wird's hier doch auch sonntags irgendwo geben.

»Bestimmt habt ihr heute schon geskypt«, bohrt sie nach.

Siebeneinhalb Jahre sind definitiv zu lang. Vielleicht sollte man beste Freundinnen genau wie Liebhaber gelegentlich mal austauschen, damit sie einen nicht zu gut kennenlernen und wissen, welche Taste sie betätigen müssen, um einen auf hundertachtzig zu bringen. Ich hole tief Luft. Ganz ruhig!

»Ich habe ihm gesagt, ich will nicht mehr mit ihm skypen. Jedes Mal diese traurigen Hundeaugen aus zwanzigtausend Kilometern Entfernung, das ist furchtbar. Das erträgt kein Mensch.«

»Armes Hasi.« Steffi zupft an ihrer moosgrünen Strumpfhose, die am oberen Ende von einem schmalen Band in Krachgrün umflattert wird. Steffi nennt das allen Ernstes einen »Rock«. Bei ihren Beinen kann sie sich das leisten. Ich würde in so was aussehen wie eine dicke Fichte im Fichtendickicht – obwohl ich sonst recht zufrieden sein kann mit meiner Figur. Ich pople nervös am schwarz geränderten Riss in meinem knöchellangen Rock.

»Na, ich störe dich mal lieber nicht länger«, sagt Steffi nun betont einfühlsam. »Schließlich soll dein Preisverleihungs-Insider-Nachklapp bis zwölf Uhr fertig sein. Nur noch zweieinhalb Stunden Zeit für Entscheidungen …«

Sie verlässt den Raum, und ich bin endlich wach. Vielleicht ist es doch ganz gut, Freundinnen zu haben, die meine innere Tastatur beherrschen.

Ich wende mich wieder meinem Clip zu. Einsdreißig habe ich versprochen. Ich drehe entnervt das Handy zwischen den Fingern. Wenn alles gut geht, wird es gerade mal für einen Dreißigsekünder reichen. Dafür müsste jetzt allerdings ein Geistesblitz in mich fahren. Ich weiß nur: Die Szene mit Malik Ünal werde ich auf keinen Fall verwenden, viel zu peinlich. Immerhin vibriert das Handy. Ein Omen? Schickt mir Gott persönlich eine Eingebung? Per SMS? Sicher nur eine gemeine Botschaft von Steffi, die weiter an meinen Entscheiderqualitäten zweifelt. Und wie immer zu Recht. Wenigstens habe ich im Gegensatz zu den meisten Menschen, na, sagen wir zu vielen Menschen … zu einigen …, nicht das Problem, dass ich bezüglich meiner Defizite einen blinden Fleck hätte. Ich weiß genau, dass mir Entscheidungen Probleme bereiteten. Schon immer bereitet haben.

Ich klicke die SMS an. Sie ist von Tim. »Freitagabend: Kino oder Theater?« Die Message endet mit drei Herzchen. Schon wieder so eine blöde Entscheidung! Kino oder Theater? Woher soll ich das denn wissen? Kino ist meist spannender als Theater, aber im Theater ist alles viel unmittelbarer und dann doch wieder spannender. Und überhaupt – in welches Kino, in welches Theater? Und etwa mit ihm? Bevor ich mich zwischen Kino und Theater entscheiden kann, muss ich mich doch erst mal zwischen Tim und, äh … äh …, dem Nichts entscheiden. Es ist doch völlig gaga, mit dem Ex ins Kino oder Theater oder sonst wohin zu gehen, wenn ich eigentlich davon überzeugt bin, dass er mein Ex bleiben soll. Ich habe mich schließlich aus guten

Gründen von ihm getrennt. Welche waren das noch mal? Tja. Egal, es waren garantiert die allerbesten Gründe. So was wie »Versteht mich nicht« (aber welcher Mann tut das schon?) oder »Hat mich betrogen« (oh, nee, ich habe ihn betrogen) oder »Seine Karriere ist ihm wichtiger als ich« (na ja, okay, ich war es, die unbedingt nach Neuseeland gehen wollte. Weil ich damit der Entscheidung aus dem Weg gehen konnte, ob ich … Egal, das ist eine andere Geschichte).

Eine Entscheidung treffe ich immerhin ganz schnell: Ich werde ihm nicht sofort antworten. Das muss alles gut überlegt sein. Kino oder Theater – der Mann hat Nerven. Wahrscheinlich will er sich vom Prüfungsstress ablenken. So ein Streber lernt sicher am Sonntagmorgen auf seine zweite Staatsprüfung. Wieso aalt er sich nicht mit irgendeinem Clubaufriss im Bett? Er hatte doch Zeit genug, sich was Neues zu suchen. Immerhin sind wir seit bald fünfzehn Monaten getrennt. Glaub ich. Sagen wir: offiziell. Inoffiziell kommen die ersten Monate in Neuseeland hinzu, in denen ich mir nicht sicher war, ob ich wirklich Schluss machen sollte. Da war noch gar nichts mit Josh gelaufen, ich schwöre! Aber Tim gehört einfach zu den Anhänglichen. Oder zu den Bequemen. Je nachdem.

Meine Aufmerksamkeit wird von dem kleinen Chatfenster abgelenkt, das sich auf meinem Monitor mit einem Plopp öffnet.

»Hi, Darling«, steht da. Warum haben es eigentlich alle heute Morgen auf mich abgesehen?

Ich bin nicht dein Darling, will ich zurückschreiben. Meine Finger tippen stattdessen: »Why aren't you out for a beer?« Und reißt eine knuddelige Neuseeländerin auf, damit du mich endlich in Ruhe lässt.

»Too tired. Went sailing today«, schreibt er zurück. »How ya doin'?«

Sofort blitzt Port Chalmers vor mir auf, das kleine Segelboot auf den launigen Wellen des Südpazifiks, die Unmengen an Delfinen, die das Boot umtanzen …

»Are you still there?«

»Sure. Sorry. Who went with you?«

»Nobody. Just me and the sea :-) And some dolphins. How was your interview? Are you okay?«

Ich stecke mir einen Bleistift zwischen die Lippen und kaue darauf herum. Ich soll wissen, ob ich okay bin? »1. passably. 2. okay, but tired too.«

»So we have something in common …«

Ich spüre, wie gerne ich den Kopf auf die Tastatur sinken lassen würde. Nicht nur aus Müdigkeit. Ja, wir haben eine Sache gemeinsam. Und noch eine. Und noch eine. Wir haben dutzend Dinge gemeinsam. Erinnerungen zum Beispiel. Nicht nur ans Segeln. Auch daran, wie er mir das Leben gerettet hat. Als ich in der Cafeteria der Universität in Dunedin stehe und schockstarr auf die Kaffeekarte blicke. Cappuccino, Frappuccino, Mocchaccino, flat white, latte, long black, short black, one shot, two shot, three … Und er mich gerade noch auffängt, bevor ich angesichts dieses Entscheidungsmarathons bewusstlos zusammensacke. Wie er mir anschließend löffelchenweise Espresso einflößt. Four shot.

»Josh, I'm sorry, I have to work now«, schreibe ich zurück.

»Oh, I don't want to disturb you! But have you had a coffee already? A nice long black flat white?« Ich lache. Und würde gern das Lächeln auf seinem Gesicht sehen. Er hat eine sehr schöne Kopfform, echt. Sehr ebenmäßig und so, dass man immer darüber streicheln möchte. Er braucht gar keine Haare.

»Have sweet dreams«, schreibe ich unvernünftigerweise.

»Oh yeah, I will. How you return to Kiwi-World.«

Meine Finger wandern ziellos über die Tastatur. Was soll ich dazu sagen?

»Just kidding«, schreibt er – aus Höflichkeit, wie ich genau weiß. Er meint es ernst, verdammt ernst. Aber wie soll ich mich für ein Leben in Neuseeland entscheiden, wenn ich nicht mal weiß, ob ich einen einfachen oder einen doppelten Espresso trinken soll?

Ich schicke ihm ein kleines Herz und schließe das Chatfenster. Ich muss meinen blöden Insider-Bericht über diese verdammte Preisverleihung fertig bekommen. Ganz dringend. Wieso habe ich die Hände zu Fäusten geballt? Wieso ist da so eine Unruhe, die meinen Körper von oben nach unten und von unten nach oben gleichzeitig durchflutet? Herrje, wie soll ich hier still sitzen?

Ich springe so heftig auf, dass mein Bürostuhl gegen das Sideboard hinter meinem Schreibtisch kracht.

Ich stürme in den Flur. Ich brauche Luft. Das einzige Fenster, das man hier oben im achten Stock öffnen kann, ist das Klofenster. Ich beuge mich weit hinaus und sauge die noch kühle Aprilluft kräftig ein.

Hinter mir rauscht die Spülung, und dann quietscht ein Schloss.

»Nicht rausstürzen, Hasi.« Steffi legt mir eine Hand auf den Rücken. Sie spürt immer intuitiv, wenn es mir nicht gut geht. Da genügt ihr sogar der Anblick meines Hinterkopfes. Langsam drehe ich mich zu ihr um.

»Ich versteh's einfach nicht«, fange ich an.

Sie senkt das Kinn auf die Brust und sieht mich durchdringend an. »Was denn?«

»Da habe ich mich einmal in meinem Leben eindeutig entschieden, und dann werde ich ständig dafür bestraft.«